거인의 탄생 1

거인의 탄생 1

초판1쇄 발행 | 2018년 12월 28일

지은이 | 이원호
펴낸이 | 박연
펴낸곳 | 한결미디어

등록일자 | 2006년 7월 24일
등록번호 | 제25100-2006-152호
주소 | 서울시 마포구 모래내로 83 한올빌딩 6층
전화번호 | 02 · 704 · 3331
팩스번호 | 02 · 704 · 3360

979-11-5916-104-9 979-11-5916-103-2(set) 04810

거인의 탄생 1

대보스

한결미디어
HANGYEOL MEDIA

저자의 말

‘거인의 탄생’은 《영웅시대》 4부입니다.

《영웅시대》는 1970년 초부터 시작한 이광의 군(軍) 시절부터 파란만장한 성장, 개척, 성공에 대한 이야기로 지금까지 이어져오고 있습니다.

4부 각권 제목에서 보시다시피 이광의 ‘대한국인’이 두드러집니다. 쓰다 보면서 역사를 접목시켰고, 그것을 주인공 이광의 입장에서 함께 나가다 보니까 ‘대한국인’의 방향이 현실과 다르게 전개되고 있습니다.

신라 992년, 고려 475년, 조선 517년 역사를 이어온 한반도의 한민족은 1500년 동안 반도 밖으로 진출한 적이 없습니다.

1500년 전, 신라, 고구려, 백제 3국으로 나뉘어져 각각 치열하게 생존경쟁을 하다가 결국 신라로 통일이 되고 나서 우리는 그 줄기를 이어왔습니다.

단 한 번도 대륙으로 나가보지 못하고 말입니다.

‘이광’이 나갑니다.

'리스타'와 함께 대한국인을 한반도 밖으로 이끌고 나갑니다.

'리스타 아일랜드'로 세상 밖의 섬에 '점'을 찍고 나서 그곳을 근거지로 세계에 한민족의 '영역'을 구축하는 것입니다. 이제는 땅에 그어진 '선'이 국경이 아닙니다. 한민족은 새로운 방법으로 세상에 군림하는 것입니다.

'거인의 탄생'을 기대하면서 《영웅시대》 4부를 그렇게 내놓습니다.

2018년 12월 10일

이원호

차례

1장
방랑자

"오랜만입니다."

김필성의 손을 쥔 기요타가 이를 드러내고 웃었다. 긴자의 바 안이다. 이곳은 기요타의 구역으로 골목 안의 바와 카페, 빠친코까지 20여 개의 업소가 기요타 소유였는데 하루 매상이 1억 엔이다. 그래서 야쿠자들은 이곳을 1억 엔 골목이라고 부른다. 알짜골목인 것이다. 둘이 앉아 있는 '사꾸라 바'도 특급 바로 하룻밤에 둘이 마시려면 최소한 1만 불이 있어야 된다.

밀실에 자리 잡은 둘은 아가씨도 부르지 않았다. 탁자 위에는 술과 안주가 놓여져 있어서 둘은 각자 제 잔에 술을 채웠다.

"이 회장이 기사회생을 하셨더군요."

술잔을 든 기요타가 말하자 김필성이 빙그레 웃었다.

"당연하지요."

"군사정권이 무리수를 뒀어요, 욕심을 너무 부렸던 것 같습니다."

"맞습니다."

한 모금 술을 삼킨 김필성이 기요타를 보았다. 리스타 사건이 끝나고 나서 김필성이 이나카와회 회장 이또를 만나고 두 번째로 기요타를 만나는 중이다. 일본 야쿠자 세력 서열 3위에 이어서 2위의 회장을 만나는 것이다.

"회장님, 야마구치 조를 어떻게 생각하십니까?"

"어떻게 생각하다니요?"

기요타의 시선을 받은 김필성이 정색했다.

"이번의 신일본회 명단에 들어간 정치인, 관료, 기업가까지 모조리 자리에서 물러나거나 적절한 조치를 받았지 않습니까?"

"그런 셈이지요."

"그런데 야쿠자는 불가침영역입니까? 야마구치, 고다이, 아사노, 마츠바, 이치와까지 모두 끄떡없더구만요."

"그렇게 되었네요."

그러면서 기요타가 히죽 웃었다.

"하긴 누가 건드릴 놈들이 있어야지, 신일본회에 가입했다는 것으로 야쿠자한테 시비를 걸 수는 없지."

"그래서 내가 회장님을 뵙자고 한 겁니다."

"난 그것에 대해서는 할 이야기가 없는데."

"회장님하고 상관이 있는 일입니다."

"무슨 상관요?"

둘은 지금 일본어로 말하고 있다. 그때 김필성이 대답했다.

"야마구치의 시노다 회장이 원로회의에서 말한 이야기를 들어보시지요."

기요타가 눈만 껌벅였을 때 김필성이 탁자 위에 소형 녹음기를 내려놓더니 버튼을 눌렀다.

그 순간 시노다의 목소리가 흘러나왔다.

"제일 위험한 놈이 기요타야, 이번에 신일본회 사건으로 일본이 휘청거렸을 때 제일 좋아한 놈도 기요타라구, 이놈이 이광하고 맥을 통하고 있어."

기요타가 어깨를 들썩이며 숨만 쉬었고 시노다의 목소리가 방을 울렸다.

"기요타는 야쿠자의 수치야, 조센징 놈의 수하가 되어서 대일본을 휘저으려고 하는 놈, 이놈을 제거하는 것이 일본 야쿠자의 과제요, 영감은 어떻게 생각하는가?"

"내가 조센징이기 때문에 물으시는 겁니까?"

그때 기요타의 눈빛이 강해졌다. 원로 고이스케의 목소리를 아는 것이다. 시노다가 대답했다.

"그럼 원로의 입장을 듣지."

"조센징도 능력이 있으면 야쿠자 보스가 될 수가 있지요, 그렇지 않습니까?"

"그건 그렇다."

"하지만 기요타가 이광과 맥을 통하고 있는 것은 사실인 것 같습니다. 즉 조선인의 수하가 되어 있다는 건 맞는 것 같습니다."

"그렇지, 기요타는 조센징이니까 그게 자연스럽지."

"신중하게 처리해야 될 것입니다, 회장님."

"알았다."

그때 녹음기의 버튼을 누른 김필성이 눈을 가늘게 뜨고 기요타를 보았다.

"이래도 회장님하고 야마구치조하고 상관이 없다고 하실 겁니까?"

"원로 중에 김 영사 당신의 스파이가 끼어 있군."

"난 이제 영사 아닙니다."

기요타의 시선을 받은 김필성이 쓴웃음을 지었다.

"경찰총경도 아닙니다. 다 사직서를 내고 지금은 리스타유통의 일본 법인장입니다."

"그렇군."

"시노다 씨가 수단이 교묘한 것 알고 계실 겁니다. 원로회의에서 결정이 난 이상 어떻게 나올지는 예상하실 수 있지요?"

"시노다가 지금 제 무덤을 파고 있군."

기요타가 혼잣소리처럼 말했다.

혼다 와타루는 사이또구미 소속으로 죽은 사이또 밑에서 소두목을 지냈다. 35세, 야쿠자 경력 14년, 사이또구미가 본래 야마구치구미에서 뛰쳐나온 조직인 만큼 혼다도 야마구치구미 소속원이었다. 그러나 야마구치구미에서 장래성이 없다고 판단한 혼다는 사이또와 함께 분가해나간 것이다. 그러고는 부하 25명을 장악한 소두목이 되어서 긴자의 유흥상점 3개의 관리를 맡았다.

야마구치구미에서 10년이 넘도록 일했지만 겨우 부하 3명을 거느릴 수 있는 보조역으로 빌빌대던 혼다는 물을 만난 고기가 되었다. 그런데 그 빛나던 시기가 3년 만에 박살이 났다. 회장 사이또가 신일본회의 용역을 받아 샌디 길포드를 살해하는 바람에 하와이에서 개처럼 죽어버렸기 때문이다. 회장과 간부들이 몰사한 후에 사이또구미는 남은 간부들이 나와바리(구역)를 나눴지만 만날 싸우는 통에 난장판이 되어 있는 상황이다. 혼다도 제 구역의 3개 가게를 겨우 지키고 있을 뿐 밤낮으로 전전긍긍하고 있는 상태다.

온갖 소문이 떠돌았고 부하 4명은 벌써 자취를 감췄다. 다른 조직으로 빠져나갔다는 소문이 났다. 저녁 7시 반, 가게에 나와 있던 혼다에게 카운터에 앉아 있던 종업원이 전화기를 내밀고 말했다.

"사장님, 와타나베 씨요."

혼다가 서둘러 다가가 전화기를 받아들었다. 와타나베는 혼다가 의지하는 친구 중 하나다.

"아, 와타나베, 웬일이냐?"

"너, 지금 옆쪽 라일락 카페로 와."

와타나베가 말을 이었다.

"이또님이 오셨다."

이또라니? 이나카와카이의 신임회장 아닌가?

카페로 들어선 혼다가 안쪽에 앉아 있는 이또 간스케를 보았다. 이또는 이제 일본 야쿠자 3대(大) 패밀리인 이나카와회 회장이다. 지금까지 혼다는 이또를 먼발치에서만 보았지 직접 이야기를 나눈 적도 없다. 문 앞에서 혼다를 안내했던 와타나베가 걸음을 늦추면서 말했다.

"너, 혼자 가."

이또 측에서 넌 빠지라고 이야기를 한 것 같다. 이또는 경호팀장 나까노와 보좌관 하라다와 셋이서 앉아 있었는데 다가오는 혼다를 보더니 빙그레 웃었다.

"여, 혼다 군인가?"

이또가 앉은 채로 물었고 혼다는 허리를 90도로 꺾고 절을 했다. 나까노와 하라다는 무표정한 표정으로 시선만 준다.

"거기 앉아."

이또가 눈으로 앞쪽 빈자리를 가리키며 말했다.

"요즘 고생이 많겠구만, 혼다 군."

"아닙니다, 회장님."

두 손을 모아쥔 혼다가 앉은 채로 다시 절을 했다. 야쿠자 3대(大) 패밀리 오야붕과 독대하는 것이다. 그때 이또가 불쑥 말했다.

"사이또구미는 사이또가 죽고 나서 조각조각 찢어지게 되는 모양이군."

혼다가 눈만 껌벅였고 이또의 말이 이어졌다.

"난 사이또가 시노다 씨 부하로 있을 때 조금 알았어, 결단력이 빠르고 부하들을 잘 장악했지. 그래서 너 같은 녀석도 따라 나왔겠지."

"……."

"내가 널 만나러 온 이유를 짐작할 거다."

이또가 이제는 거침없이 '해라'를 했다.

"내가 가만 보니까 사이또구미에서 쓸 만한 놈은 너야, 경력도 그만하면 되었고 부하들 통솔력도 괜찮아."

"……."

"그리고 가장 마음에 드는 것이……."

어깨를 부풀렸다가 내린 이또가 물었다.

"뭔지 아냐?"

"모릅니다."

"네가 조센징이라는 거다."

순간 숨을 들이켠 혼다가 이또를 보았다. 이또가 조센징인가? 그런 소문은 듣지 못했다. 하지만 조센징임을 철저하게 숨기는 녀석들도 있으니까 알 수가 없다. 그때 이또가 말을 이었다.

"우리 이나카와카이는 한국에 사업체가 있고 한국과 협력적이야, 알고 있지?"

"예, 회장님."

"네가 사이또구미의 나와바리를 모두 흡수해라, 우리가 도와주겠다."

던지듯이 말한 이또가 혼다를 노려보았다.

"야마구치에서 사카이 사부로를 밀어주고 있어, 알고 있나?"

"모릅니다."

놀란 혼다가 숨을 들이켰다. 사카이 사부로는 35세, 혼다와 동갑으로 야쿠자 경력은 8년, 철저한 제국주의자다. 아버지가 전쟁 때 가미가제 특공대로 미국 항공모함과 부딪쳐 산화했다고 떠드는 놈이다. 항상 일본도 소도(小刀)를 품고 다니는 병신, 그때 이또가 다시 물었다.

"혼다, 해볼 테냐?"

"예, 회장님."

"혼다회를 만들어라."

"과분합니다."

"너, 한국말 잘하니?"

"예, 회장님."

"리스타유통 김 사장이 네 후원자가 될 거다."

숨을 들이켠 혼다를 향해 이또가 눈을 가늘게 뜨고 웃었다.

"혼다, 이제 이해가 가나?"

"갑니다."

"넌 리스타유통의 일본 전위대 역할이야."

어깨를 부풀렸다가 내린 이또가 말을 이었다.

"엄청난 자금 지원이 쏟아질 것이고 네 위치는 단숨에 나와 기요타 님과 동급이 돼."

"그, 그럴 리가 있겠습니까?"

"물론 우리를 올라타지는 않겠지만 넌 행운아야, 김 사장도 너를 선택했어."

이것이 용건이다.

경시청 강력부장 시모세가 1과장 이찌베에게 물었다.

"야, 이찌베, 김필성의 동향은?"

"매일 보고합니까?"

"그래, 매일."

"아니, 그놈이 무슨 살인범도 아니고 왜 이러십니까?"

그 순간 시모세가 던진 담뱃갑이 이찌베의 이마에 맞고 떨어졌다.

"이 자식이, 과장 되더만 건방져졌어?"

"아니, 과장님은, 아니, 부장님은 손버릇이 더 나빠지셨습니다."

대들던 이찌베가 곧 시선을 내리더니 쪼그리고 앉아 흩어진 담배를 집는다. 강력부장실 안이다. 시모세가 부장으로 올라가자 이찌베는 졸지에 시모세의 자리를 이어받아 과장이 된 것이다. 오전 10시반, 부장실에는 둘뿐이다. 시모세가 말을 이었다.

"김필성이 리스타유통 간판을 걸었으니 본격 사업을 시작하게 된 거야."

"하지만 법적으로 막거나 방해할 수 없습니다. 감시하는 것도 발각되면 전 과장 진급 한 달도 안 되어서 모가지라구요."

"김필성이 기요타를 만났지?"

“두 시간 동안 밀담을 나눴지만 도청 못 했습니다. 걔들 도청방지 기술이 우리보다 낫습니다.”

“병신 같은 놈들.”

“아, CIA에서 가져온 장비인데 우리가 어떻게 당합니까?”

“시끄러!”

“당분간 놔두는 게 낫지 않습니까?”

불쑥 이찌베가 말하자 시모세가 숨을 들이켰다. 신일본회 폭로 사건으로 내각이 총사퇴했고 신임 총리로 외무상 미야자키가 당선되었다. 내각이 바뀌면서 경시청, 방위청 등에 박혔던 신일본회 회원들도 모조리 옷을 벗었지만 야쿠자만은 건재한 상황인 것이다. 야쿠자가 신일본회를 이용해서 해를 끼친 것은 없지만 여론은 슬슬 야쿠자를 비난하는 중이다. 그래서 이찌베가 당분간 놔두자는 것이다. 그때 시모세가 말했다.

“김필성이 감시는 계속해.”

로마에서 바그다드에 도착했을 때는 밤 12시 반, 오늘도 공항에는 대통령 경호실 소속 대령이 이광을 마중 나왔다. 비행기 문이 열렸을 때부터 이광 일행은 경호대의 호위를 받고 공항을 빠져나간다. 비밀출입구를 통해 공항을 나온 이광은 곧장 대통령의 지하 벙커로 향했다.

여전히 바그다드 시내의 밤은 등화관제로 먹물 속 같다. 그러나 이광에게는 익숙해져서 이제는 긴장도 되지 않는다. 지하벙커 안으로 진입하자 이곳은 별천지로 바뀌었다. 거대한 터널 안은 불빛이 휘황했고 오가는 차량들도 전조등을 켰다. 지하도시다. 양탄자가 깔린 복도와 양쪽의 마호가니 문은 마치 고급 호텔 분위기였다. 이광이 대통령 집무실 안으로 들어서자 후세인이 자리에서 일어섰다. 굳어진 얼굴이다. 방에 있던 장군들도 모두 일어섰는데 동부군 사령관 카심 대장, 특전사령관 하비브 대장, 경호실장 모하메드 중장이다.

다가온 후세인이 이광의 어깨를 감싸 안고 볼에 세 번 입을 맞추더니 다시 한 번 끌어안았다가 놓아주었다. 그러자 차례로 카심, 하비브, 모하메드가 다가와 끌어안고 입을 맞추는 인사를 한다. 마치 의식처럼 엄숙한 표정들이었고 말이 없다. 카다피 집무실과는 다른 분위기다.

모두 자리에 앉을 때까지 방 안은 정적에 덮여져 있다. 후세인이 이광에게 손으로 자리를 권하기만 했기 때문이다. 이윽고 후세인이 엄숙한 표정으로 입을 열었다.

"알라신의 가호로 자네의 두 분 부모께서 천국에 가시기를 빌겠네."

"감사합니다, 각하."

그러자 세 장군이 일제히 합창하듯이 말했다.

"알라 아크바르."

'알라신은 위대하시다'는 말이다. 이광의 부모를 위해 기원해준 것이다. 최고의 조문이었기 때문에 이광이 허리를 굽히면서 말했다.

"알라 아크바르."

이광이 허리를 폈을 때 후세인이 똑바로 시선을 주었다.

"리, 카다피는 미국을 어떻게 처리하려고 그러나?"

이광이 리비아에 들렀다가 오는 것을 아는 터라 묻은 것이다. 걱정이 섞인 질문이다. 이광이 입을 열었다.

"제가 로마에서 CIA 간부를 만나고 오는 길입니다."

방 안이 조용해진 느낌이 들었고 후세인도 잠자코 다음 말을 기다렸다.

"카다피 의장이 저한테 오마르의 거처를 알려주셨습니다."

"으음, 그렇군."

탄성을 뱉은 후세인이 손끝으로 콧수염을 가다듬었다.

"잘했어, 그렇게 테러로 존재감을 내보이려는 놈들은 제거해야 돼. 코란에도 어긋나는 행동이야."

커다랗게 머리를 끄덕인 후세인이 둘러앉은 장군들을 하나씩 훑어보고 나서 묻는다.

"리, 카다피 씨는 널 뭐로 부르나?" "예, 형제라고 부르십니다."

"그렇지, 그자는 나보다 어리니까."

후세인이 머리를 끄덕였다. 카다피는 후세인보다 5살 연하인 1942년생이다. 후세인은 1937년생인 것이다. 후세인이 정색하고 이광을 보았다.

"리, 돌아가신 아버님 대신 날 아버지라고 부르게."

"감사합니다, 각하."

이광이 머리를 숙였다. 호의가 고마웠기 때문이다. 그때 후세인이 말을 이었다.

"그렇게 되면 오히려 내가 영광이야, 자네 같은 아들을 둔 내가 영광이란 말이지."

후세인이 측근 셋을 손으로 가리켰다.

"그래서 여기 내 심복 셋만 자네와 내가 부자(父子) 관계를 맺었다는 것을 알기로 하지."

후세인의 시선을 받은 카심이 먼저 대답했다.

"알겠습니다, 각하."

"명심하겠습니다."

하비브가 대답했을 때 후세인이 다짐하듯 말했다.

"자네들이 증인이야, 알았나?"

"예, 각하."

셋이 일제히 대답했을 때 후세인이 길게 숨을 뱉고 나서 말했다.

"리, 리스타연합의 이라크 회원은 이렇게 나까지 넷으로 하자."

바로 이것이다. 후세인과 이라크의 최고 실력자 셋이 리스타연합의 회원이 된 것이다. 이광의 이번 이라크 방문 목적은 이것이다. 오래전부터 이광과 후세인은 새로운 국제조직, 전 세계를 공평하게 관리할 수 있는 새 정보조직을 꿈꾸고 있었던 것이다.

"알겠습니다, 각하."

"아버지라고 불러."

후세인이 엄격하게 말하자 이광이 정정했다.

"예, 아버님."

"카다피도 리스타연합 회원이 되었나?"

"아직 가입 안 했습니다."

"환장을 하고 가입할 거야."

후세인이 웃지도 않고 말을 이었다.

"입이 싼 것이 조금 불안하지만 제 목이 걸린 일이니 비밀은 지키겠지."

리스타연합은 비밀조직인 것이다.

로마에서부터 린드버그가 이광의 수행원에 끼어 있다. 호텔로 돌아온 이광이 방으로 안학태와 린드버그를 불렀다. 오전 2시가 되어갈 무렵이다. 이곳은 지금이 한낮이나 같다. 이란군의 공습을 피하려고 실시

한 등화관제가 습성화되면서 여객기를 포함한 비행기 이착륙이 밤 시간을 이용하게 되었고 상점과 병원까지 밤에 근무를 한다. 이광이 둘을 번갈아 보면서 말했다.

“이라크에서부터 리스타연합 정식회원이 등록되었어.”

이광이 손끝으로 자신의 머리를 가리켰다.

“등록은 여기에다 하는 거야, 내가 직접 가입자를 만나 등록을 하는 것이지.”

머리에 기억으로 등록이 완료되는 셈이다.

“후세인 대통령과 카심 대장, 하비브 대장, 모하메드 중장이다.”

이광이 린드버그에게 말했다.

“해밀턴한테 전해, 등록을 시작했다고.”

CIA 부장 후버의 얼굴에 웃음이 번져졌다. 오전 10시, 랭글리의 CIA 본부 부장실 안, 앞쪽에는 부장보 해밀턴과 해외작전국장 윌슨이 나란히 앉아 있다.

“우리가 이광의 손바닥 위에서 놀고 있다는 생각이 안 드나?”

후버가 해밀턴에게 물었다.

“말해봐, 해밀턴.”

“글쎄요.”

해밀턴이 후버의 시선을 그대로 받은 채 머리를 기울였다.

“그런 생각은 안 듭니다만, 보스.”

“보스라고 부르지 말라고 했지, 이 빌어먹을 놈?”

“기분이 나쁘신 모양이군요, 보스.”

“간이 커졌구나, 해밀턴.”

"이광에 대해서 물으셨는데 결론을 내지요, 보스."

"말해라."

"먼저 보스의 의견을 듣고 싶습니다."

"이 개아들 놈이 끝까지 보스라고 하는군?"

"기분이 나쁘실 이유가 없다고 생각하기 때문입니다, 보스."

그때 윌슨이 헛기침을 했다.

"두 분이 결말을 내시기 전에 제 보고부터 끝내지요."

둘이 입을 다물었고 윌슨이 서둘러 말을 이었다.

"리스타 리비아법인을 통해 건설회사 직원으로 위장하고 리비아로 입국한 특수팀은 현재 리비아 남부 카르탄 지역에서 오마르의 거처를 확인한 상태입니다. 신원만 확인되면 사살할 예정입니다."

후버가 눈만 껌벅였고 윌슨의 말이 이어졌다.

"지금 작전 중이니 곧 결과를 보고 드리겠습니다."

"알았어, 가봐."

겨우 후버가 말하자 벌떡 일어선 윌슨이 방을 나갔다. 둘이 남았을 때 해밀턴이 헛기침을 했다.

"부장께서 이광을 무시하고 싶으시겠지만 이제는 늦었습니다."

후버가 앞에 놓인 파이프에 담배를 손으로 눌러 담았다. 그것을 보면서 해밀턴이 말을 이었다.

"이광은 저보다는 나이가 적지만 결단력과 기지, 그리고 기업관과 국가관이 뛰어난 인물입니다."

"노란 원숭이 새끼야."

"결코 운이 좋아서 이렇게 이룬 것이 아닙니다, 부장님."

"그 코리안은 일본의 식민지였던 나라의 새끼야. 나도 공부를 했다구, 이 병신아?"

"저도 공부를 했습니다. 일본은 코리아에서 문화를 전수 받은 나라입니다."

"말도 안 되는 소리하고 자빠졌네."

"그 예로 한국에서 발에다 신는 양말을 일본이 가져가서 어디에다 쓰는 물건인지 몰라 결국 어떻게 쓴지 아십니까?"

"먹었나?"

"머리에다 모자로 썼습니다. 그것도 왕궁에서요, 지금도 일본 왕실 행사 때보면 한국에서 가져간 양말을 쓰고 나옵니다."

"네가 봤어?"

"TV에서 봤습니다."

"정말이냐?"

후버가 이야기에 빠져들었다. 파이프에 담배를 쟁여 넣다가 그만둔 후버가 물었다.

"아니, 양말을 어떻게 모자로 쓰냐? 그때가 언젠데? 나일론 양말이야?"

"1천년도 더 전인데 무슨 나일론 양말요?"

"그럼 뭐냐?"

"무명으로 된 뻣뻣한 양말이겠지요, 저도 봤더니 한국에는 지금도 그런 게 있습니다. 여자들이 한복 입을 때 신는 것으로 앞이 반달처럼 뾰족하게……."

해밀턴이 손으로 모양을 만들어 보였을 때 후버가 혀를 찼다.

"너, 지금 무슨 짓을 하고 있어, 미친놈 같으니?"

"아니, 보스가 물으셨지 않습니까?"

"이광이가 기회를 잘 잡았어."

불쑥 말한 후버가 파이프를 다시 꾹꾹 누르더니 입에 물었다. 상아 파이프다. 의자에 등을 붙인 후버가 말을 이었다.

"네 말대로 이 시점에서 이광에게 브레이크를 걸 수도 없고 걸 필요도 없다."

"……."

"놔두면 우리한테 이용가치가 크니까, 이광이의 대 이라크, 대 리비아, 특히 중국에 대한 이용가치는 엄청난 상황이니까."

"그렇습니다, 부장님."

"이쯤 되면 보스라고 불러, 이 병신아."

"예, 보스."

"넌 언제 이광과 합류할 거냐?"

"보스도 그걸 바라십니까?"

"네 애국심을 믿으니까."

성냥을 그어 담배에 불을 붙인 후버가 파이프를 힘껏 세 번이나 빨더니 구름 같은 연기를 내뿜었다. 해밀턴이 입을 다물었고 후버가 말을 이었다.

"그래서 네가 살아 있는 거야."

"외무장관 야슈드입니다."

전화기를 넘겨주면서 안학태가 말했다. 이곳은 쿠웨이트시티, 어젯밤 바그다드에서 도착한 이광은 응접실에서 전화를 받는다. 오전 10시 반, 전화기를 귀에 붙인 이광이 응답했을 때 곧 야슈드의 목소리가 울렸다.

"이 회장님, 갑자기 전화기를 드려서 죄송합니다."

"아닙니다. 장관님, 괜찮습니다."

했지만 외무장관 야슈드는 우연히 인사만 나눴을 뿐이다. 그때 야슈드가 말했다.

"부모님 돌아가신 것에 삼가 조의를 표합니다."

"감사합니다."

"제가 오늘 잠깐 인사를 드리러 가도 되겠습니까? 말씀드릴 일도 있고요……."

쿠웨이트에 와 있는 데다 일국의 장관이 부모님께 조의를 표하고 만나 이야기할 것이 있다는데 거절할 수는 없다. 이광이 승낙하고 오후 2시로 약속 시간을 잡았다.

오후 2시가 되었을 때 저택으로 야슈드 일행이 방문했는데 응접실로는 둘이 들어섰다. 야슈드와 보좌관으로 보이는 40대쯤의 사내다.

응접실에는 이광과 안학태가 둘을 맞았다. 쿠웨이트 저택은 대저택이다. 2층 건물에 건평이 1,500평 가깝게 되었고 안에 수영장과 체육관까지 갖춰졌다. 인사를 마치고 넷이 둘러앉았을 때 야슈드가 옆에 앉은 보좌관을 눈으로 가리키며 말했다.

"제 보좌관이 아니라 모사드의 부책임자 하술라 씨입니다."

"만나 뵙게 되어서 영광입니다."

하술라라고 소개된 사내가 다시 자리에서 일어서더니 한국식으로 머리를 숙여 인사를 했다. 이광이 따라 일어나 손을 내밀었다.

"반갑습니다."

안학태까지 인사를 마친 그들이 다시 앉자 하술라가 말했다.

"이렇게 할 수밖에 없었습니다. 이해해주시기 바랍니다."

"이해합니다."

"야슈드 외무장관과는 제가 미국에서 같이 공부를 했지요."

그때 야슈드가 쓴웃음을 짓고 말했다.

"제가 하술라를 이곳에 데려온 것은 국왕 전하만 아십니다. 전하께 허락을 받았지요."

이광이 머리를 끄덕였다. 이스라엘과 아랍 국가들은 철천지원수 사이다. 중동전쟁이 2번이나 일어났고 이집트, 시리아, 팔레스타인 등 아랍 국가들이 이스라엘과 전쟁을 치른 것이다. 이라크, 이란도 마찬가지다. 이란은 핵으로 이스라엘을 멸망시킨다면서 핵발전소를 건설했다가 이스라엘 공군기의 폭격을 받았다. 하술라가 말을 이었다.

"리비아의 카다피 의장과 이라크의 후세인 대통령하고 각별한 관계를 유지하고 계신 것도 잘 알고 있습니다. 그래서 오래전부터 뵐 기회를 만들려고 했던 것입니다."

그때 야슈드가 자리에서 일어섰다. 얼굴에 쓴웃음이 떠올라 있다.

"저는 옆방에서 기다리겠습니다. 국왕 전하께서 소개만 시켜주라는 지시를 받아서요."

"알겠습니다."

머리를 끄덕인 이광의 눈짓을 받은 안학태가 일어나더니 야슈드와 함께 방을 나갔다. 방에 둘이 남았을 때 하술라가 말했다.

"잘 아시겠지만 전쟁 중인 국가 간에도 배후소통은 유지해놓는 법입니다. 지금까지 우리와 중동 각국과는 CIA나 KGB가 그 역할을 맡았다고 볼 수 있지요."

하술라의 얼굴에 다시 웃음이 떠올랐다.

"그런데 CIA, KGB는 각국이 이용을 하면서도 의심을 하고 절반은 믿지 못합니다. 결국 미국과 소련의 이익을 바탕에 깔고 공작을 하기 때문에 한계가 있는 겁니다."

이광이 앞에 놓인 물병을 들어 병째 한 모금을 삼켰다. 그때 하술라가 말을 이었다.

"이스라엘이 미국과 밀접한 관계이기 때문에 CIA를 통한 작업이 한계가 있지요."

"나한테 원하는 것이 뭡니까?"

물병을 내려놓은 이광이 묻자 하술라가 정색했다.

"제가 육군 소장으로 모사드의 부책임자입니다. 공식 직함은 모사드 부국장이지요."

"……."

"이 회장께서 추진하시는 그 조직에 저를 가입시켜주시지요."

순간 이광이 숨을 들이켰지만 곧 얼굴을 펴고 웃었다. 모사드와 CIA는 거의 동맹 수준이다. 후버 부장이 알고 있는 사실을 모사드 국장 샤롬에게 말했을 수도 있다. 이광의 시선을 받은 하술라가 여전히 굳어진 얼굴로 말을 이었다.

"샤롬 국장, 그리고 아시바 총리께서도 그것을 바라고 계십니다."

이윽고 이광이 머리를 끄덕였다.

"검토를 하고 알려드리지요."

"감사합니다."

어깨를 부풀렸다가 내린 하술라의 얼굴이 환해졌다.

"조직의 일원으로 최선을 다하지요."

"일단 이스라엘에는 부국장 한 분만 가입하시는 것으로 검토하겠습니다."

"알겠습니다."

하술라가 주머니에서 쪽지를 꺼내 탁자 위에 놓았다.

"이 전화로 하시면 바로 제가 연결이 됩니다."

이광의 의전은 국가원수급이다. 경호를 맡은 에릭센은 해밀턴이 추천한 경호전문가로 CIA 출신이다. 무뚝뚝한 데다 말이 없는 성격으로 54세, 5년만 일한 후에 여생을 인도네시아의 섬에서 보내겠다고 이광한테 말했었다. 전용기가 쿠웨이트 공항을 이륙한 지 한 시간이 되었을 때 에릭센이 이광의 방으로 들어섰다. 에릭센이 선 채로 이광에게 말했다.

"보스, 발리에 사흘 체류하신다면 전용기는 그대로 공항에 두겠습니다."

이광이 머리만 끄덕이자 에릭센이 말을 이었다.

"발리에 테러단이 자주 모입니다. 인도네시아가 회교권이어서 아랍 테러단이 출입하기가 쉽기 때문이지요."

"에릭센, 은퇴하면 발리에서 산다고 들었는데."

이광이 눈을 앞쪽 자리를 가리키며 묻자 에릭센이 쓴웃음을 지으며 앉았다.

"유럽인 은퇴자들의 꿈이지요, 싼값에 가정부를 고용하고 상류층 생활을 할 수 있으니까요."

"당신도 그럴 계획인가?"

"지금은 바뀠습니다."

에릭센이 수세미 같은 금발을 손가락으로 긁어 올렸다.

"보스 따라다니면서 살겠습니다."

"내가 방랑자 같은가?"

"세계가 다 집이시지 않습니까?"

"한국이야, 고향이, 옥천이라는 시골이고……."

눈을 가늘게 떴던 이광이 문득 아버지가 키우던 벌통들은 어떻게 되었는지 궁금해졌다. 그 순간 가슴이 먹먹해지면서 숨이 막혔다. 눈이 갑자기 흐려졌기 때문에 이광이 손으로 눈을 비볐다. 손등에 눈물이 묻어나왔다. 눈이 충혈되었을 것이기 때문에 이광이 외면했다. 아아, 아버지 장례식에도 못 가고 이렇게 돌아다니고 있다니. 어머니, 고생만 시켜드렸던 어머니. 그때 에릭센이 말했다.

"보스, 제 와이프는 재혼했고 제 아들도 결혼해서 잘 삽니다."

에릭센도 외면한 채 말을 이었다.

"나이 드니까 다시 혼자가 됩니다, 보스?"

"그래, 그럼 나하고 같이 다니자구."

이광은 제 목소리가 공허하게 들렸다. 마음에 없는 말이기 때문인 것 같다.

"안녕하십니까?"

리스타상사 비서실 유정수 전무는 강은서하고 자주 만난다. 그동안 여러 번 만났고 이번 리스타 사건이 끝나고 나서도 두 번이나 찾아왔던 것이다. 유정수도 구속되었다가 풀려난 처지여서 가장 먼저 강은서를 챙겼던 셈이다. 강은서의 학원 원장실 안이다. 강은서가 무슨 일이냐는 표정이 되었을 때 유정수가 말했다.

"회장님께서 사모님이 상철이 데리고 발리로 오셨으면 하고 바라십니다."

유정수가 바로 말을 이었다.

"지금 방학 기간이고 학원도 쉴 때니까 며칠 쉬고 가시라고 하시는데요."

"……."

"회장님께서 직접 전화 드리지 않는 것은 사모님께서 이해하시리라는 생각이 듭니다."

유정수는 40대중반으로 둥근 얼굴이 웃음을 띠면 부처님 인상이다.

"회장님께선 오늘 중으로 발리에 도착하실 것입니다. 그곳에서 사흘쯤 머물 예정이신데요."

그때 강은서가 길게 숨을 뱉었다.

"저, 괜찮다고 전해주세요. 제가 전화로도 여러 번 말씀드렸지만 다시 한 번 그렇게 전해주세요."

"예, 사모님."

어깨를 늘어뜨린 유정수가 낙심한 얼굴로 강은서를 보았다.

"저도 구속되었다가 풀려나서 집에 갔더니 마누라가 펑펑 울더군요."

"……."

"저는 딸만 둘입니다. 큰놈이 중2, 작은놈이 초등학교 6학년으로 둘 다 사춘기지요."

유정수의 얼굴에 일그러진 웃음이 떠올랐다.

"딸들도 절 보더니 울었습니다. 애비가 나쁜 놈으로 매도당하면서 구속이 되니까 학교 친구들도 외면했다는군요, 왕따가 되었답니다."

"……."

“다 그런 세상입니다. 여론에 휩쓸려서 나쁜놈이 되었다가 지금은 그놈들이 나쁜놈이 되었지만 받은 상처는 지워지지 않을 것입니다.”

“…….”

“저는 사모님과 상철이가 상처를 받으신 것도 걱정이 됩니다.”

강은서의 시선을 받은 유정수가 말을 이었다.

“특히 상철이가 말씀입니다.”

“그만하세요.”

마침내 강은서가 쓴웃음을 짓고 말했다.

“부모님을 거의 동시에 잃고 방황하고 계시는 회장님은 더 하시겠지요.”

유정수가 이번에는 외면했고 강은서의 말이 이어졌다.

“잘 아시겠지만 그분은 강해요, 바닥에서부터 시작하신 데다 생존력, 적응력이 강하시구요.”

“…….”

“제가 며칠 함께 있는다고 해서 큰 도움이 될 것 같지는 않아요.”

“알겠습니다.”

유정수가 흐린 눈으로 강은서를 보았다.

“오늘 만나 뵙고 말씀 드렸다는 보고를 하지요. 하신 말씀도 그대로 보고드리겠습니다.”

뉴욕 맨해튼의 선술집 쿄지는 전과자들의 소굴이지만 깨끗하고 분위기가 좋다. 특히 여자들의 수준이 높아서 돈 많은 주식 거래인이나 기업체 간부가 자주 들르는 곳이다. 해밀턴이 뒷문으로 들어와 주방 옆쪽 밀실로 들어섰을 때는 밤 10시 반, 뒷문은 항상 잠겨져 있지만 쓰레기 버릴 때하고 VIP 손님이 올 때만 열어놓는다. 더구나 뒷문 안에 경비가 둘이나 지키고 있어서 들어가기는 불가능하다. 밀실에서 기다리고 있던 린드버그가 자리에서 일어나 해밀턴을 맞는다.

"언제 온 거야?"

린드버그의 손을 쥔 해밀턴이 물었다.

"오후에 왔습니다. 부장보님 뵙고 일본으로 가야 돼요."

"네가 바쁘구나."

마주보고 앉은 해밀턴이 위스키를 잔에 따르더니 한 모금에 삼켰다.

"이번에 소련놈들 문제만 처리하고 연합 일을 해야 되겠는데 나도 정신이 없다."

"엊그제 보스가 하술라를 만났습니다."

불쑥 린드버그가 말했지만 해밀턴은 놀라지 않고 머리만 끄덕였다.

"쿠웨이트에서?"

"예, 야슈드가 데려왔지요."

"그게 자연스럽지."

"야슈드가 위험을 무릅쓴 것이지요, 알려지면 아랍권의 공적(公敵)이 될 테니까요."

"쿠웨이트는 이스라엘과 등을 돌릴 입장이 안 돼, 왕은 중립을 표방하고 있으니까."

자르듯 말한 해밀턴이 린드버그를 보았다.

"그래서, 보스한테 뭐라고 했어?"

"연합 회원으로 가입시켜 달라고 했습니다."

"빠르군, 보스는 뭐라고 하셨는데?"

"검토하신다고 했습니다."

"잘하셨군."

"보스는 가입시키겠다고 하셨습니다."

"당연하지."

"이스라엘에서는 하술라 한 사람으로 하시겠답니다."

머리를 끄덕인 해밀턴이 다시 한 모금 위스키를 삼키더니 말을 이었다.

"린드버그, 보스 경호를 철저히 해."

"에릭센이 이번에 2개 팀을 증원시켰고 앞으로 이동은 전용기 편으로만 한다고 합니다."

"아랍권과 소련에서도 슬슬 눈치를 채고 있다고 전해, 린드버그."

"예, 해밀턴."

"지금은 어떤 놈도 믿을 수가 없어. 후버도 순식간에 마음을 바꿀지 몰라, CIA에 조금이라도 해가 된다면 말야."

해밀턴의 얼굴에 일그러진 웃음이 떠올랐다.

"그 사람은 CIA뿐이니까, 세계평화 따위는 관심도 없어."

"그리고 여기."

린드버그가 해밀턴 앞에 접혀진 쪽지를 내밀었다.

"뭐냐?"

"3개 가명계좌로 1천만 불이 입금되어 있습니다. 공작비로 쓰시라고 합니다."

"CIA 공작비보다 많군."

해밀턴의 얼굴에 다시 웃음이 떠올랐다.

"더구나 영수증 제출하라는 말도 없고, 과연 보스는 사람이 꼬일 만하군."

후미코에게 다가온 마쓰미가 낮게 말했다.

"후미코, 저놈 좀 봐. 아주 부자인 척 으스대고 있구나, 중국놈 주제에?"

"중국놈이야?"

후미코가 묻자 마쓰미가 옆쪽 비치용 안락의자에 앉았다.

"그래, 중국말 하는 거 들었어."

머리를 든 후미코가 그쪽을 보았다. 선글라스를 끼고 있어서 거침없이 볼 수가 있다. 오전 11시 10분, 이곳은 발리에서 고급 휴양지인 누사두아 지역, 그중에서도 가장 경치가 좋고 특급 리조트가 늘어선 해변이다. 잡인 출입을 금지시켰기 때문에 해변의 비치파라솔 밑에는 서양인과 동양인 그룹 몇 개만 모여 앉았고 동양인은 오른쪽 10미터쯤 떨어진 파라솔 밑의 사내 하나하고 이쪽의 후미코와 마쓰미 둘뿐이다.

"저 봐."

하고 마쓰미가 말했을 때 리조트 종업원이 쟁반에 받쳐 들고 온 술병과 안주를 동양인 사내 옆쪽 탁자에 내려놓았다.

"낮술을 마시는 군, 졸부 중국놈이?"

"마쓰미가 다시 투덜거렸다.

"졸부인지 사기꾼인지 둘 중 하나야."

후미코는 웃음 띤 얼굴로 듣기만 했다. 이틀 전, 발리에서 촬영하기로 했던 TV 드라마가 무산되었다는 통보를 받고 후미코는 매니저 마쓰미와 함께 발리 여행을 온 것이다. 전부터 가보고 싶었던 곳이어서 사비를 들여서 온 것이다.

후미코는 26세, 대학을 졸업한 22살 때부터 5년째 탤런트 생활을 해오는 중이었지만 아직 주연급은 아니다. 연기력을 인정받았어도 본인이 출연에 크게 의욕을 내지 않는 데다 가장 중요한 조건으로 스폰서가 없기 때문이다. 그동안 수없이 많은 제의를 받았지만 후미코는 몸 팔아서 연기하기는 싫다고 공언했다. 물론 제시한 사람들에게 공언한 것이다. 그래서 지금도 고베의 30평짜리 전세아파트에서 살고 이번 여행도 2년 동안 저축한 저금을 꺼내서 왔다.

매니저인 마쓰미는 고등학교 동창으로 의상디자이너를 하다가 3년 전부터 후미코의 매니저로 전업했다. 월급을 못 받을 때도 있지만 제 돈을 써가면서 후미코하고 놀러 다니는 것이 좋기 때문이다. 집안이 고베에서 양조장을 해오기 때문에 돈 걱정은 안 해도 된다. "후미코, 쟤가 너 쳐다본다?"

마쓰미가 놀란 듯 소리쳤기 때문에 후미코는 머리를 들었다. 과연 중국놈이 이쪽을 바라보고 있다. 반팔셔츠에 반바지 차림으로 머리에 밀짚모자를 썼다. 체격이 좋고 키가 크다. 얼굴도 호남형, 중국인이라면 무조건 거부 반응을 일으키는 마쓰미와는 달리 후미코는 인종을 가리지 않는다. 후미코와 시선이 마주쳐진 사내가 가볍게 머리를 끄덕여 보였다.

"어머나, 저 중국놈이?"

그것을 본 마쓰미가 분개했다.

"얻다 대고 감히, 사기꾼 같은 놈이?."

이제 중국인은 사기꾼이 되었다. 후미코는 머리를 돌렸지만 사내의 얼굴이 머릿속에 남았다.

오금봉이 도착했을 때는 오후 2시 반이었다. 오금봉은 홍콩에서 김필성을 만나 둘이 함께 왔는데 이광에게 직접 보고를 시키려는 의도였다. 김필성은 이광을 처음 만나는 것이다. 이광이 바닷가의 비치파라솔 밑에서 둘을 기다렸기 때문에 셋이 탁자를 사이에 두고 둘러앉았다.

주위에는 백인 20여 명에 드문드문 여자가 끼었고 동양인 7, 8명이 늘어났는데 오금봉과 김필성의 일행이다. 거기에다 서반아계 서너 명에 흑인 서너 명까지 끼어서 오전보다는 인종이 훨씬 다양해졌고 두 배쯤 늘어났다. 모두 이광의 일행인 것이다.

"만나 뵙게 되어서 영광입니다."

처음 만난 김필성이 굳어진 얼굴로 이광에게 인사를 했다.

"저한테 기회를 주셔서 고맙게 생각하고 있습니다. 믿음에 어긋나지 않도록 최선을 다하겠습니다."

인사말을 외우고 온 티가 났지만 그것이 오히려 더 성실하게 들렸기 때문에 이광이 웃었다.

"김 사장은 우리한테 필요한 분입니다."

이광도 덕담을 했다.

"내가 오히려 김 사장을 만나 행운이지요."

"감사합니다."

그때 오금봉이 서류를 펼치면서 말했다.

"먼저 리비아, 중국산 마약 입출과 자금관계를 보고하겠습니다."

어색한 분위기를 지우려는 것 같다.

"사람들이 훨씬 많아졌네?"

놀란 마쓰미가 해변을 둘러보며 말했다.

"저기 사기꾼도 친구들이 온 모양이네. 사기 칠 회의를 하는가 보다?"

둘은 오전의 그 자리에 다시 앉았다. 그때 후미코가 말했다.

"마쓰미, 이상하잖니?"

"뭐가?"

"이곳은 모두 남자야, 여자는 우리까지 여섯 명."

후미코가 눈으로 옆쪽을 가리켰다.

"저기 저 여자들은 심부름만 하고 있어."

"그런가?"

눈치가 좀 둔한 편인 마쓰미가 그때서야 여자들을 둘러보더니 말했다.

"그러네, 그리고 모두 젊어, 날씬하고. 어디 나가는 애들 같어?"

보고를 마친 김필성이 오금봉에게 말했다.

"저기 노란 파라솔 밑에 일본 TV 탤런트 후미코가 있는데요?"

"후미코?"

일본 탤런트를 알 리가 없는 오금봉이 그쪽을 보더니 이광을 향해 물었다.

"회장님은 아십니까?"

"저 여자가 탤런트요?"

이광이 오히려 물었다.

"예, 회장님, 주연급은 아니지만 스캔들이 없고 자기 관리를 철저히 한다는 평을 받은 조연급 탤런트입니다."

길게 말했기 때문에 오금봉이 짧게 웃었다.

"당신 보고보다 더 길게 발언하는군."

"죄송합니다. 앞으로는 더 자세히……."

"아냐, 농담이야."

쓴웃음을 지은 오금봉이 손까지 저었을 때 이광이 후미코에게서 시선을 떼면서 말했다.

"인상이 좋군."

그날 저녁, 리조트의 식당으로 들어선 후미코와 마쓰미는 식당에 손님이 가득 차 있는 것을 보았다. 모두 낮에 해변에서 본 손님들이다. 특급 리조트의 식당은 메뉴가 놀랄 만큼 많았고 맛도 훌륭했지만 좌석이 20여 개뿐이었다. 빌라가 4채뿐이어서 그 정도면 충분했기 때문이다. 그런데 오늘은 빌라가 꽉 찬 것 같다.

"뭐야, 이거?"

마쓰미가 투덜거렸을 때 낯익은 지배인이 서둘러 다가왔다.

"저쪽에서 합석하시지요."

지배인이 안쪽을 가리키며 앞장을 섰다.

"테이블이 넓어서 여유가 있습니다."

식탁은 원탁으로 5, 6인이 앉을 수 있다. 지배인이 안내한 좌석으로 다가간 후미코가 숨을 들이켰다. 중국인이다. 중국인이 낮에 파라솔 밑에서 사기 계획을 의논하던 동료 둘과 함께 앉아 있는 것이다. 지배인이 그들에게 머리를 숙여 양해를 구하는 시늉을 하더니 후미코에게 말했다.

"앉으시지요, 주문받겠습니다."

돌아나갈 필요는 없고 배도 고팠기 때문에 먼저 후미코가 셋을 향해 목례를 해 보이고는 자리에 앉았다. 마쓰미가 쭈뼛거리며 따라 앉는다. 오후 7시 반이다. 후미코는 다가온 종업원에게 송아지 다리 스테이크와 파스타, 그리고 포도주에다 생크림이 든 케이크를 시켰다.

대학 영문과를 졸업한 데다 대학 때 공부를 열심히 해서 외국 유학을 가지 않았어도 후미코의 영어는 유창하다. 버벅거리는 마쓰미 대신 주문까지 해준 후미코의 시선이 힐끗 사기꾼을 스치고 지나갔다. 사기꾼은 랍스타를 먹느라고 머리를 반쯤 숙이고 있다. 조금 전 후미코가 인사를 했을 때 잠깐 시선이 마주쳤지만 금방 비껴갔다. 좌우에 앉은 두 사내도 마찬가지다.

둘은 40대 중후반쯤으로 보였는데 사기꾼의 지시를 받는 것 같다. 후미코는 어느덧 사내를 사기꾼으로 간주하는 자신을 발견하고 쓴웃음을 지었다. 이래서 고정관념이 위험하다는 것이다. 바꾸기가 힘이 든다.

후미코가 앞쪽 자리에 앉았을 때 이광의 얼굴에 희미하게 웃음이 번져졌다가 사라진 것은 아무도 눈치 채지 못했다. 이것은 유통팀의 공작이다. 엄밀히 말하면 오금봉의 묵인 하에 김필성의 작전일 것이다.

식당에 가득 찬 인원은 모두 헌드레드 퍼센트, 리스타 직원이다. 이광이 보지도 못한 사내들도 있었는데 에릭센이 고용한 외곽 경호원일 것이다. 에릭센도 리스타유통에 소속되는 것이다. 이렇게 식당을 가득 채운 이유는 후미코를 같은 테이블에 동석시키려는 작전이다. 이 작전에 식당 매니저도 포함되었다. 아마 지시를 받았겠지, 위협까지는 필요 없고 매수했을 것이다. 오금봉과 김필성이 요즘 자신 주변의 분위기를 모를 리가 없다.

강은서를 발리로 불렀지만 거절당한 것도 알고 있을 것이다. 더구나 부모님의 장례식도 가보지 못하고 주변만 빙빙 돌고 있는 상황이다. 그리고 후미코 인상이 좋다고 둘 앞에서 말하지 않았던가?

포크를 내려놓은 이광이 머리를 들었다. 그 순간 우연인지 후미코와 시선이 마주쳤다. 서글서글한 눈, 흰창이 맑다. 곧은 콧날, 단정하게 닫힌 입술, 화장기가 없는 피부는 반들거리며 윤기가 난다. 긴 머리를 뒤로 묶어서 목이 드러났다. 흰 바탕에 핑크 무늬가 박힌 원피스를 입었는데 날씬한 몸매다. 그때 이광이 영어로 물었다.

"도요토미 히데요시가 조선을 침략한 것이 서기 몇 년인지 알아요?"

옆에 있던 마쓰미는 깜짝 놀랐지만 후미코가 바로 대답했다.

"서기 1592년이었어요."

"잘 아시는군, 전쟁은 언제 끝났죠?"

"서기 1598년, 히데요시가 죽고 나서 끝났습니다."

말을 마친 후미코가 빙긋 웃었다.

"제 드라마 보셨어요?"

후미코가 작년에 일본 TV에서 방영된 <히데요시> 드라마에 조연으로 출연했던 것이다. 히데요시의 측실로 출연했던 터라 그쯤은 대본에도 나온다. 후미코의 시선을 받은 이광이 눈으로 옆에 앉은 김필성을 가리켰다.

"이 사람이 드라마에서 당신을 본 거요, 당신 팬이라는군? 당신에 대해서도 말해주었어요."

"그랬군요?"

머리를 끄덕인 후미코가 다시 웃었다.

"그래서 히데요시의 조선 침략을 물으셨군요."

"당신과 대화의 공통점을 찾기 위해서였지."

"중국인이세요?"

이제는 후미코가 묻자 이광이 빙그레 웃었다.

"왜 그렇게 생각하지?"

"중국어로 말하는 것을 들었거든요."

"중국인이 우리 일행에 있지."

양명이 보낸 중국인 직원이 이광에게 자금 확인을 보고했던 것을 지나다가 들은 것이다. 그때 이광의 시선을 받은 김필성이 뒷머리를 만졌고 오금봉은 스테이크를 써는 시늉을 했다. 둘 다 입을 열지 않는다.

"어디 사람이야?"

사내 일행이 먼저 일어났기 때문에 둘이 남았을 때 마쓰미가 물었다.

"몰라, 대답을 안 했잖아?"

후미코가 머리를 기울였다.

"싱가포르 사람인가?"

마쓰미가 말하자 후미코는 눈을 가늘게 떴다.

"한국 사람인지도 몰라."

"조센징?"

마쓰미가 눈을 치켜뜨더니 머리를 저었다.

"조센징이, 이런 특급 리조트에 올 리가 있어? 걔들은 아직 멀었어?"

"왜?"

"자료 못 봤니? 조센징 국민소득이 아직 5천 불 수준이야, 우린 3만 불이 넘고?"

"그런가?"

"거지가 우글우글한 나라라고? 우리 남자들이 지금도 조선으로 기생관광을 가서 여자들하고 놀고 오잖아?"

"그렇구나?"

건성으로 대답한 후미코가 사내 일행들이 사라진 쪽으로 머리를 돌렸다. 마쓰미처럼 조센징을 무조건 멸시하는 일본인이 많은 것이다. 한때 일본의 식민지였던 조선이다.

보스는 임기응변이나 순발력, 또는 적응력 등 리더에 필요한 자질이 꼭 필요한 것은 아니다. 이광이 말단사원에서부터 시작하여 온갖 곡절을 겪은 후에 기업군(群)을 거느린 보스가 되고 나서 스스로 메모한 보스가 갖춰야 할 요인이 있다. 그것은 간단하지만 지극히 어려운 일이다. 일하다 보면 어느새 잊어버리는 때가 대부분이다. 그래서 수시로 자신을 돌이켜보고 반성을 한다. 이광의 보스에 대한 좌우명은 바로 이것이다.

'큰 뜻을 품되 욕심은 버린다.'는 것이다. 큰 뜻은 이상(理想)이며 목표다. 자세한 계획까지 세울 필요는 없다. 그 이상이 국가와 국민을 위한 것이니 부하들은 따르게 된다. 부하들과 머리싸움을 할 필요도 없다. 그것도 욕심에 들어간다. 머리 좋은 부하에게 세부계획을 맡기면 된다. 욕심을 부리면 부하가 일할 마당이 없어진다. 세세한 일은 모른 척, 못 본 척, 못 들은 척 놔두고 제각기 할 일을 하도록 하는 것이다.

좋은 말만 하는 부하가 있고 싫은 소리를 뻥뻥 내뱉는 부하도 있다. 앞에서는 목이라도 떼어 바칠 것처럼 굴지만 돌아서면 씹어대는 놈도 있다. 부하들에게는 개 잡듯이 개백정처럼 굴다가도 이광 앞에서는 순한 애완견이 되는 간부도 있다. 돈 욕심이 많아서 횡령하는 놈들도 있다. 부하나 상사에게 책임을 떠넘기는 놈, 약속 잘 어기는 놈, 게으른 놈, 저만 생각하는 놈, 항상 뭘 빼먹는 놈, 말만 앞세우고 실행력이 없는 놈, 영업력이 젬병인 놈, 불화를 조성하는 놈, 남의 물건을 훔치는 버릇이 있는 놈, 여자 문제가 끊이지 않는 놈, 그런데 믿을 수 있겠는가? 리스타그룹 안에 지금 열거한 간부들이 다 들어가 있는 것이다.

그중에는 최고위 간부도 있다. 그런데도 이광은 다 싸안고 있다. 비행(非行)을 알고 있는 한 장점을 개발시켜 근무시키면 되는 것이다. 물론 내세울 장점이 없는 당사자는 도태된다. 예를 들어서 도벽이 있는 직원은 정보수집에 뛰어난 능력이 있고 여자 문제가 있는 놈은 영업에 뛰어나며 말만 앞세우는 놈의 기획력만은 발군이며 게으른 놈의 개발 아이디어는 일품이기 때문이다. 최고위 간부들도 마찬가지다. 파악하고 있는 것이 가장 중요하고 개개인의 능력만 발휘시키는 것이다.

"김 사장이 후미코 씨를 홍콩까지 데려가 보겠다고 하는데요."

응접실에서 커피잔을 든 오금봉이 문득 생각이 났다는 얼굴로 이광에게 말했다. 얼굴에 멋쩍은 웃음이 떠올라 있다.

"회장님께서 후미코 씨 인상이 좋다는 말씀하시는 것을 듣고 분발한 모양입니다."

"그런 일 안 해도 되는데."

이광이 쓴웃음을 짓고 말하자 오금봉이 정색했다.

"김 사장 입장에서는 절실하지요, 모처럼 회장님하고 같이 있게 되었는데 어떤 능력이라도 보여드려서 인상에 남도록 하려는 것입니다."

이광도 머리를 끄덕였다. 자신도 지금 입장이 되었다면 김필성과 마찬가지가 되었을지도 모른다.

"하지만 힘들 텐데요, 그 여자, 그런 여자가 아닌 것 같던데."

"김 사장이 공작을 다 해놓은 것 같습니다."

응접실에는 둘뿐이었지만 오금봉이 주위를 둘러보는 시늉을 했다.

오후 2시 반, 베란다 밖은 백사장이었고 푸른 바다가 펼쳐져 있다. 하늘에는 구름 몇 점만 떠 있는 맑은 날씨다. 오금봉이 말을 이었다.

"후미코 씨도 내일 출발하기로 되어 있었는데 예약해놓은 자카르타행 비행기가 엔진고장으로 12시간 지연되었다는 통보가 왔습니다."

오금봉의 얼굴에 다시 웃음이 떠올랐다.

"물론 김 사장의 공작이지요, 놀란 후미코 씨 매니저가 항공사에 연락해 보았지만 내일 출발하는 비행기는 빈자리가 없습니다."

이것도 김필성의 공작이었을 것이다. 한 모금 커피를 삼킨 이광을 향해 오금봉이 말을 이었다.

"이곳 빌라도 내일 오전까지 체크아웃을 해야 되는 터라 나가야 합니다. 후미코의 매니저가 결국 일본에 있는 에이전시에 도움을 청하게 되지요."

"……."

"그러자 잠시 후에 에이전시에서 내일 발리 덴파사공항에서 이륙하는 전세기와 합의가 되었다는 연락이 옵니다. 마침 잘 아는 회사사장이 그곳에 있어서 양해를 구했다고 했더니 매니저가 펄쩍 뛰면서 좋아했다는군요."

이광의 눈앞에 후미코의 매니저 얼굴이 떠올랐다. 좀 방정맞은 성격 같았는데 홀랑 속아 넘어간 것이다. 오금봉이 다시 정색하고 이광을 보았다.

"김 사장이 저에게는 물론이고 회장님께도 능력을 보여준 것 같습니다. 발리에서 홍콩까지 동행하기로 했는데 괜찮겠습니까?"

"아, 그거야……."

이광이 웃음 띤 얼굴로 말을 이었다.

"내가 신경을 많이 쓰도록 만든 것 아니요?"

"아닙니다. 이건 비서실에서 해야 될 일도 아니고 그렇다고 김 사장이 채홍사 노릇을 할 사람도 아닙니다."

오금봉이 똑바로 이광을 보았다.

"회장님께 대한 충성심 차원에서 이해해주시죠."

그 시간에 김필성이 바닷가 끝쪽 텐트 밑에서 후미코와 마쓰미를 향해 말했다.

"마쓰다 에이전시의 마쓰다 씨하고는 오랜 친분이 있지요, 이제 제가 리스타 일본법인의 사장이 되었으니까 자주 만나게 될 겁니다."

"아유, 몰랐어요."

저한테 한 말이 아닌데도 마쓰미가 방정맞게 나섰다.

"우리가 사장님이 리스타 일본법인 사장님이신 줄 몰라뵈었어요, 죄송해요."

"아닙니다. 천만에요."

김필성의 시선이 후미코에게로 옮겨졌다.

"그럼 홍콩까지 모셔다드리지요."

"감사합니다."

후미코가 앉은 채로 정중하게 머리를 숙여 절을 했다.

그때 마쓰미가 물었다.

"저기 전세기가 10인승인가요? 12인승?"

김필성의 눈치를 본 마쓰미가 다시 물었다.

"7인승? 탤런트 나까무라가 산 7인승도 좋더라구요."

"리스타 회장님 전세기입니다. 제 전세기가 아닙니다."

정색한 김필성이 말을 이었다.

"250인승인데 개조해서 75인까지 탑승할 수가 있지요, 자리는 남습니다."

그 중국인 사기꾼이 리스타 회장 이광이었다. 후미코도 리스타 사건을 안다. 신일본회 정체가 드러난 것이 리스타그룹과 야쿠자 간의 전쟁 때문이라는 소문도 알고 한국 군사정권이 리스타를 조지려다가 국비위 위원장이 되레 구속되었다는 소설 같은 기사를 흥미 있게 읽었다. 이광의 부모가 그동안에 어머니는 쇼크로 죽고 아버지는 자살했다는 스토리도 재미있었다.

그런데 그 당사자가 바로 여기 있다니, 어제 저녁에는 같은 테이블에서 식사까지 하지 않았던가? 그리고 이제 그의 전용기나 다름없는 전세기를 타고 홍콩까지 가게 된 것이다. 이게 무슨 우연인가? 창밖의 바다를 보면서 후미코가 사람의 우연을 생각하고 있다.

"지금 어디 계신다고?"

윤방철이 묻자 수저를 내려놓은 백갑상이 대답했다.

"몰라, 보고할 게 있으면 오 사장한테 해."

"오 사장은 어디 있는데?"

"멕시코에 있겠지."

"젠장, 나도 멕시코에 가는 건데."

이제는 윤방철이 수저를 내려놓고 백갑상을 보았다. 인사동의 한정식 식당 안이다. 오후 6시 반, 둘은 저녁을 먹는 중이었는데 구속에서 풀려나온 지 열흘이 되었지만 아직 후유증이 가시지 않았다.

윤방철과 백갑상의 업종은 리스타유통 소속의 국제유통, 제일유통으로 되어 있지만 주로 유흥업, 식당, 숙박업이다. 그런데 지난번 국비위의 대대적 단속으로 리스타그룹 전체가 날벼락을 맞았는데 유통업의 타격이 가장 컸다. 그들뿐만 아니라 부산의 '해운대유통'도 마찬가지다. 손님이 줄어서 매상이 절반도 안 나오는 것이다.

"슬슬 회복되고 있으니까 좀 기다려."

백갑상이 윤방철을 위로했다.

"서둘지 말라고."

그때 어깨를 부풀렸다가 내린 윤방철이 말했다.

"이놈들한테 어떻게 복수를 해야 되지?"

백갑상이 외면했고 윤방철의 말이 이어졌다.

"그냥 죄가 없는 것이 밝혀졌다면서 풀어주면 끝나는 거야?"

"……."

"국비위 위원장이었던 강일규가 보석으로 석방되었다는 거 알지?"

"알아."

"신문 보니까 곧 기무사령관으로 복귀한다는구만."

"……."

"이렇게 끝나는 거야?"

윤방철을 본 백갑상이 숨을 들이켰다. 윤방철의 눈이 번들거리고 있었기 때문이다. 눈에 물기가 가득 차서 곧 흘러내릴 것 같다.

"각하, 여론이 좋지 않습니다."

오정도가 말하자 한두진은 의자에 등을 붙였다. 오후 7시 반, 청와대, 대통령 집무실에서 비서실장 오정도가 말을 이었다.

"강 중장이 보석으로 풀려나오자마자 기무사령관으로 복귀하는 것이 군법(軍法)에도 어긋날 뿐 아니라……."

"잠깐."

손가락을 세워 오정도의 말을 막은 한두진이 똑바로 시선을 주었다.

"여론이 어쨌다고?"

"예, 한국여론조사연맹에서 조사한 바에 의하면 강 중장의 원대복귀가 좋지 않다는 의견이 63%이고……."

"국민 전체의 63퍼센트야?"

"아닙니다. 응답자의……."

"응답자가 몇 명인데?"

"3,700명 정도……."

"3,700명의 63퍼센트는 몇 명이냐?"

"예, 2,300명 정도……."

"2,300명이 반대한다고 그 말에 따른단 말야?"

"예? 그것이……."

"놔둬."

"예, 각하."

"내가 여론조사 믿고 이 자리에 앉았냐?"

"아닙니다, 각하."

"강일규한테 네가 직접 전해."

"예, 각하."

"한 번만 더 까불면 내 손으로 쏴 죽이겠다고."

"예, 각하."

"그 개새끼를 지금 처단하면 진짜로 내가 잘못한 것이 되잖아, 안 그러냐?"

"예, 각하."

이유는 바로 이것이다. 한두진 나름대로 생각이 있었던 것이다. 이런 오기가 있었으니 이 자리에 앉았을지도 모른다.

오전 10시 10분, 차에서 내린 후미코가 숨부터 들이켰다. 따라 내린 마쓰미는 입을 딱 벌린 채 비행기를 올려다보기만 한다. 전세기는 신형 여객기로 트랩 위에서 기다리고 있는 승무원들이 조그맣게 보였다. 대형 여객기다. 250명을 탑승시킬 수 있는 여객기라고 했던가?

후미코는 공항의 전용기 탑승장에서 기다리고 있던 승용차 편으로 곧장 활주로에 세워져 있는 비행기까지 온 것이다. 그때 트랩 위쪽에서 김필성의 모습이 나타났다.

"어서 오세요."

김필성이 소리치자 그때서야 둘은 발을 떼었다. 트랩에는 붉은색 양탄자가 깔려져 있어서 후미코는 뉴스에서 본 외국 정상들이 비행기에 타는 것 같다는 생각이 들었다. 옆에서 걷는 마쓰미는 완전히 얼어서 입이 닫혀져 있다. 트랩 위에 올랐을 때 김필성이 안쪽을 앞장서서 안내하면서 말했다.

"회장님은 지금 회의 중이십니다. 비행기가 이륙한 후에 회의가 끝나시면 뵙고 인사드리기로 하지요."

발을 멈춘 김필성이 옆쪽 문을 열더니 후미코를 보았다.

"후미코 씨는 이 방을 쓰시지요?"

안을 들여다 본 후미코가 숨을 들이켜다가 하마터면 재채기를 할 뻔했다. 의자가 침대 같다. 그리고 창가에 탁자와 의자가 놓여졌고 소파도 있다. 호텔 방 같다. 후미코가 주춤대며 안으로 들어가자 김필성이 마쓰미에게 뒤쪽 방을 가리켰다.

"자, 매니저는 저쪽 방으로?"

방문을 연 마쓰미는 만족했다. 후미코의 방과 같은 구조였기 때문이다.

둘을 안내한 김필성이 옆쪽 회의실로 들어서자 의자에 앉아 있던 오금봉이 길게 숨을 뱉으면서 말했다.

"한국의 위상을 우리가 만들어야 돼."

비행기가 이륙한 지 30분쯤이 지났을 때 문에서 노크 소리가 났다. 예상하고는 있었지만 놀란 후미코가 대답했을 때 문이 열리더니 김필성과 이광이 들어섰다.

"회장님이십니다."

김필성이 정중하게 말했고 후미코가 자리에서 일어섰다. 이틀 전 저녁을 같이 먹고 나서 처음이다. 그때는 이광이 소개도 하지 않았다. 후미코가 일본 TV 탤런트로 알려진 얼굴이어서 한쪽 이야기만 하고 말았었다. 후미코의 시선을 받은 이광이 빙그레 웃었다.

"이광이오, 한국인."

"후미코입니다."

후미코가 허리를 꺾어 절을 했다.

"그때는 몰라뵈었습니다."

"아니, 서로 소개할 분위기가 아니었죠, 식당에서 합석한 상황이었으니까."

탁자를 사이에 두고 앉았을 때 김필성이 벨을 눌렀다. 승무원이 기다렸다는 듯이 들어와 셋의 음료수 주문을 받고 돌아갔다.

"저기, 늦었지만 부모님께 조의를 표합니다."

후미코가 주저하며 말했을 때 이광이 입을 벌리며 소리 없이 웃었다. 환한 웃음이다.

"저런, 어떤 조의보다 값지게 들리는군."

그 순간이다. 후미코는 이광의 눈에서 갑자기 눈물이 주르르 흘러 떨어지는 것을 보았다. 그것에 이광 본인도 놀란 것 같다. 서둘러 외면하더니 손끝으로 눈물을 쓰윽 훔치고는 다시 웃었다.

"내가 감동한 것 같아."

그때 김필성이 후미코에게 열심히 말했다.

"감사합니다, 후미코 씨."

김필성이 대신 인사 안 해도 괜찮았을 텐데 이광의 눈물을 보고 당황한 것 같다. 그래서 말을 걸었겠지, 후미코는 호흡을 조절했다. 가슴이 찡해오면서 목이 먹먹했기 때문이다. 250인승 전세기면 뭐하냐? 수백억 불 자산가면 뭘 해? 부모가 독재정권의 희생양이 되어서 세상을 떠났는데도 장례식에 참석하지도 못했다. 지금도 한국에 들어가지 않고 있지 않은가? 후미코는 이광도 남자이고 감정이 풍부한 인간이라는 것을 확인했다.

오후 12시 반, 비행기 안의 식당에서 이광과 후미코, 오금봉과 김필성 넷이 식사를 하고 있다. 방 안의 원탁에 둘러앉아 있었기 때문에 식당의 밀실에 들어온 것 같다. 메뉴판에 적혀진 요리는 수십 가지가 되었지만 후미코는 랍스타를 시켰다. 점심 식사에 이광이 초대한 형식이어서 마쓰미는 빠졌다. 밖에서 뷔페를 맛있게 먹을 것이다. 대화를 영어로 하는 터라 영어를 8할쯤 못 알아듣고 생각의 1할 정도만 표현하는 마쓰미로써는 영어 대담이 괴롭다.

"히데요시를 존경해요?"

불쑥 이광이 물었을 때는 발리의 날씨 이야기가 끝났을 때다. 이광의 시선을 받은 후미코가 수줍게 웃었다.

"아뇨, 드라마에서는 히데요시님을 흠모하는 것으로 나왔지만……."

그것도 열렬히 흠모해서 밤마다 기다렸다. 그러나 히데요시는 또 다른 측실에게 빠져 찾아오지 않았다. 후미코가 말을 이었다.

"역사는 많이 미화(美化)시키는 것 같습니다. 승자(勝者) 위주로 기록될 수밖에 없는 것 같더군요, 패자(敗者)는 악인이고 부족했기 때문에 패했다고 전해지구요."

"그렇지."

이광이 웃음 띤 얼굴로 머리를 끄덕이며 다시 물었다.

"그럼 누구를 좋아하나? 그 시대의 인물이 아니어도 좋아."

"이순신요."

"으음."

이광의 입에서 저절로 신음이 터졌고 오금봉의 콧구멍이 갑자기 커졌으며 김필성은 외면했다. 모두 당황했기 때문이다. 그때 헛기침을 한 이광이 후미코를 보았다. 후미코는 정색하고 있다.

"이순신 장군을 알아?"

"<히데요시> 드라마에 이순신이 자주 나옵니다. 그래서 찾아보았지요."

"그렇구나."

"일본 해군은 싸울 때마다 졌더군요, 이건 역사를 조작할 수가 없었던 것 같습니다."

"그렇지."

"조선왕이 그런 이순신을 감옥에 가두고 고문을 했다는 기록을 보고 과연 침략을 당할 만한 나라구나, 하고 생각했습니다."

이광은 입을 다물었고 이제는 오금봉이 외면했으며 김필성은 괜히 물잔만 집어 들었다. 후미코가 말을 이었다.

"짧은 기록만 보는 것이 답답해서 한국역사서, 책을 가져다가 번역해서 읽어보았어요. 물론 제가 번역한 것은 아니지만요, 돈을 주고 시켰죠."

"굉장하군."

"덕분에 한국역사 공부도 했습니다."

그때 승무원이 들어와 각자의 앞에 커피잔을 내려놓았다. 정신을 차린 이광이 김필성에게 한국어로 말했다.

"놀랍군, 훌륭해."

비행기가 30분 후에 착륙한다는 기내방송이 울렸을 때 응접실에 앉아 있던 후미코는 안으로 들어서는 이광을 보았다. 이광 뒤에 김필성이 따르고 있다. 응접실은 소파와 탁자가 배치되어서 호텔의 라운지 같다. 옆쪽에 바가 있어서 온갖 종류의 술도 진열되어 있다. 그런데 손님은 후미코와 마쓰미 둘뿐이었다. 다가온 이광이 앞쪽 소파에 앉으면서 후미코에게 앉으라는 시늉을 했다. 둘이 앉았을 때 이광이 물었다.

"홍콩에서 5시간 기다렸다가 일본항공으로 갈아타지?"

"네, 회장님."

이광이 머리를 끄덕이며 말했다.

"난 홍콩에서 내리니까 후미코 씨는 이 비행기로 일본으로 가."

놀란 후미코가 숨만 들이켰을 때 김필성이 말을 받았다.

"예, 회장님 지시로 제가 모시고 가지요."

"아뇨, 저는……."

후미코의 얼굴이 빨개졌다가 곧 하얗게 굳어졌다. 세상에, 250인승 대형 여객기를 둘이, 아니,자신 하나를 위해서 빌려주다니, 그때 이광이 자리에서 일어서며 말했다.

"아주 좋은 시간이었어, 후미코 씨."

"안녕하셨어요?"

양명이 다소곳한 표정으로 인사를 했다. 홍콩 공항의 전용기 입국장 안, 이광은 전용기 앞에서 기다리고 있는 양명을 만난 것이다. 국가 원수급 의전이다. 비서실 직원이 일행의 여권을 모아서 한꺼번에 스탬프를 찍은 다음 나중에 갖고 올 것이다. 양명의 뒤에는 리무진이 주차되어 있다.

"응, 잘 있었어?"

다가간 이광이 손을 내밀며 말했다. 양명이 이광의 손을 두 손으로 감싸 쥐면서 악수를 한다. 뒤쪽에 비서실장 안학태, 경호실장 에릭센 등 수행원 수십 명의 시선이 있는 터라 양명은 굳어진 얼굴이다. 둘이 있었다면 나긋나긋한 태도로 눈웃음을 치면서 몸을 조금 비틀었을 것이다. 리무진은 뒷좌석이 마주보고 앉도록 되어 있어서 이광과 양명이 안학태와 에릭센을 마주보고 앉는 배치가 되었다. 차가 출발했을 때 양명이 말했다.

"내일 오전 10시에 전용기편으로 곧장 베이징에 가시는 스케줄입니다, 회장님."

이광이 머리만 끄덕였다. 중국 정부가 내준 전용기로 가는 것이다. 이번 중국 스케줄은 등소평 면담 외에 건설을 시작한 리스타 중국 공장들을 둘러볼 예정이다. 리스타 중국법인을 통해 이미 거금이 투자되고 있는 것이다. 미국의 '비밀원조자금'이다. 비공식자금이지만 이광은 그 자금을 전달하고 '집행'하는 과정을 확인하는 책임이 있다. 더구나 그 자금까지 만드는 역할을 하고 있으니만치 이광의 영향력은 거의 절대적이다. 중국 정부에서 전용기를 내주고 '국가원수급' 대우를 해주는 이유인 것이다. 양명이 조심스럽게 말을 이었다.

"내일 저녁에는 등소평 위원장 동지하고 같이 식사를 하시게 될 것입니다."

이광이 머리만 끄덕였고 양명은 말을 이었다.

"참석인원은 등소평 동지하고 화오방 동지, 그리고 조자양 동지입니다."

"알았어, 양명."

부드럽게 말한 이광이 의자에 등을 붙였다. 그때 앞쪽에 앉아 있던 안학태가 이광을 보았다. 이광의 시선과 3초쯤 부딪쳤다가 떨어졌는데 묻는 것 같은 표정이다. 안학태의 시선이 비껴났을 때 이광이 심호흡을 하고 나서 말했다.

"양명, 지난번 콘텍정유사 주식에 투자해서 1억5천만 불 손실을 입었지?"

그 순간 양명의 얼굴이 하얗게 굳어졌다. 양명의 시선이 이광과 안학태, 에릭센까지 스치고 지나가더니 눈동자가 여전히 흔들렸다. 그 시간이 3초밖에 안 되었지만 긴 시간처럼 느껴졌다. 여전히 이광은 시선을 주었고 양명이 마침내 대답했다.

"네, 회장님."

"그런데 그걸 감추고 미루다가 지금은 2억5천만 불 손실이 되었더구만."

"……."

"난 금융본부에서 보고를 받았어, 콘텍정유사의 파산 때문에 투자회사 수십 개가 망했고 손실액은 50억 불이 넘더군."

이광이 다시 심호흡을 했다. 양명이 대표로 있는 오리엔트투자는 이제 자본금 100억 불의 중견 투자사로 발전되었다. 물론 오리엔트투자는 중국 정부 자본으로 운용되는 회사다. 그런데 2억5천만 불의 손실을 입었다는 것을 오리엔트투자의 1년 이익금의 25퍼센트에 해당된다. 1년 예상이익이 10억 불이었기 때문이다. 그리고 가장 중요한 문제는 양명이 손실을 감추고 있다는 것이다. 손해가 났을 때 바로 손을 떼었어야 했는데 미루다가 이렇게 되었다. 이것은 대표가 파면되는 것이 정상이다. 중국 같은 경우에는 이보다 더 심한 벌이 내려질 것이다. 이광이 물었다.

"양명, 내가 상관할 일이 아니지만 어떻게 할 작정이야? 계속 감추다가 손실액이 더 커지면 오리엔트투자는 망한다."

"사우디모빌에 투자를 해서 손실을 보전할 계획입니다. 그래서……."

양명이 겨우 말했을 때 안학태가 헛기침을 했다. 참지 못한 것 같다. 이광에게 머리를 숙여 보인 안학태가 양명에게 말했다.

"제가 회장님 지시를 받고 오리엔트투자의 투자 동향을 체크했습니다. 물론 저희들 리스타투자를 통해 체크했지요."

양명의 얼굴이 더 굳어졌고 안학태가 말을 이었다.

"부루핑크 에이전시를 통해 사우디모빌을 소개받으셨더군요, 부루핑크에 5천만 불을 송금하셨지요?"

양명이 대답 안 한 것은 그랬다는 표시다. 이제 양명의 눈동자는 흐려져 있다. 차는 홍콩 시내로 진입하는 중이었는데 소음도 진동도 없어서 방에 앉아 있는 것 같다. 안학태가 말을 이었다.

"부루핑크 에이전시는 그 5천만 불을 자체 손실금으로 메웠습니다. 양 대표한테 보낸 사우디모빌 증권은 가짜이고 증시에 기록된 숫자는 조작한 것입니다."

양명이 시선만 주었고 안학태가 외면한 채 말했다.

"한마디로 사기당한 것이지요."

부루핑크 에이전시는 상장기업으로 양명과 여러 번 거래를 해왔기 때문에 믿었던 것이다. 그때 양명이 어깨를 늘어뜨리면서 말했다. 이제 손실은 3억 불이 넘었다.

"책임지겠어요."

모두 입을 다물었고 양명의 말이 이어졌다.

"보고하겠습니다. 그리고 책임을 지겠습니다."

"그래야지."

이광이 말을 받았다.

"손실을 입을 때도 있는 거야, 가장 중요한 것은 그 사실을 당당하게 밝힌다는 것이지."

호텔에 도착해서 응접실로 들어섰을 때는 이광과 안학태, 그리고 린드버그까지 셋이다. 양명은 내일 아침에 오기로 하고 돌아간 것이다.

헤클라호텔의 22층 특실에서는 구룡섬의 전경이 다 보인다. 소파에 앉은 이광의 앞쪽에 안학태와 린드버그가 나란히 앉았다. 먼저 안학태가 입을 열었다.

"양명은 보고하지 않을 것 같습니다. 그렇게 단순한 상황이 아니거든요."

그때 안학태로부터 차 안에서의 상황을 들은 린드버그가 바로 말을 이었다.

"양명은 가명계좌로 스위스은행에 1,500만 불, 프랑스계 리용은행에 700만 불을 예치시켜 놓았습니다. 그리고."

린드버그의 얼굴에 쓴웃음이 번져졌다.

"최근에 KGB요원을 만나고 있습니다. 중국 정부가 CIA와 밀접한 상황이라 소련에 의탁하려는 것 같습니다."

이광이 어금니를 물었다. 왜 이렇게 되었는가?

2장
등소평의 지원

반면교사(反面教師)다. 이광은 타인의 부정적인 면모에서 항상 가르침을 얻는 습성을 길러왔다. 그것이 자기발전을 위해서였는데 주변에서 쉽게 대상을 찾을 수 있었기 때문이다. 책이나 교육을 통해서보다 현실적이며 금방 이해가 된다. 그렇게 해서 성장해온 것이다.

양명의 경우도 보스의 입장에서 생각하면 깨달음이 나온다. 양명은 상부(上部)와 소통이 되지 않았다. 양명의 상부는 화오방이지만 업무가 많은 데다 양명으로서는 새까맣게 높은 고위층이다. 일 년에 서너 번 보고하는 것으로 끝났을 것이다. 이러니 공금횡령 하는 것도 쉽게 처리되었을 것이고 허위보고도 익숙해졌겠지. 양명의 오리엔트투자는 감사기능이 허술했다. 자체 감사부가 있었지만 부장이 허수아비여서 양명에게 꼼짝 못 한다고 했다.

양명은 허세와 허영심, 그리고 자존심까지 강한 성격이었다. 그래서 화오방과 이광과의 인연을 최대한 활용했을 것이다. 중국은 공산주의 국가다. 미국이나 한국과도 시스템 자체가 다르다. 화오방의 측근으로 알려진 양명의 한마디면 푸저우 당서기도 꼼짝 못 한다고 정남희가 보고했었다.

"어떻게 하지?"

마침내 이광이 그렇게 묻자 안학태와 린드버그가 서로의 얼굴을 보았다.

다음 날 아침 식사를 마쳤을 때 경호실장 에릭센이 이광에게 다가와 말했다.

"홍콩 주재 중국외무부 총영사가 왔습니다."

이광이 옆에 앉은 안학태와 린드버그를 차례로 보았다. 외무부 총영사라면 홍콩에 주재하는 중국 정부의 최고위 관리다. 이광이 전에 인사만 나눈 사이였는데 양명 대신 온 것이 분명했다.

"응접실에서 기다리고 계십니다."

에릭센이 말하자 이광은 자리에서 일어섰고 둘은 뒤를 따른다.

"양명한테 일이 생긴 것 같은데요."

린드버그가 이광의 옆에 붙어서더니 낮게 말했다.

"상부에 보고를 했든지 도피를 했든지 둘 중 하나일 것 같습니다."

이광도 같은 생각이었기 때문에 머리만 끄덕였다.

"양명 대표가 급한 업무 때문에 오지 못 하게 되어서 제가 대신 모시러 왔습니다."

50대 중반쯤의 왕현 총영사가 웃음 띤 얼굴로 말했다. 대머리에 웃는 얼굴이 환해서 부처님이 연상된다.

"아, 그렇습니까?"

건성으로 대답한 이광이 왕현과 인사를 나누고는 의자에 앉았다. 오전 9시 10분, 어제 상의한 결과 양명에 대한 문제는 리스타 측에서 상관하지 않기로 한 것이다. 이광의 결정이다. 안학태와 린드버그의 의견을 이광이 따른 셈이다. 그때 이광이 왕현에게 말했다.

"양 대표가 연락도 없이 안 온 건 처음 있는 일인데 급한 업무인 모양이군요?"

일부러 한 말이다. 왕현이 대답이 궁한 듯 손바닥으로 뒤쪽 대머리를 쓸었고 린드버그는 괜히 손목시계를 보았다.

"자, 가십시다."

이광이 다시 어색한 분위기를 깨뜨리려는 듯 자리에서 일어섰다. 안학태는 이광의 얼굴에 그늘이 끼어져 있는 것처럼 느껴졌다.

중국 정부의 전용기는 홍콩공항도 최우선 순위로 빠져나와 하늘로 날아올랐다. 전용기의 응접실에서 창 아래의 대륙을 내려다보던 이광이 앞쪽에 앉은 안학태에게 말했다.

"내가 사업을 좀 해보니까 이제 기업과 국가 간의 관계를 알겠어."

안학태는 눈만 끔벅였고 이광이 말을 이었다.

"난 말단 사원일 때 편법, 탈법, 또는 음모와 공작, 그래서 수단 방법을 가리지 않고 이기는 자가 곧 성공하는 인간이라고 믿었어."

이광의 얼굴에 쓴웃음이 번져졌다.

"그렇게 사원, 대리, 과장, 부장, 사장에까지 올라간 거야."

그러고는 이광이 길게 숨을 뱉었다.

"그러다 기업군을 거느리고 나서야 국가라는 것을 생각하게 되었어. 그때서야 국가가 눈앞에 닥쳐오는 거야, 눈에 보인 것이지."

이광이 머리를 절레절레 흔들었다.

"국가관을 서둘러 세워야 했어. 잘못하면 사기꾼 대장, 도둑놈 총수, 조폭 보스가 되어서 어느 놈한테 걸려도 매장당하게 될 테니까 말야."

"……."

"다행이었어, 거의 모든 사람들을 내 반면교사로 삼아서 내 자신을 돌이켜보고 나를 채찍질한 거야. 그러지 않았다면 난 회사 사장에서 무너지거나 했을 거야."

"저는 회장님을 존경하고 있습니다."

안학태가 말하자 이광이 풀썩 웃었다.

"아부하지 마라, 버릇 된다."

"진심입니다."

"내가 아부에 버릇이 든단 말이야. 단것만 먹다가 조금이라도 덜 단 것을 먹으면 뱉게 돼, 이해하겠나?"

"예, 회장님."

"양명은 내가 데리고 잤어, 알지?"

불쑥 이광이 묻자 안학태가 숨부터 들이켜고 나서 대답했다.

"예, 회장님."

"영리하고 가슴도 따뜻한 여자였어, 중국 정부에서 미인계를 쓴 것 같지만 나를 인간적으로 대해주는 여자였어."

"……."

"나도 좋아했고."

"……."

"내가 도와줄 수 없었을까?"

"예, 회장님."

"도와줄 수 없었단 말인가?"

"도와줄 상황이 아니었습니다, 회장님."

"그렇지."

이광이 흐린 눈으로 머리를 끄덕였다. 리더의 국가관 이야기를 하다가 갑자기 양명 이야기로 돌린 것은 머릿속에 넣어두고 있다는 증거일 것이다. 그때 안학태가 말했다.

"이런 말씀 저한테 자주 하십시오, 회장님. 제가 다 들어드릴 테니까요."

그러자 이광이 어깨를 늘어뜨렸다.

"어서 오게."

오후 6시, 베이징 이화원 근처의 안가, 안가라고 했지만 전에 황제의 별궁이었던 곳을 개조한 곳이어서 응접실이 황제의 정청에다 소파만 놓은 것 같다. 이광이 안학태와 함께 들어서자 기다리고 서 있던 등소평이 맞았다. 등소평 옆에서 화오방과 처음 보는 사내가 서 있다. 조자양일 것이다. 등소평이 다가온 이광의 손을 쥐고는 부드럽게 웃었다.

"그동안 마음고생이 많았지?"

"아닙니다. 감사합니다, 위원장님."

"부모님께서 극락에 가셨을 거네."

"감사합니다."

등소평이 손을 놓자 이광이 화오방, 조자양의 순서로 인사를 했다. 조자양은 60대쯤의 단정한 용모의 사내였다.

"제가 조자양입니다. 반갑습니다."

자신이 먼저 그렇게 소개를 했고 이광도 같은 인사를 했다. 이광을 따라서 안학태는 등소평, 화오방 순으로 악수를 나누었는데 잔뜩 얼어서 입도 떼지 못했다. 인사를 마친 다섯이 소파에 눌러앉았을 때 황제의 시녀 같은 여자들이 다섯 명이나 다가와 각자의 앞에 보물단지 같은 찻잔을 놓고 돌아갔다. 붉은색 치마가 펄럭일 때 진한 향내가 맡아져서 이곳이 황제의 궁 같은 착각이 일어났다. 그때 등소평이 먼저 입을 열었다.

"이번 기회에 중국을 돌아보도록 하게, 지금 6개에 지역에 대단위 공장이 건설되는 중인데 그곳이 중국발전의 기반이 될 것이네."

"예, 위원장님."

"내가 개발특구로 지정한 상하이, 충칭지구를 가봐 주게."

"예, 위원장님."

"리스타그룹의 중심을 상하이에 옮겨온다면 내가 토지, 건물을 1백년간 무상으로 임대해 주겠네."

"감사합니다, 위원장님."

"검토해보겠는가?"

"예, 위원장님."

엄청난 특혜지만 등소평의 의도가 엿보였다. 리스타그룹은 이미 전세계에 기반을 굳히고 있어서 각 지역 법인이 본부 역할을 한다. 리스타그룹의 본부는 상징적인 역할인 것이다. 등소평은 상하이에 리스타 본부를 유치시킴으로써 자본주의 체제를 공표하려는 의도다. 이광의 대답에 만족한 등소평이 머리를 끄덕이며 웃었다.

"됐어, 자네는 우리 중국의 은인이네."

"아닙니다, 위원장님."

"여기 앉은 화오방, 조자양이 내 후계자야. 이놈들도 자네의 신세를 잊지 않을 거네."

"아닙니다, 위원장님."

이광의 등에서 식은땀이 주르르 흘렀다. 지금 등소평은 중국의 후계 체제를 말해주고 있는 것이다. 그동안 화오방의 위상이 부쩍 높아졌다. 화국봉 주석을 견제한 등소평 국방위 위원장이 최고 실력자로 부상하면서 화오방을 전면에 내세웠기 때문이다. 화오방의 서열은 이미 3위다. 그때 등소평이 화오방에게 말했다.

"자, 네가 말해라."

"예? 뭘 말씀입니까?"

숨을 들이켠 화오방이 긴장한 표정으로 묻자 등소평이 입맛을 다셨다.

"병신 같은 놈, 이광에게 은인을 위해 최선을 다하겠다고 약속을 하란 말이다."

"예, 위원장님."

대답하고 난 화오방이 이광을 향해 몸을 돌렸다. 그러고는 두 손을 모아 쥐고 앉은 채로 머리를 숙였다.

"내가 천지신명께 맹세코 이광 동지의 도움을 잊지 않을 것이며 우의(友義)를 변치 않을 것입니다."

"감사합니다."

당황한 이광도 두 손을 모아 쥐고 머리를 숙여 답례를 했을 때 등소평이 조자양을 턱으로 가리키며 말했다.

"얘는 곧 총리가 될 거야, 그래서 자주 만나게 될 거네."

그러더니 조자양에게 말했다.

"너도 인사를 해."

"예, 위원장님."

조자양은 아예 벌떡 일어섰기 때문에 이광도 엉겁결에 따라 일어섰다. 조자양이 허리를 굽히면서 말했다.

"이 회장님은 우리 중국의 은인이십니다. 이 조자양이 살아 있는 동안 잊지 않겠습니다. 감사합니다."

"영광입니다."

이광도 허리를 굽혀 답례했다. 화오방은 이때 68세요, 조자양은 63세다. 이광의 아버지뻘이다.

회의를 마치고 옆쪽 식당으로 옮겨갔을 때 이곳도 황제의 식당 같았다. 둥근 원탁은 금장식으로 뒤덮였고 붉은 기둥은 지름이 1미터도 넘었다. 그 기둥들이 10여 개나 세워진 식당에 다섯이 원탁에 둘러앉았다. 이번에는 시녀 수십 명이 나비처럼 다가와 온갖 음식을 내려놓았는데 맛있는 냄새가 진동을 했다. 그러나 산해진미가 눈앞에 펼쳐져 있는데도 식욕이 일어나지 않았다.

"그거 곰 발바닥이네."

등소평이 이광 앞에 놓인 접시를 눈으로 가리키며 말했다. 그러더니 안학태 앞쪽 접시 하나를 가리켰다.

"그건 앵무새 혓바닥이지, 맛이 있어."

앵무새 혓바닥이 수북하게 쌓여 있는 것이다. 아마 5백 마리쯤 되는 앵무새 혀를 쌓은 것 같다. 이광은 등소평이 권하는 70도짜리 백주를 들었다. 진시황이 마셨던 술이라는 것이다. 그때 등소평이 말했다.

"중국은 30년 안에 미국을 따라잡을 거네."

CIA 부장 후버가 소련담당 부장보 해밀턴에게 말했다.

"지금 이광이 베이징에 있어, 알고 있지?"

"압니다."

의자에 등을 붙인 해밀턴이 후버를 보았다. 오전 9시 반, 베이징은 오후 10시 반일 것이다. 후버가 쓴웃음을 짓고 말했다.

"중국 공산당 2호기를 타고 베이징에 들어갔어. 2호기는 누구 전용기인지 알지?"

"예, 등소평 전용기지요."

"지금 세계 고위층이 모두 주목하고 있어. 어젯밤에 대통령께 보고했더니 이광이를 한번 만나게 해달라고 하시더군?"

"만나는 것도 나쁘지 않을 것 같습니다만?"

"아직 그럴 필요는 없다고 말씀드렸어."

"……."

"해밀턴이 리스타연합으로 옮겨간 후에 만나는 게 나을 것 같다고 했어."

"내 이름을 언급하셨단 말입니까?"

"아니, 속으로 말했어."

"나아, 참."

코웃음을 친 해밀턴이 후버를 보았다.

"보스, 제가 리스타로 옮겨가면 마약 관계 일을 모두 관리하게 될 겁니다."

"그래야지."

"그래서 미리 말씀드리는데 보스가 혹시……?"

"혹시 뭐?"

"멕시코, 리비아, 중국산 마약이 한 달 평균 50억 불 가깝게 리스타를 통해 유통이 됩니다."

"우리가 리스타를 통해 조정하지 않았다면 한 달에 1백억 불 물량도 넘게 쏟아졌을 거다."

"그래서 혹시……?"

"또 뭐가 혹시냐?"

"보스가 그 자금에서 개인적으로 손을 대신 금액이 있는가 해서요?"

해밀턴이 번들거리는 눈으로 후버를 보았다.

"최종금액은 보스하고 윌슨만 알더군요. 윌슨이야 보스가 똥 싸고 뒤 닦지 말고 그냥 나오라고 하면 그냥 나올 놈이니까 놔두죠."

"……."

"하지만 그런 놈이 위험합니다. 일이 탁, 터지면 대책 없이 불게 됩니다. 그런 놈 많이 겪지 않으셨습니까, 청문회에서……?"

"그만."

손을 들어 말을 막은 후버가 초점이 흐려진 눈으로 해밀턴을 보았다.

"너, 내 연봉이 얼마인지 알지?"

"예, 14만 불이더군요, 보너스까지 해서 18만 불."

"넌 18만 불이 껌값이지, 지난주에만 로비자금으로 120만 불을 썼더구만."

"160만 불입니다."

"이광이가 줬나?"

"예, 보스."

"난 로비할 놈도 없고 자식들하고는 의절한 지 20년 되었다."

후버가 길게 숨을 뱉었다.

"마누라는 한 달에 생활비로 2,300불을 쓰더구만. 나머지는 저축을 하더라."

후버의 얼굴에 웃음이 떠올랐다.

"지금까지 172만 불을 모았어. 27년 동안 말이다."

"……."

"그 돈 갖고 은퇴하면 발리에 가서 살자고 그런다. 5만3천 불짜리 집도 알아보았어."

"……."

"넌 5만3천 불이면 며칠 호텔비로 날아가지?"

"보스, 그럼 따로 챙기신 돈은 없다는 말씀입니까?"

"그게 나하고 이광이, 그리고 이광이 졸개가 될 너희들하고 다른 점이다."

어느덧 정색한 후버가 똑바로 해밀턴을 보았다.

"나는 모든 일을 국가 위주로 생각하지만 네놈들은 손익부터 따지는 거야. 돈의 향방만 추적하고 있어."

"……."

"그러다가 큰 것 놓친다, 이 개자식들아."

"명심하겠습니다."

앉은 채로 머리를 숙여 보인 해밀턴이 말을 이었다.

"설령 계산을 하다가 보스가 횡령하신 비자금이 드러나도 입을 다물지요. 다 국가를 위해서 그러셨을 테니까요."

밤 11시 10분, 식사와 술까지 마신 주연이 끝났을 때 등소평이 말했다.

"잠깐 자리 좀 비켜주게, 내가 이 회장한테 할 이야기가 있어."

그러자 화오방과 조자양이 서둘러 일어섰다. 안학태와 함께 셋이 방을 나갔을 때 넓은 식당은 갑자기 무거운 정적에 덮여졌다. 시중을 들던 선녀들도 연기처럼 따라 나갔기 때문이다. 등소평이 식탁에 두 팔을 올려놓고 이광을 보았다.

"광아, 잘 들어라."

이광이 숨을 들이켰다. 등소평이 이름을 부른 것은 처음이다. 마치 막내아들을 부르는 것 같다.

"예, 위원장님."

이광이 갈라진 목소리로 대답했을 때 술잔을 두 손으로 감싼 등소평이 말을 이었다.

"저, 화오방, 조자양이 앞으로 중국을 이끌어 나갈 것이다. 곧 화오방이 주석, 총서기가 되고 조자양은 총리다."

등소평이 한 모금 고량주를 삼켰다.

"둘은 자본주의파지, 내 흑묘백묘론에 적극 찬동하는 파다."

"……."

"둘이 이끄는 중국은 10년쯤 무섭게 경제성장을 할 것이다. 그때 네가 도움을 주겠지."

등소평의 얼굴에 희미하게 웃음이 떠올랐다.

"잘 들어라, 광아."

"예, 위원장님."

"자본주의에 물든 둘은 인기영합적 정치로 인민들을 이끌어 갈 것이다. 그것은 곧 영웅숭배 분위기를 만들고 그러다가 중국은 통제 불능 상태가 된다."

이광이 숨을 들이켰다. 그때 등소평이 목소리를 낮췄다.

"둘하고 10년간 호응하되 다 쏟아 붓지 말아라, 그것이 중국이나 리스타의 장래를 위해서 도움이 된다. 무슨 말인지 알겠느냐?"

"예, 위원장님."

"중국은 공산당 지도체제로 남아야 한다. 영웅이 이끌어가는 국가가 되어서는 다 망한다. 또다시 과거로 돌아갈 수는 없다."

이것이 위대한 지도자의 충고다.

이광의 공장 순방에는 총리 조자양이 동행했다. 총리 전용기 안에는 리스타 중국법인 사장 정남희와 간부들까지 동승했고 중국 정부 측에도 장관급 각료가 3명이나 탔다. 어지간한 외국 정상의 행차보다도 낫다. 첫 순방지는 길림(吉林)성의 엔지, 연변이라고 불리는 조선족 자치주의 중심도시다. 전용기가 베이징 공항을 출발했을 때 조자양이 이광에게 말했다.

"엔지는 조선족 인구가 5할쯤 됩니다. 5년쯤 전에는 조선족이 8할이었는데 모두 대도시로 떠났지요."

직장을 잡기 위해 떠난 것이다. 시골에서는 살기가 어려웠다는 증거다. 조자양의 시선이 정남희에게 옮겨졌다. 정남희가 중국 공장 건설의 리스타 측 책임자인 것이다. 리스타를 통해 투자되는 미국 측 자본금이 정남희의 손에서 집행된다. 그동안 정남희는 엔지를 5번 다녀왔다고 했다.

"정 사장, 엔지가 리스타 중국의 공장으로는 첫 번째로 가동될 것 같지요?"

"예, 총리 각하."

조자양의 시선을 받은 정남희가 웃음 띤 얼굴로 대답했다.

"6개 지역에서 거의 동시에 시작했지만 엔지가 가장 먼저 준공이 될 것 같습니다."

"엔지 시당국과 길림성 정부가 아주 능률적으로 일을 하더군요."

"네, 총리 각하."

정색한 정남희가 말을 이었다.

"정부의 개혁개방에 적극 호응하고 있습니다."

정남희는 그동안 눈에 띄게 달라졌다. 리스타 중국법인의 사장으로 1백여 명의 직원과 이제 2만 명이 넘는 리스타 푸저우 공장까지 관리하고 있는 데다 중국 전역에 세워질 리스타 중국 공장 건설에 동분서주하고 있는 것이다. 아직 33세의 나이에 과분한 직책으로 보이지만 이광의 생각은 다르다. 이광도 37세의 나이에 그룹 회장인 것이다. 정남희의 보좌진은 40대가 대부분이다. 이광은 정남희도 꾸준히 자기 계발을 해왔고 위치에 맞는 역할을 찾느라 노력을 한 흔적을 보았다. 비행기 안, 잠깐 응접실에서 둘이 있게 되었을 때 이광이 정남희에게 말했다.

"정 사장, 넌 경영자로서의 자질이 나보다 낫다. 네가 독립하고 싶다면 네 회사를 가져도 좋다. 내가 밀어주마."

"천만에요."

정남희가 쌀쌀맞게 대답했다. 눈썹을 모은 얼굴이 날카롭게 느껴졌다.

"전 제 분수를 알아요, 이 나이에 리스타 중국법인 사장이 된 게 제 능력 때문인가요? 회장님과의 인연 때문이죠."

"인연은 누구나 다 맺는다. 나도 그렇고."

"회장님이 안 계셨다면 전 지금쯤 회사과장쯤에서 서류 들고 왔다 갔다 하겠죠, 전 특별한 인연, 혜택을 받은 거죠."

정남희가 똑바로 이광을 보았다. 짧게 자른 머리에 정장 투피스 차림의 정남희한테서 은근한 품위가 느껴졌다.

"그 혜택을 받은 보답을 해야죠. 전 리스타 중국법인을 중국 제일의 대기업으로 성장시킬 것입니다."

물론 리스타, 중국의 합작기업이 될 것이다. 이번 미국 자본으로 건설 예정인 리스타 중국법인 공장에도 리스타의 지분이 참여할 예정이다. 이광이 머리를 끄덕였다. 앞으로 10년은 물불 가리지 않고 중국과 함께 달려나가야 할 것이다. 등소평이 배후에 있는 데다 중국의 최고 실권자가 될 예정인 화오방과 총리 조자양이 밀어주고 있지 않은가? 등소평이 어제 한 말이 떠올랐다.

"호응하되 쏟아 붓지 말아라."

엔지, 조선족의 도시, 길림성은 조선족 자치구가 포함된 성이고 엔지가 조선족의 중심도시다. 조선족은 중국 50여 개 이민족 중에서 가장 자립, 자주성이 강하고 중국문화에 흡수되지 않은 민족이다. 아니, 오히려 중국을 지배하고 있는 한족에 대해 전혀 위축되지 않는 민족이기도 하다. 이 조선족은 100여 년 전 일본이 조선을 점령했을 때부터 만주로 쏟아져 나가 조선족 집단을 형성했다.

자치구에는 아직 1백만에 가까운 조선족이 거주하고 있었는데 공항에 마중 나온 길림성 당서기, 길림성장, 엔지시 당서기, 시장 중 조선족은 한 사람도 없다. 도열해 서 있는 1백여 명의 관리들과 차례로 악수를 하던 이광은 맨 마지막에서 세 번째쯤에서 공장인력부장 명찰을 단 조선족 사내를 보았다.

조자양은 한 10명쯤 고위직과 악수를 나누고 그만두었지만 이광과 정남희는 부동자세로 서 있는 관리들하고 끝까지 악수를 하면서 나갔던 것이다. 그 뒤를 조자양이 뒷짐을 지고 따라갔고, 끝에서 두 번째는 미모의 여자였다. 가슴이 서늘해질 만큼의 미인이었는데 가슴에 한자로 장홍보부장 안인실이라고 적혀져 있다. 이광은 그 여자하고도 악수를 했다. 맨 끝은 무슨 운송부장인가 남자였다. 악수를 끝낸 이광이 몸을 돌려 조자양의 옆으로 다가갔더니 조자양이 빙그레 웃었다.

"이 회장께서 자상하십니다."

왜 저처럼 고위직 10명쯤 악수를 하고 말지 끝까지 갔느냐는 것이다. 이광이 입맛을 다시면서 따라 웃었다.

"마중 나오셨으니까 인사를 드려야지요."

"아주 좋아하는군요."

조자양이 발을 떼면서 말을 이었다.

"엔지에 대규모 공장이 들어서게 되면서 올해 초부터 조선족 이주가 줄어들었습니다. 오히려 타지에 갔던 조선족이 돌아온다고 합니다."

그날 저녁, 조자양과 이광을 중심으로 고위층 10여 명이 원탁에 둘러앉아 저녁식사를 했다. 장소는 엔지 중심가에 위치한 식당 아리랑, 제일 큰 식당이라고 했지만 2층에 좌석이 1백 개정도여서 엔지시 당국이 통째로 빌려놓았다. 원탁은 4개를 준비해서 각 원탁에 정부 측 손님 50여 명과 길림성과 엔지시 간부 50여 명이 둘러앉았다.

식사를 시작하기 전에 조자양이 건배를 맨 먼저 제의했고 두 번째는 이광이, 세 번째로 당상무위원, 네 번째로 당중앙위원, 다섯 번째 당경제비서, 여섯 번째 총리실 비서장, 일곱 번째 당위원, 여덟 번째가 길림성 당서기, 아홉 번째가 길림성장, 열 번째가 엔지시 당서기, 열한 번째가 엔지시장이 되었다. 이광은 미리 안학태의 주의를 받고 조자양의 첫 번째 건배주만 반쯤 마시고 두 번째 자신의 건배주도 안 마셨다.

다음 날 오전, 조자양과 함께 준공을 앞둔 공장을 시찰하던 이광이 옆을 따르는 공장 관리인에게 물었다. 엔지 공장의 관리인은 한족이다.

"공장 간부 중에 조선족은 몇 명이나 됩니까?"

"예?"

당황한 관리인이 먼저 조자양의 눈치부터 보았다. 일행은 넓은 공장 안에 모여서 있었는데 길이가 500미터, 넓이는 1백 미터 면적에 미싱이 정연하게 놓여져 있어서 조자양은 연신 감탄하고 있었다. 그러나 푸저우 리스타 합영공장은 이보다 2배는 더 크다. 조자양이 안 가본 것 같다. 이광의 시선을 받은 관리인이 대답했다.

"예, 인력부장, 홍보부장이 조선족이지요."

그 둘은 공항에 나왔었고 지금도 뒤를 따르고 있다. 머리를 끄덕인 이광이 말했다.

"자료를 보았더니 고급간부 22명 중에서 조선족이 2명이더군요, 그렇지요?"

"예, 그렇습니다."

1백 명 가까운 시찰단의 시선이 모여졌고 주위가 조용해졌다. 이광의 옆에 선 정남희도 긴장하고 있다. 자료는 정남희가 보고한 것이다. 그때 이광이 다시 물었다.

"현재 공장 근로자는 1만5천 명 채용을 했는 데다 그중 80퍼센트가 조선족인데 조선족 간부는 왜 2명뿐입니까?"

"예, 그것이……."

관리인의 눈동자가 어지럽게 흔들리면서 얼굴이 누렇게 굳어졌다. 관리인은 리스타 중국법인의 공장건설 사업부와 공장이 건설될 각 성(省)의 건설사업부가 합의 하에 선임하지만 공장의 간부와 근로자는 각 성에서 채용하도록 되어 있는 것이다. 길림성과 엔지시 당국에서는 고급간부들을 밀어 넣기 식으로 채용했다. 관리자는 재량권이 없었기 때문에 단 한 명도 채용할 수가 없다.

지금 둘러선 일행 중 10여 명이 공장 고급간부지만 모두 낙하산이다. 공장 경영에 문외한인 엔지시 당국의 공무원, 길림성의 당서기 비서도 공장 국장이 되어서 일행에 끼어 있다. 이러니 조선족 출신 전문인력을 간부로 채용할 여유가 있을 리가 없다.

잠깐 주위에 무거운 정적이 덮여졌다. 조자양도 상황을 알아도 입을 열지 못한다. 길림성 당서기, 길림성장이 바로 옆에 서 있었기 때문이다. 당서기는 현(現) 주석 화국봉 계열이고 길림성장은 서열 5위의 중앙상위원장 계열이다. 조자양은 서열이 13위다. 그때 이광이 말했다.

"조선족 전문가가 부족한 모양이군요, 공장을 가동시키면서 조선족 간부들도 열심히 양성을 하셔야 되겠습니다."

"아, 그럼요."

바로 대답한 50대쯤의 관리인이 열심히 머리를 끄덕였다. 목이 막혔다가 풀린 것처럼 숨도 가빠져 있다.

"열심히 양성하겠습니다."

"자, 그럼 저쪽 공장으로 갑시다."

조자양도 한숨 돌렸다는 표정을 짓고 먼저 발을 떼면서 말했다.

점심을 공장 식당에서 먹었는데 진수성찬이었다. 엔지시 당국이 준비를 단단히 한 것 같다. 온갖 산해진미가 쌓여진 뷔페식 요리를 보고 이광이 감탄했다.

"훌륭합니다."

이광이 샥스핀을 먹으면서 말했더니 조자양이 빙긋 웃었다.

"식사만 훌륭하면 뭐합니까?"

이광의 시선을 받은 조자양이 말을 잇지 않았다. 원탁에 여럿이 둘러앉아 있었기 때문인 것 같다. 이광이 머리를 돌려 옆쪽에 앉은 안인실을 보았다. 공장홍보부장 이름표를 매달고 있다.

"공장 홍보용 필름을 리스타 중국법인으로 여러 개 보내도록 하세요."

이광이 중국어로 말하자 안인실이 급하게 메모를 했다. 다시 테이블 주위가 조용해졌고 이광이 말을 이었다.

"전 세계로 엔지 공장을 소개할 테니까요, 전 세계의 TV 뉴스에 보도가 될 겁니다."

이광의 시선이 길림성 당서기, 성장, 엔지시 당서기, 시장의 얼굴을 스치고 지나갔다.

"발전하는 중국의 모습으로 선전할 계획입니다. 세계 사람들이 그 필름을 보고 감동할 겁니다."

조자양이 커다랗게 머리를 끄덕이더니 곧 박수를 쳤다. 그러자 당서기, 성장이 바로 따라서 박수를 쳤고 곧 모두 밥 먹다 말고 박수를 쳤다.

오후 3시 반, 숙소로 돌아가는 차 안에서 조자양이 머리를 돌려 이광을 보았다. 1호 차에는 조자양과 이광이 뒷좌석에 나란히 앉았고 앞에는 운전사와 총리 비서가 탔다.

"이 회장께 여러 가지 폐를 끼칩니다."

불쑥 조자양이 말하자 이광이 쓴웃음을 지었다.

"제가 하는 것이 낫지 않겠습니까?"

조자양이 길게 숨을 뱉었다.

"한순간에 달라질 수는 없지요."

"이해합니다, 총리 각하."

"이것을 시범 케이스로 삼게 될 것입니다."

목소리를 낮춘 조자양이 말을 이었다.

"공산주의 체질에 젖으면 도저히 능률이 일어나지 않습니다. 같이 굶어죽는 수밖에 없어요."

"……."

"서로 나눠먹기 식으로 가다가는 공장은 곧 망합니다."

조자양의 목소리에 열기가 띠어졌다.

"이 회장께 이런 일까지 맡겨드려서 뭐라고 말씀을 드려야 할지 모르겠습니다."

"아닙니다. 당연히 제가 할 일입니다."

차 안에 정적이 덮여졌다. 엔지 공장이 시범 케이스로 벼락을 맞는다. 관계자 백여 명이 모인 자리에서 이광이 공장의 고급 간부 중 조선족이 2명뿐이냐고 물은 것은 아마 오늘 밤 안으로 공장이 건설 중인 6개 성(省)으로 전파될 것이었다. 모두 이곳에 촉각을 곤두세우고 있기 때문이다.

오늘 밤 이광은 등소평에게 보고를 할 것이었다. 보고는 형식이다. 그냥 문안 인사만 하고 끝나겠지만 내일 아침에 길림성은 벼락을 맞는다. 길림성 당서기, 길림성장, 엔지시 당서기, 엔지시장이 직위가 몰수되고 베이징으로 긴급 호송될 것이었다. 혐의는 권한남용이다. 이번을 시범 케이스로 각 성의 공장은 낙하산 인사를 일순간에 끊게 될 것이다. 이것이 중국식 개혁이다. 엔지에 오기 전에 미리 각본을 쓰고 왔지만.

"저, 방으로 가요?"

정남희가 묻자 이광이 풀썩 웃었다. 오후 8시 반, 영빈관에서 직원들과 함께 저녁을 먹고 나서 커피를 마시는 중이다. 마침 안학태와 다른 사람들이 자리를 비우고 둘만 남았을 때 정남희가 물은 것이다. 이광의 웃는 모습을 본 정남희가 눈을 흘겼다.

"왜요? 이젠 싫어요?"

"팍팍한 분위기가 순식간에 깨지는구나."

"어색해요? 회장, 사장 관계여서? 아니면 불륜이라고 생각하세요?"

그러고 보면 불륜도 아니다. 둘 다 미혼인 데다 좋아하는 사이 아닌가? 어색하기는 하다. 아랫사람들에게 보이기는 민망한 모습이 되겠지, 그때 이광이 말했다.

"우리 관계는 다 알고 있을 거야?"

"물론이죠, 그러니까 둘이 자지 않았다면 그것이 더 이상할 건데요?"

"이상한 비약이군."

"같이 있고 싶어요."

정남희가 번들거리는 눈으로 이광을 보았다.

"결혼하시면 건드리지 않을게요."

이광이 다시 웃었다. 이것이 정남희의 성격이다. 문득 윤지혜의 얼굴이 떠올랐다. 윤지혜한테서 반면교사로 얻은 교훈도 이어서 떠올랐다. '배신도 욕심 때문이다.' 이윽고 이광이 머리를 끄덕이며 말했다.

"고맙다."

"방에 오라는 말씀으로 들을게요."

바로 정남희가 말을 받는다.

밤 10시 정각, 이광이 전화기를 귀에 붙이고는 교환에게 말했다. 교환은 엔지시 전화국 교환이다.

"나, 리스타 회장인데 베이징 국방위 위원장실 야간전화로 바꿔줘요."

"예?"

놀란 교환의 목소리가 커졌다.

"알겠습니다. 회장님, 잠깐만 기다려주십시오."

"그러지요, 전화 끊고 기다리겠습니다."

전화기를 내려놓은 이광이 앞에 앉은 안학태를 향해 웃었다.

"얼마나 걸릴까?"

"얼마 걸리지 않겠지요."

따라 웃은 안학태가 손목시계를 보는 시늉을 했다.

"위원장님도 세심하시군."

"그만큼 신경을 많이 쓰신다는 거죠."

등소평과의 직통전화는 교환에게 번호만 불러주면 될 것이었다. 그런데도 등소평은 위원장실을 통해 자신에게 전화를 하도록 한 것이다. 이유는 뻔하다. 모두 알도록 하려는 것이다. 지금쯤 교환은 상급자에게 보고를 하고 그 상급자는 또 윗선에게 묻고, 그래서 소문이 순식간에 번져나갈 것이다. 그때 전화벨이 울렸기 때문에 안학태가 손목시계를 보고 말했다.

“3분 35초 걸렸습니다. 빠른 편인데요.”

전화기를 귀에 붙인 이광에게 굵은 사내의 목소리가 울렸다.

“예, 국방위원장 비서실입니다.”

“나, 리스타 이광인데요, 위원장님 부탁합니다.”

이광이 말했더니 사내가 공손하게 대답했다.

“예, 회장님, 잠깐만 기다리십시오.”

그러고는 30초쯤 지났을 때 수화구에서 등소평의 목소리가 울렸다.

“응, 기다리고 있었어, 잘 끝났나?”

“예, 위원장님.”

“고생이 많아, 그래, 어떤가?”

“제가 몇 가지 지적을 했습니다, 위원장님.”

“잘했어.”

등소평의 목소리가 엄격해졌다.

“고칠 건 고쳐야지, 전(前)과 같은 자세로 일하면 만날 그 꼴이야.”

“예, 위원장님.”

“이 전화를 누가 도청한다면 아마 그 윗선에서 끝까지 모조리 반동분자로 처형이 될 테니까 허심탄회하게 말해보게.”

“예, 위원장님.”

이광이 숨을 들이켰다. 만일 누가 이 전화를 도청하는 중이었다면 이 말을 듣고 기절초풍을 하고 끊었을 것이다. 그리고 한 5년 동안은 잠도 제대로 못 잘 것이었다.

“간부 채용에 대해서 지적을 했습니다.”

“잘했어.”

이미 이야기가 되어 있는 터라 등소평이 바로 대답했다.

"내가 처리를 하지."

더 이상 이야기 할 것도 없다. 이것으로 되었다. 등소평이 말을 이었다.

"그럼 잘 쉬게."

"예, 위원장님, 편히 쉬십시오."

이광이 전화기를 내려놓았을 때 안학태도 자리에서 일어섰다.

"그럼 쉬십시오, 회장님."

안학태가 방을 나간 지 30분쯤 되었을 때 문에서 노크 소리가 났다. 다가간 이광이 문을 열자 정남희가 시선도 마주치지 않고 방으로 들어섰다. 정남희는 투피스 정장 차림으로 앞을 지날 때 옅은 향내가 맡아졌다. 익숙해진 향내다. 문을 닫은 이광이 정남희의 뒷모습에 대고 말했다.

"방금 위원장님하고 통화를 했어."

"그러셨어요?"

몸을 돌린 정남희가 이광을 보았다. 얼굴이 조금 붉어져 있다. 다가간 이광이 정남희의 허리를 감아 안았다.

"넌 아름답고 영리하고 재치가 있는 데다……."

"그만."

두 손으로 이광의 목을 감아 안은 정남희가 입술로 이광의 입을 막았다. 곧 정남희의 벌린 입에서 혀가 나왔고 방 안은 뜨거운 열기에 덮여졌다. 잠시 후에 입을 뗀 정남희가 몸을 꽉 붙인 채 말했다.

"어렸을 때 부모한테서 타인에 대한 배려를 자주 들었어요."

정남희가 하반신을 딱 붙이더니 눈웃음을 쳤다.

"이제는 제가 무슨 생각을 머릿속에 넣고 있는지 아세요?"

이광은 시선만 주었고 정남희가 말을 이었다.

"사랑에도 희생과 배려가 필요하다는 것."

엘리베이터에서 내린 시노다가 앞쪽 차로 다가갔다. 오전 12시 반, 이곳은 도쿄 긴자의 엠버서더 빌딩 지하 주차장, 지하 1층 루비 바에서 경제인 연합회 회장 다까노와 밀담을 마친 시노다가 귀가하려는 중이다. 차 옆에서 기다리고 있던 경호실장 오베가 문을 열었다. 시노다의 차는 벤츠600, 방탄 차량으로 특별주문을 했기 때문에 차 밑에서 지뢰가 터져도 끄떡없다. 시노다 전용차 뒤로 또 다른 벤츠600이 세워져 있었는데 안에는 경호원 5명이 타고 있다. 모두 총기를 휴대하고 있어서 '총리급' 경호다. 차로 다가간 시노다가 오베에게 말했다.

"사꾸라로 가자."

"예, 조장님."

머리를 숙여 보인 오베가 한 걸음 물러섰다. 사꾸라는 시노다의 애인 암호다. 다이꼬의 암호인 것이다. 시노다의 또 다른 애인 가즈매의 암호는 가짱, 전에는 애인을 5명까지 두어서 오베가 암호 외우는데 진땀을 뺐지만 다른 데로 간 적은 없다. 시노다가 차에 들어서려고 허리를 숙였을 때다. 갑자기 둔탁한 소음이 주차장을 울리더니 시노다가 뒷좌석 위로 엎어져 버렸다.

"앗!"

놀란 외침을 뱉은 오베가 시노다의 어깨를 잡았다.

"조장님!"

그때 오베는 시노다의 뒷머리에서 뿜어져 나오는 피를 보았다. 맞았다. 오베가 몸을 세웠을 때 뒤쪽 차에서 경호원들이 쏟아져 나왔다.

"뭐야!"

"무슨 일이야!"

외침들이 지하 주차장을 울렸을 때 오베가 주위를 둘러보았다. 어느덧 손에 베레타를 뽑아들고 있다.

"맞았어!"

오베가 쥐어짜는 듯한 목소리로 외쳤다. 다시 시노다를 볼 필요도 없다. 뒷머리가 박살이 난 시노다는 시트에 엎어지기도 전에 즉사를 했을 테니까, 오베가 공허한 눈으로 주위를 둘러보았지만 없다. 전문가다. 저격한 것이다. 주위는 경호원들의 소음이 떠들썩했지만 오베의 귀에는 들리지 않았다. 끝났다.

"뭐라구?"

전화기를 귀에 붙인 시모세가 이불을 차고 일어나는 바람에 옆에서 자던 하치코가 깨어나 구시렁거렸다. 사건 때문에 자다가 깬 일이 여러 번이어서 하치코는 등을 돌린 채 이불을 머리 위로 뒤집어썼다.

"시노다가?"

시모세의 외침은 비명 같았다.

"죽었어?"

그때 하치코가 이불을 젖히고 이쪽을 보았다. 하치코도 시노다 이름은 안다.

"예, 현장에서 즉사했습니다."

이찌베가 활기 띤 목소리로 말했기 때문에 시모세는 숨을 골랐다.

"뒷머리를 맞았어요, 총탄이 앞으로 나왔는데 얼굴 절반쯤이 없어져 버렸다고 합니다."

"……."

"저도 지금 현장에 가는 중입니다. 사건도 20분쯤 전에 일어났습니다."

"……."

"경제인연합회 회장 다까노 씨하고 긴자 앰배서더 빌딩 루비 바에서 밀담을 나누고는 돌아가려고 지하 주차장으로 내려왔다가 '탕!' 하고……."

"야, 이찌베."

"예, 부장님."

"너, 좋냐?"

"무슨 말씀이신지……?"

"너, 꼭 한일전에서 일본이 3대 빵으로 이겼을 때 떠드는 분위기하고 똑같다?"

"제가 언제……?"

"목소리 낮춰, 이 개자식아."

"방금 욕하신 겁니까?"

"이 빌어먹을 놈, 과장답게 놀아."

"제가 언제……."

"현장에서 보자."

전화기를 때려 부술 듯이 내려놓은 시모세가 옷장으로 다가가자 하치코가 뒤에서 물었다.

"술 마시다가 죽었대요?"

"누가 죽인 거야?"

후버가 묻자 해밀턴이 머리를 기울였다.

"글쎄요, 모르겠는데요."

"네가 모르면 누가 알아?"

"보스, 전 소련담당 부장보올시다."

"리스타그룹의 예비사장이기도 하지."

오전 11시 반, 후버는 30분 전에 도쿄에서 일어난 사건 보고를 받고 바로 해밀턴을 부른 것이다. 후버가 지그시 해밀턴을 보았다.

"리스타유통에서 얼마든지 처리할 수가 있지? 리비아에서 보내는 용병 중 저격병을 추려서 주차장에 보내면 될 테니까?"

"……."

"그쯤은 누워서 코딱지 파내기지."

"……."

"다음에는 네가 용병단을 지휘하겠군?"

"……."

"참고로 말해주겠는데 촌스럽게 행동하지 말아라, 이게 뭐냐, 지하 주차장에서 저격을 하다니?"

"……."

"이번 사건은 시노다를 저택 청에 놔두고 대낮에 머리를 박살 내는 것이 나았다. 그, 원로인지 그놈들까지 모아놓고 말이다."

호흡을 가눈 후버가 지그시 해밀턴을 보았다.

"그렇게 위상을 세우는 거야. 해밀턴, 명심해."

"예, 보스."

"날 리스타연합 미국 측 회원으로 해."

"예?"

놀란 해밀턴이 숨까지 들이켰을 때 후버가 쌀쌀맞게 말했다.

"1번 회원으로 말이다. 그래야 네 신상에 이로울 테니까."

"보스, 그것은……."

해밀턴이 저도 모르게 손등으로 이마의 땀을 닦았다. 식은땀이 났기 때문이다. 이 영감이 부른 이유는 이것 때문인가?

"시노다 님이?"

벌떡 일어선 사카이 사부로가 눈을 치켜떴다. 다부지게 닫혀진 입, 번들거리는 눈에서 살기가 쏟아졌다. 오전 1시 반, 이곳은 도쿄 남서쪽 변두리의 카페 안, 사카이가 앞에 선 부하 하시바를 노려보았다.

"머리에 총을 맞았어?"

"예, 오야붕."

어깨를 편 하시바가 사카이의 시선을 맞받았다. 하시바는 사카이의 복심으로 오른팔이다. 기질도 비슷해서 작년에 고베에서 쇼이회 회원 20여 명이 모여 있는 카페에 단신으로 뛰어들어 간 적이 있다. 그중 간부급 놈이 사카이 욕을 했다는 소문을 들었기 때문이다. 그래서 어떻게 되었냐구? 10분쯤 후에 하시바는 길거리로 내동댕이쳐졌는데 갈비뼈가 8개 부러졌고 팔 하나, 다리 하나가 부러졌으며 치아가 12개 나갔다. 눈알 하나가 터져서 지금도 그쪽 시력은 0.2다. 그야말로 죽기 직전에 살아났는데 그것으로 하시바는 사카이의 점수를 땄다. 지금, 사이또구미의 재활작업에 사카이와 하시바는 전력투구를 하는 중이다.

"이런 빌어먹을."

사카이의 악문 잇사이로 신음이 터졌다. 그야말로 딛고 선 땅이 꺼지는 느낌이 든 것이다. 실제로도 그렇다. 야쿠자 제1의 조직 야마구치조의 조장 시노다가 사카이를 밀어주고 있었기 때문이다. 그 시노다가 30분 전에 암살을 당했다는 것이다.

"누구야?"

겨우 사카이가 다시 그렇게 물었을 때 하시바가 대답했다.

"모르겠습니다. 지하 주차장에서 저격을 했다고 합니다."

"……."

"멀리서 쐈기 때문에 누군지……."

"리스타 놈들이야."

사카이가 어깨를 부풀리며 말했다.

"조센징 놈들이다."

"……."

"스미요시의 기요타 놈, 그리고 이나카와의 이또 놈, 그놈들이 야쿠자를 조선에 갖다 바치려고 한다."

"……."

"그놈들이 시노다님을 죽인 거야."

하시바는 숨만 들이켰다. 제 생각도 같았기 때문이다. 하시바는 사카이만큼은 아니지만 조센징에 대한 거부감이 있다. 그놈들은 거머리 같은 족속이었다. 끈질기게 일본인들의 피를 빨아먹는 족속들이다. 주위의 조선족을 보면 모두 악착같고, 약삭빠르고 쉬지도 않는다. 쫓아도 쫓아도 날아드는 파리 같은 놈들이다. 그때 방문이 열리더니 사내 하나가 들어섰기 때문에 둘이 머리를 들었다. 이 카페 지배인은 사카이의 부하다. 바지사장을 앉혀놓고 종업원으로 부하 6명을 고용해서 밥을 먹여주고 있다. 그런데 모르는 사내다.

"누구냐?"

이맛살을 찌푸린 하시바가 물었다. 혼자서 20명이 모여 있는 적진에 뛰어드는 하시바다. 유도 3단, 175센티의 키에 체중이 95킬로여서 1대1의 싸움에서는 한 번도 진 적이 없다. 손에 잡혔다 하면 끝나는 것이다. 그때 사내가 말했다.

"아, 난 서울에서 왔는데……."

사내의 일본어가 서틀렀다. 조센징이다.

"근데 여긴 왜 왔어?"

와락 긴장한 하시바가 자리에서 일어서며 물었다. 사내와의 거리는 2미터 반, 한 걸음만 내디디면 손에 잡히는 거리다.

"두 분이 마침 같이 계시니까 잘 되었는데……."

"넌 누구냐?"

이번에는 사카이가 물었다. 사카이도 허리춤에 찬 소도(小刀)의 손잡이를 움켜쥐고 있다. 여차하면 던지려는 것이다. 사카이와 사내와의 거리는 3미터 50, 이 정도 거리면 눈을 감고 던져도 맞는다. 그동안 수없이 소도를 던지는 연습을 한 터라 10미터 거리의 뛰는 물체도 10발 9중이다. 시골의 저택 마당에다 닭과 토끼를 풀어놓고 그동안 수백 마리를 칼로 맞췄다.

그때 사내가 빙그레 웃더니 허리춤에서 권총을 꺼내 겨누었다. 소음기가 끼워진 베레타, 총신이 길어져서 위협적이다. 그 순간 사카이가 숨을 들이켰다. 너무 자연스럽게 권총을 꺼내어서 이쪽은 시기를 놓쳤다. 방심했다.

"아니, 이 새끼가?"

총에 겁을 낼 하시바가 아니다. 총을 본 순간 하시바가 두 팔을 벌리면서 와락 덮쳤다. 그 순간이다.

"퍽!"

방 안을 울리는 발사음.

"으!"

배를 움켜쥔 하시바가 총에 맞은 충격으로 그 육중한 몸이 휘청 뒤로 젖혀졌다. 2미터 거리에서 맞은 것이다.

"병신."

사내의 입에서 한국말이 터졌다.

"이 새끼는 총을 폼으로 갖고 댕기는 줄 아는개벼?"

한마디씩 뚜벅뚜벅 말하는 동안에 하시바와 사카이는 몸을 굳히고 있었다. 하시바는 배를 한 손으로 움켜쥔 채 신음을 뱉고 있었으며 사카이는 소도 손잡이를 쥔 채 몸을 굳히고 있는 것이다. 둘 다 처음 느끼는 살기다. 그동안 야쿠자 간의 육박전을 수없이 치렀지만 상대를 '죽이려고' 작심하고 싸운 적은 없다. 대개 다리나 등, 또는 어깨나 옆구리 등 치명상을 입힐 급소를 피해서 찌르고 치고 부러뜨렸기 때문이다. 그런데 이놈의 살기는 다르다. 아예 죽일 작정이라는 것이 두 눈에 씌어 있는 것이다. 그 살기에 굳어졌다고 봐야 맞다. 그때 사카이가 말했다.

"잠깐만 기다려."

"네 애비가 가미가제였다면서?"

사내가 이번에는 일본어로 물었다.

"자, 너도 가미가제처럼 덤벼봐라."

사내가 베레타를 흔들면서 웃었다.

"어서, 내가 미군 군함이다."

사카이는 엉거주춤 일어난 상태지만 미군 군함이 눈앞에 있는데도 머리를 박지 못했다. 그때 사내가 총구를 겨눴다.

"자, 가미가제, 네 애비를 따라가."

그 순간 발사음이 울렸고 이마에 구멍이 뚫린 사카이가 뒤로 벌떡 넘어졌다. 그것을 본 하시바가 입을 딱 벌린 순간에 이마에 구멍이 났다.

"위치를 잘 잡았구만."

시모세가 머리를 끄덕이며 앞쪽을 보았다. 정면에 지하주차장 엘리베이터가 보였고 노란 접근금지 테이프가 쳐진 현장에서 경찰이 오가고 있다. 앰배서더 빌딩의 사건 현장이다. 이곳에서 저격범이 시노다를 쏜 것이다. 거리는 1백 미터 정도, 기둥 옆의 공간이어서 눈에 띄지 않는 데다 몸만 솟구치면 통로를 넘어갈 수가 있다.

시모세가 눈을 가늘게 뜨고 시노다가 당한 현장을 보았다. 차와 시체는 이제 치워졌지만 아직 마무리 작업이 남았다. 경찰들이 분주하게 사진을 찍고 정리를 하는 중이다. 그때 아래쪽에서 경찰들과 함께 있던 이찌베가 서둘러 다가왔다.

"부장님."

이찌베의 표정을 본 시모세가 입맛부터 다셨다.

"뭐야 또?"

"사카이 사부로가 당했습니다."

"뭐야?"

시모세의 외침은 비명 같았다.

"어디서? 어떻게?"

다그치듯 묻자 다가선 이찌베가 숨을 고르면서 말했다.

"아키바지구 카페에서 총에 맞았습니다."

숨만 들이켠 시모세에게 이찌베가 말을 이었다.

"심복 하시바하고 방에서 같이 당했는데 사상자는 8명입니다."

"뭐?"

"6명은 부상입니다. 총으로 쐈는데 다리나 어깨를 쐈어요, 대항 불능으로만 만들었습니다. 사카이, 하시바는 즉사를 했구요."

"……."

"셋이랍니다. 복면을 썼고 말도 한마디도 안 했다는군요, 사카이와 하시바가 있는 방에는 한 놈이 들어갔구요."

"리스타다. 김필성이야."

시모세가 잇사이로 말했을 때 이찌베가 한숨을 쉬었다.

"김필성이는 한국에 가 있습니다, 부장님. 사흘 전에 갔지 않습니까?"

알고 있었기 때문에 시모세가 어깨를 늘어뜨렸다.

"보고를 하셔야지요?"

이찌베가 물었다. 도쿄 경찰청장 구로다 미야마사는 이번에 규슈 경찰청장에서 영전이 되었다. 파격적인 영전이었는데 신일본회 소동으로 경찰 수뇌부가 10여 명이나 잘렸기 때문이다. 신일본회 명단에 없는 고위급도 대부분 다 잘린 바람에 구로다는 '난데없는' 경찰의 제2인자가 되었다.

구로다는 부임 직후에 강력부장이 된 시모세를 불러 야쿠자 관련 사건을 직보하라는 엄명을 내렸던 것이다. 다시 한숨을 쉬고 난 시모세가 이찌베에게 손을 내밀었다. 무전기를 내놓으라는 시늉이다.

이광이 베이징에 도착했을 때는 오후 5시가 되었을 때다. 조자양과 함께 사흘 동안 4개 공장을 둘러보고 온 것이다. 조자양과 헤어져 영빈관에 도착했을 때 린드버그가 방으로 따라 들어섰다. 린드버그는 엔지까지 수행했다가 먼저 베이징으로 돌아간 것이다.

"그동안 일본 야쿠자의 정리가 좀 있었습니다."

린드버그가 남의 일처럼 보고했다. 마치 외국 날씨를 보고하는 것 같다.

"야마구치조 조장 시노다가 밤에 지하주차장에서 피살되고 사이또 구미의 주도권을 노리던 사카이 사부로와 심복 하시바가 카페 방 안에서 사살되었습니다."

"……."

"도쿄 경시청은 비상체제에 들어가서 야쿠자 검거령을 내렸는데 현재 50여 명이 체포되었습니다."

"……."

"여론은 무관심한 상태고 언론은 야마구치조와 스미요시, 이나카와 간의 주도권 다툼이라면서 소설을 쓰는 중입니다."

"……."

"요미우리신문에서 리스타' 언급했는데 큰 파장은 일어나지 않았습니다."

이윽고 이광이 머리를 끄덕였다. 이 작전은 오금봉이 치밀하게 계획을 세우고 나서 집행한 것이다. 샌디 길포드의 마지막 마무리를 했다.

그날 밤 10시가 되었을 때 이광의 방 안으로 등소평, 화오방, 조자양이 들어섰다. 등소평의 뒤로 화오방과 조자양이 비서처럼 따라 들어온 것이다. 기다리고 서 있던 이광과 안학태가 셋을 맞았다. 영빈관 안은 조용하다. 발자국 소리도 나지 않는다. 이윽고 다섯이 자리 잡고 앉았을 때 먼저 등소평이 입을 열었다.

"현재까지 가입 회원은 누군가?"

"예, 위원장님."

이광이 말을 이었다.

"아직 정식 발족은 하지 않았지만 확실하게 의사표명을 한 순서대로 말씀드리겠습니다."

등소평은 시선만 주었고 화오방과 조자양은 숨소리도 내지 않는다.

"리비아의 카다피 원수가 1번입니다. 순위가 아니고 순서대로 말씀드리는 것입니다."

"알아."

"2번이 이스라엘의 모사드 부책임자 하술라입니다."

"그렇군."

"3번이 이라크의 후세인 대통령, 4번이 카심 대장, 5번이 하비브 대장, 6번이 모하메드 중장입니다."

"거긴 넷이나 되는군."

"미국의 CIA 부장 후버 씨도 참석 의사를 밝혔습니다."

그때 등소평이 말했다.

"중국은 여기 셋을 넣자고."

리스타연합의 회원이다.

중국은 회원이 셋이다. 말을 마친 등소평이 자리에서 일어섰다. 화오방과 조자양도 따라 일어선다. 셋이 방에 들어온 지 10분도 안 되었다.

리스타연합 회원으로 중국에서 셋이 가입한다는 통보를 하려고 온 것이다. 셋을 배웅하려고 문밖까지 따라 나갔던 이광은 등소평이 발을 멈추는 바람에 멈춰 섰다. 그때 등소평이 이광의 허리를 팔로 감더니 몸을 돌렸다.

"내가 할 이야기가 있어."

"예, 위원장님."

등소평이 화오방과 조자양에게 머리를 돌렸다.

"동무들은 여기서 5분만 기다려."

"예, 위원장 동지."

둘이 동시에 대답했을 때 등소평이 이광의 허리를 끼고 다시 방으로 들어섰다. 이광이 방문을 닫았을 때 등소평이 주위를 둘러보는 시늉을 했다. 넓은 응접실에는 그들 둘뿐이다. 그때 등소평이 선 채로 말했다.

"두 놈이 더 있다."

"예?"

영문을 모른 이광이 묻자 등소평이 목소리를 낮췄다.

"너, 권불십년(權不十年)이란 말을 아느냐?"

"예, 위원장님."

"중국은 10년 주기로 권력 중심이 변한다. 알고 있지?"

"예, 위원장님."

"앞으로 10년은 저기, 문밖에 서 있는 두 놈이 중국을 지도할 거다."

"예, 위원장님."

"인기 위주 정책으로 파란이 많겠지만 어쨌든 자본주의를 먹이려면 저 두 놈이 적격이지. 인민들은 신바람을 낼 것이고."

등소평이 선 채로 말을 잇는다. 작은 체구에서 열정적인 말이 쏟아져 나오고 있었지만 이광의 가슴이 조금 미어졌다. 천하 제1인자도 목소리를 낮추고 남이 들을까 봐 조심하고 있는 것이 안쓰러웠기 때문이다. 그때 등소평이 말을 이었다.

"나는 막후에 있겠지만 그때까지 살아 있을지 알 수가 없구나."

"위원장님은 100세까지 사셔야지요."

등소평은 1904년생이니 지금 78세인 것이다. 이광의 말에 등소평이 쓴웃음을 짓더니 곧 정색했다.

"광아, 잘 들어라."

"예, 위원장님."

"지금은 쫄따구지만 10년 후에 중국을 지도할 두 놈을 리스타연합의 예비후보로 적어놓아라."

"예, 위원장님."

"저기 문밖에 있는 두 놈한테는 이야기하지 말고."

"예, 위원장님."

"강택민하고 이붕이란 놈이다. 중국식 이름은 장쩌민하고 리펑이지."

"예, 이름은 들었습니다."

"지금 그 두 놈을 정식회원으로 넣는다면 화오방, 조자양이가 견제를 할 거다. 그래서 그런 거야."

"알겠습니다, 위원장님."

"강택민, 이붕한테는 이야기해놓을 테니까, 무슨 말인지 알겠느냐?"

"예, 위원장님."

"너는 앞으로 20년, 30년 더 살아야지."

등소평이 웃음 띤 얼굴로 다시 이광의 허리를 팔로 감더니 문 쪽으로 몸을 돌렸다.

"자, 가자."

둘은 자리에 앉지도 않았다. 이광은 중국의 10년 후에 지도자가 될 둘을 알게 된 셈이었다. 강택민과 이붕이다.

다음 날 오후 3시가 되었을 때 홍콩공항에 중국 정부의 제2호기가 도착했다. 2호기는 곧장 국가원수가 비 올 때 들어가는 전용기 터미널로 들어갔고 곧 문이 열리면서 이광이 내렸다. 트랩 밑에서는 해밀턴이 기다리고 있다. 미국에서 날아온 것이다. 리무진에 오른 이광의 옆에는 해밀턴이, 마주보는 앞좌석에 안학태가 탔다. 리무진이 출발했을 때 해밀턴이 말했다.

"후버 부장을 리스타연합 회원 측 1번 회원으로 가입시키는 것이 나을 것 같습니다."

이광이 쓴웃음만 지었고 해밀턴의 말이 이어졌다.

"미국의 국익을 위해서가 자신의 첫 번째 목표이고 두 번째가 세계 평화라고 했습니다."

"다, 마찬가지야. 등소평 위원장도, 후세인 대통령도, 카다피 원수도 같아."

이광이 머리를 끄덕이며 말을 이었다.

"리스타연합 회원은 모두 동등한 자격이 있어, 가입시키자구."

"예, 회장님."

정색한 해밀턴이 말을 이었다.

"미국 측 후보자 중에서 셋을 가입시켰습니다."

"중국도 셋이 가입했고 둘은 예비회원이야."

이광이 등소평과의 비밀 대화 내용을 설명하자 해밀턴이 숨을 들이켰다.

"중국의 10년 후 지도체제를 알게 되었군요, 이건 누구도 예측하지 못했던 일입니다."

"비밀로 해야 돼."

"예, 리스타 측만 아는 비밀로 하지요."

해밀턴의 시선이 안학태를 스치고 지나갔다. 리스타그룹에서는 리스타연합 회원이 회장인 이광, 그리고 리스타연합 사장이 될 해밀턴과 비서실장 안학태, 거리에다 유통의 오금봉까지 넷이다. 그때 해밀턴이 말을 이었다.

"일본이 이대로 가만있을 것 같지 않습니다."

지미 카터에 이어서 미국 제40대 대통령이 된 로널드 레이건은 후버가 가장 어려워하는 대통령인 셈이다. 지금까지 존슨, 닉슨, 제럴드 포드, 카터까지 대통령 5명을 겪은 후버다. 그래서 전임 카터 같은 경우는 가르치려고 나섰을 때가 많았는데 레이건한테는 꼼짝 못 했다. 레이건이 잘 알고 있기 때문이 아니다. 레이건이 후버보다 연상일 뿐만 아니라 그의 부드럽고 무거운 리더십 때문이다. 포용력과 카리스마를 함께 갖춘 레이건은 결단력과 의지가 강했다. 후버는 레이건을 어려워하면서 지내는 것보다 존경하기로 마음을 바꿨더니 편해졌다. 후버다운 전환이다.

"이봐, 후버, 이게 뭔가?"

백악관의 대통령 집무실 안, 레이건이 손에 쥔 서류를 흔들며 묻자 후버가 어깨를 폈다.

"각하, 리스타연합 회원 명단입니다."

"글쎄, 테러리스트도 아니고 이놈 저놈 다 끌어다 놓았구만, 이 중에서 대장은 등소평인가?"

그때 둘러앉은 국무장관, 안보보좌관, 비서실장이 픽픽 웃었지만 후버가 정색했다.

"각하, 미국 측 회원은 아직 기록하지 않았는데 제가 들어가 있습니다."

"야단났군."

레이건이 국무장관을 보았다.

"후버가 큰일을 낼 줄 알았어, 짐, 자넨 후버한테 약점 잡힌 일 없지?"

"예, 아직 없습니다."

국무장관 짐 브론손이 대답하자 레이건이 혀를 찼다.

"아직이라, 앞으로 어떻게 될지 모른다는 말이군."

"잡히지 않도록 노력하겠습니다, 각하."

레이건이 다시 후버를 보았다.

"리스타연합이 추구하는 건 뭐야? 간단하게 대답해봐, 후버."

"세계 지도자들의 즉각적이고 효율적인 대책수립입니다. 물론 비공식적으로 말씀이지요."

"그 회장이 리스타그룹의 애송이란 말인가? 더구나 동양인 코리안의?"

"예, 각하."

"다른 그룹의 회장이 맡으면 안 되나? 예를 들면 미국의 GM이라든가 모빌, 또는 항공사회장, 세계 10대기업 중 하나를 정해도 될 것 아닌가? 리스타는 세계 100위에도 들어가지 않았잖아?"

"각하, 기업 덩치 순서로 이 조직이 만들어진 것이 아닙니다. 이광의 특별한 인연으로부터 리스타연합이 자연스럽게 탄생한 것입니다."

후버가 열심히 말을 이었다.

"카다피, 후세인, 등소평 등이 리스타연합의 창립을 부추겼다고 봐도 될 것입니다."

"특별한 노랭이군."

"그렇습니다, 각하."

"지금은 일본 야쿠자하고 전쟁 중인가?"

"예, 각하."

레이건이 서류를 탁자 위에 내려놓더니 머리를 끄덕였다.

"이해하겠어, 그 노랭이를 한번 보자구."

"예, 각하."

"더구나 일본 놈하고 싸운다니 그놈을 도와줘, 후버."

"예?"

"진주만 사건 때 자네 아직 애였지? 그래서 잘 모르는 모양인데."

어깨를 부풀렸다가 내린 레이건이 말을 이었다.

"일본놈의 적은 곧 우리 친구야, 그렇게 알고 대처하도록."

"대통령께 리스타연합 보고 드렸어."

백악관에서 돌아온 후버가 집무실로 해밀턴을 불러놓고 말했다. 해밀턴은 시선만 주었고 후버가 말을 이었다.

"내가 미국 측 1번 회원이 될 것이라고도 말씀드렸다."

해밀턴이 시선만 주었기 때문에 후버가 이맛살을 찌푸렸다.

"CIA의 소련담당 부장보란 놈이 CIA를 그만두고 리스타연합 사장으로 간다는 말은 차마 못 했다."
"제가 나갔을 때 부장께서 한 건 올리시려고 하기 때문이죠?"
"쉽게 말해, 이 자식아."
"제가 나가면 부장께서 리스타연합에 심어놓으려고 내보냈다고 보고하실 계획 아닙니까?"
"옳지."
정색한 후버가 머리를 끄덕였다.
"좋군, 고맙다. 그렇게 하지."
"대통령께선 감동하실 것입니다."
"그동안 몇 명이나 포섭했어?"
"아직 말씀드릴 입장이 안 됩니다."
"너, 국무장관 짐 브론손하고 접촉하지는 않았지?"
"왜 물으십니까?"
"그놈은 이스라엘과 너무 친해, 지난주에도 모사드 놈을 두 번이나 만났어. 그놈은 가입시키지 마."
"참고하겠습니다. 하지만."
어깨를 부풀린 해밀턴이 지그시 후버를 보았다.
"회원 선발은 엄연히 리스타 권한입니다. 보스께선 좀 빠지시죠?"
"빌어먹을 놈."
"그리고 보스께선 아직 정식 회원에도 임명되지 않으셨습니다. 회장의 승인이 떨어져야 되니까요."
"빌어먹을 놈들."
그때 해밀턴이 자리에서 일어섰다. 후버가 레이건을 만나고 와서 해밀턴에게 보고를 한 셈이다. 해밀턴은 홍콩에서 이광을 만나고 온 이야기를 꺼내지도 않았다.

“그럼 조장으로 오타카 님이 선출되셨습니다.”

원로회의 의장 고이스케가 엄숙한 표정으로 선언하자 박수가 일어났다. 오후 3시 반, 전(前) 조장 시노다 고이노의 저택 청에서 신임 야마구치조 조장이 선출된 것이다. 오타카 산스케는 52세, 시노다 고이노에게 밀려 후쿠오카 지부장으로 지내다가 이번에 갑자기 조장 후보로 뽑혀 올라왔다가 이틀 만에 조장이 되었다.

후보가 13명이나 되었는데 오타카가 가장 열세였기 때문에 조직 내부에서도 충격이었다. 조장 선출은 원로회원 6명, 지부장 47명, 은퇴한 고문역 17명, 지부장 자문 94명까지 164명의 투표로 결정한 것이다. 이 비밀투표 결과는 충격적이었다.

시노다의 측근으로 조장보좌역이었던 다카하시가 120표쯤은 얻을 것이라는 예상을 깨고 24표를 얻은 반면에 오타카가 97표를 얻어 압도적으로 조장에 선출된 것이다. 이유는 간단했다. 후보 13명이 164명 선거인단 앞에서 5분씩 후보 의견을 발표했을 때 결정이 났다.

딴 놈들은 5분을 다 채우면서 연설을 했다. 후보성향은 둘로 나누어졌다. 6명은 시노다의 복수를 외쳤고 6명은 야마구치조의 재도약 또는 부흥을 외쳤다. 그러나 오타카는 47개의 조직의 독립채산을 조장의 목표로 내놓은 것이다. 지부장 47명과 자문역 대부분에게 충격적인 제안이었다. 시노다 시대에 이런 제안을 한 지부장이 있었다면 당장에 제명을 당하고 칼을 맞았을 것이다.

이로써 야마구치조는 느슨한 그룹기업 야쿠자가 되었다. 47개 지부가 각각 야마구치조가 되어서 47개 조장이 생겨난 꼴이다. 1만4,000명

가까운 조직원으로 2위인 스미요시카이의 3,400명보다 4배가 넘는 세력을 자랑하던 야마구치조다. 이제는 수백 명짜리 47개 조로 나누어졌다.

“내가 오타카를 좀 알지요.”

이나카와카이의 회장 이또 간스케가 입을 열었다. 밤 10시 반, 긴자의 카페 사쿠라의 맨 끝쪽에 위치한 밀실 안이다. 방 안에는 스미요시카이의 회장 기요타, 그리고 리스타유통 일본 지부장 김필성까지 셋이 둘러앉았다. 술잔을 든 이또가 입술 한쪽 끝을 비틀고 웃었다.

“그 사람, 시모노세키 지부에 박힌 지 10년이 넘었는데 젊었을 때는 협상꾼으로 이름을 날렸지요.”

“협상꾼이라니?”

기요타가 묻자 한 모금 위스키를 삼킨 이또가 말을 이었다.

“조직 내부나 외부 세력과 분쟁이 일어났을 때 나서서 타협해주는 역할 말입니다.”

“거간꾼이군, 우리는 그렇게 불러.”

기요타가 무시하듯 말했다.

“입만 가지고 다니는 놈들이지, 그런 놈들은 돈만 많이 주면 넘어가, 오타카가 그래서 야마구치를 공중분해시켰군.”

“말 안 듣거나 약속을 어기면 손도 썼습니다. 십몇 년 전인데 우리 이나카와카이 간부 하나를 발목을 도끼로 찍어서 은퇴시켰어요. 그놈하고 짠 야마구치 동료는 실종되었고, 소문으로는 죽여서 도쿄만에 묻었다고 합니다.”

“어쨌거나.”

술잔을 든 기요타가 말을 이었다.

"난 그 자식하고 약속할 일도 없고 도끼로 찍힐 일 없네, 그전에 이 마팍에 총구멍을 낼 테니까."

그때 김필성이 입을 열었다.

"이번에 조장 입후보자 중 넷이 리스타 타도를 부르짖었어요, 그런데 그 넷에게 간 표가 47표밖에 안 됩니다. 다카하시 표까지 합쳐서 말입니다."

"시노다 인기가 없었던 모양이군, 겉은 어쩔지 몰라도 속으로는 '잘 죽었다.' 한 것 아닐까?"

"그런 것 같지는 않은데요."

머리를 기울였던 이또가 김필성을 보았다.

"어쨌든 오타카, 그자를 눈여겨보십시다."

김필성이 머리를 끄덕이고는 정색하고 둘을 보았다.

"그럼 두 분이 리스타연합 일본 회원으로 가입하는 것으로 회장께 보고 올리겠습니다."

"알겠습니다."

기요타가 바로 대답했다.

"대의(大義)를 위해서, 그리고 분명히 말하는데 난 조센징이지만 나를 키워준 조국은 일본이오, 일본국을 위해서 내 역할을 할 거요."

"난 최선을 다해 역할을 하겠습니다."

이또는 그렇게 대답했다. 오늘 회동은 이것 때문이다. 기요타와 이또는 일본의 리스타연합 1호, 2호 회원이 된 셈이다.

돌아가는 차 안에서 차 안에 장착된 무전기가 울렸다. 앞자리에 앉은 경호원 심상철이 무전기를 귀에 붙이더니 곧 몸을 돌려 김필성을 보았다.

"하술라 씨라고 하는데요."

놀란 김필성이 잠자코 손을 내밀어 무전기를 받았다. 김필성만은 아는 것이다. 이스라엘 모사드의 부책임자 하술라다. 하술라가 리스타연합 회원이라는 것을 아는 사람은 몇 명 안 된다. 일본에서는 김필성이 유일한 것이다.

"예, 김필성입니다."

"드릴 말씀이 있는데요."

사내의 굵은 목소리가 송화구를 울렸다.

"이번 야마구치조의 변화에 대해서요, 지금 만날 수 있습니까?"

김필성이 창밖을 보았다. 약속 장소를 잡으려는 것이다.

3장
일본 상륙

오전 12시 반, 도쿄 신주쿠 역 근처의 카페 안이다. 늦은 시간이었지만 카페에는 손님이 많아서 소음과 음악으로 떠들썩한 분위기다. 손님의 절반 이상이 서양인이고 여자들도 많다. 김필성이 들어서자 안쪽 테이블에 앉아 있던 서양인이 손을 들었다. 김필성은 하술라가 처음이지만 저쪽은 알고 있는 것 같다. 김필성이 다가가자 자리에서 일어선 하술라가 손을 내밀며 말했다.

"하술라입니다. 제 이야기는 들으셨죠?"

"예, 김필성입니다."

악수를 나눈 둘이 마주보고 앉았다. 카페 안은 약간 어둡고 테이블 사이가 떨어져 있다. 하술라가 입을 열었다.

"일본이 2차 대전 때 독일, 이태리와 함께 연합군의 적이었지요."

김필성이 잠자코 시선만 주었다. 갑자기 무슨 이야기인가? 하는 표정이다. 그때 하술라가 말을 이었다.

"일본이 지금은 미국의 태평양 방어기지 역할을 하고 있지만 각국 스파이들의 훈련장이 되어 있어요."

"……."

"소련은 물론 중국 스파이들까지 득시글거리고 있단 말입니다."

테이블에는 맥주병이 여러 개 놓여져 있었기 때문에 하술라가 병 하나를 건네주었다.

"그래서 저도 자주 일본에 오는 편입니다. 그러다 보니까 이쪽 물정도 알게 되었구요."

"그렇습니까?"

"이번에 야마구치조 조장이 된 오타카의 배후에 지난번 신일본회보다 더 큰 세력이 모이고 있지요."

숨을 들이켠 김필성을 향해 하술라가 이를 드러내고 웃었다.

"일본은 한때 아시아 전역을 점령했고 미국을 상대로 전쟁을 일으킨 대제국이었습니다. 신일본회 정도로 타격을 받지 않습니다."

"……."

"오히려 그것을 계기로 더 강하고, 더 은밀하게, 그리고 더 조직적으로 결집하고 있지요. 그 첫 단계가 야마구치조의 재정립입니다."

"그럼 어떻게 되었다는 말입니까?"

김필성도 경찰 출신이며 정보통이다. 하술라의 말에 충격을 받았고 이어서 부끄러움까지 느꼈지만 지금 체면 차릴 때가 아닌 것이다. 김필성이 묻자 하술라가 테이블 위로 몸을 굽혔다.

"이번에 야마구치의 선거인단은 선거 전날에 다까노 측의 집중적인 압박을 받았습니다."

"다까노라면……."

"일본 경제인 연합회 회장이고 다까노 그룹 회장, 그리고……."

그때 김필성이 숨을 들이켰다. 시노다가 죽기 직전에 다까노하고 만났던 것이다. 다까노하고 헤어져서 주차장으로 나왔다가 저격당했다. 김필성이 자리를 고쳐 앉고 하술라를 보았다.

"아니, 다까노가 왜?"

"다까노 배후가 또 있는 것이지요, 압박을 받은 선거인단은 다른 사람은 찍지 않았을 것입니다."

"……."

"더구나 다까노는 시노다하고 오랜 지기여서 자연스럽기도 했을 테니까요."

그러더니 하술라가 테이블 위에 소형녹음기를 내려놓더니 이어폰을 꽂고 김필성에게 내밀었다.

"자, 이 녹음을 들어보시지요. 오사카 지부장 와타나베한테 다까노가 전화를 한 겁니다."

김필성이 이어폰을 귀에 꽂았을 때 하술라가 녹음기 버튼을 눌렀다. 그러자 굵은 사내의 목소리가 울렸다.

"와타나베, 오타카가 각 지부별 독립채산으로 나가자고 할 거야, 그건 너한테도 좋은 일이니까 밀어줘."

"하지만 다까노 씨, 다카하시하고 조장님의 복수를 해야 되지 않겠습니까?"

"바보야, 그러면 다시 그놈들의 타깃이 될 것 아니냐? 다카하시는 놔둬, 나중에 이해하게 될 거야."

"그러면……."

"우리가 그대로 무너질 것 같으냐? 천만의 말씀이다. 47개 지부가 제각기 원자폭탄 47개가 되어서 거꾸로 날아가게 될 테니까, 무슨 말인지 알지?"

"이해가 갑니다."

"네 배후에는 엄청난 세력이, 아니, 전(全) 일본이 있다는 것을 명심해, 와타나베."

"고맙습니다. 다까노 씨, 조장님이 지하에서 고맙게 생각하실 것입니다."

그때 하술라가 녹음기의 버튼을 누르더니 김필성을 보았다. 쓴웃음을 띤 얼굴이다.

"일본의 저력은 독일 이상이오, 김 사장, 미국이 지금 일본을 점령하고 마음 놓고 있는데 그러다가 큰코다칩니다."

김필성이 어깨를 늘어뜨리면서 하술라에게 머리를 숙였다.

"도와주셔서 고맙습니다."

"아니, 난 리스타연합 회원으로 당연한 일을 한 겁니다."

하술라가 녹음기를 주머니에 넣더니 자리에서 일어섰다.

전세기가 공항 건물 옆쪽의 승착장 앞에서 멈춰 섰다. 이곳은 비상 승착장으로 귀빈용이다. 이광은 홍콩 주재 중국 총영사 왕현과 함께 서울에 도착한 것이다. 왕현이 한국을 비공식 방문하는 비행 편에 동승한 셈이다. 그러나 왕현은 이광을 데려다주려고 서울까지 왔다. 공항건물을 빠져나가면서 안학태가 탄식했다.

"조국에 왔는데 밀입국을 하는 것 같군요."

"왔어?"

문을 연 강은서가 이광과 시선이 마주쳤을 때 한 말이다. 밤 9시 반, 미리 연락을 했기 때문에 강은서는 단정한 원피스 차림이었고 엷게 화장까지 한 얼굴이다.

"응."

아침에 나갔다가 퇴근한 남편처럼 이광도 그렇게만 대답하고 안으로 들어섰다. 안쪽 식탁에 밥상이 차려졌고 된장찌개 냄새가 맡아졌다.

"상철이는?"

집안을 둘러보며 이광이 묻자 강은서가 가방 하나를 받아들면서 대답했다.

"엄마한테."

"이젠 안 보내도 되잖아?"

"내가 거북해."

안방으로 들어간 이광의 뒤에서 옷을 받으면서 강은서가 말했다.

"아버지, 어머니 돌아가신 인사는 해야겠지? 정말 죄송해."

"됐어, 이젠."

이광이 앞쪽을 향하고 서서 셔츠를 벗었다. 돌아가신 지 두 달이 되어서야 귀국한 것이다. 그것도 죄인처럼 숨어서 들어왔다. 나라 안은 아직도 민주화를 요구하는 데모대와 군사정권을 이어받은 현 집권세력과의 격돌이 계속되고 있다. 리스타 그룹에 대한 압력은 풀렸지만 국비위 위원장으로 모든 일을 지휘했던 강일규는 기무사령관으로 되돌아가 아직도 정권의 실세다. 옷을 갈아입은 이광이 식탁에 앉자 국을 떠 온 강은서가 옆에 내려놓았다.

"그래, 이것이 일상의 행복이야."

수저를 든 이광이 정색한 얼굴로 식탁을 둘러보면서 말했다.

"이보다 더 행복한 식탁 분위기가 없었어."

"밥 먹어."

앞쪽에 앉은 강은서가 수저를 들면서 말했다.

"나도 밥 안 먹었어."

이광이 한 모금 된장찌개를 떠먹고는 말을 이었다.

"고통을 당해본 사람이 즐거움을 제대로 느끼게 된다고 하더라."

밥을 떠 넣고 난 이광이 맛있게 씹고 나서 말을 이었다.

"맞는 말이야, 통쾌(痛快)란 말이 거기에서 왔다는데, 맞나?"

"그런가?"

"네가 모르는 것도 있어?"

"그러지 마."

눈을 흘긴 강은서가 곧 국을 떠넣더니 말을 이었다.

"내일 아버님, 어머님 뵈러 갈 거지? 동생들한테는 연락했어?"

이광은 머리만 끄덕였다. 내일 오후에 묘소에서 만나기로 한 것이다.

"미안해."

이광의 가슴에 얼굴을 붙인 강은서가 더운 숨을 뱉으면서 말했다.

"내가 잘못했어."

"네가 뭘 잘못했다고 그래?"

강은서의 허리를 당겨 안은 이광이 머리 끝에 턱을 붙였다. 강은서가 이광의 목을 두 팔로 감았다.

"내가 베를린으로 도망간 것."

"넌 공부하러 간 것 아니었어?"

"아냐, 북한 가려고 그곳에 간 거야."

"그랬구나."

이광이 강은서의 젖가슴을 한 손으로 움켜쥐었다.

"옛날 일이야, 어렸을 적 일."

"그래, 어렸을 적 일."

따라 말한 강은서가 긴 숨을 뱉았다.

"하지만 열심히 살았어."

"그럼 됐다."

이광이 강은서의 몸을 다시 눕히면서 말을 이었다.

"그런 사람들한테는 기회가 오는 법이다. 지금처럼 말이야."

"뭐? 이광이 왔어?"

오전 8시반, 사무실에서 강일규가 소리치듯 물었다. 앞에 선 사내는 정보참모 정창만 준장, 강일규의 심복이다.

"예, 사령관님, 어제 오후 7시반쯤 전세기 편으로 입국했습니다."

정창만이 흰 얼굴을 들고 강일규를 보았다.

"홍콩 주재 중국 총영사가 빌린 전세기여서 일행 중에 한국인이 섞여 있는 것이 나중에 체크가 되었기 때문에……."

"중국 총영사?"

"예, 이광의 일행이 전세기에 끼어든 것 같습니다."

"지금 어딨어?"

"체크하고 있습니다."

"그렇다면……."

눈을 가늘게 뜬 강일규의 얼굴에 웃음이 떠올랐다.

"그놈이 쉽게 들어온 것 같지만 이제 다시 나가기는 어려울 거다."

합장을 했기 때문에 둥근 봉분은 하나다. 오후 2시 반, 잘 깎여진 잔디 위에서 이광과 이철 부부, 그리고 이명화 부부까지 다섯 명이 봉분 앞에서 절을 하고 일어섰다. 향 단지에서는 향이 타올랐고 봉분 앞의 제단 위에 잘 차려진 제사 음식이 놓여져 있다. 모두 이철이 집에서 장만해온 것이다.

옥천 골짜기의 묘소는 지관이 잘 잡은 명당이다. 앞이 탁 트였고 강줄기가 묘소를 감싸 안듯이 흐르고 있는 데다 건너편은 바람막이처럼 산줄기가 펼쳐졌다. 봉분 앞의 잔디 위를 이철의 자식인 남매가 뛰놀고 있다. 5살, 3살짜리다. 이광은 묘소 안의 부모가 손주들의 목소리를 듣고 있는 것 같은 생각이 들었다. 주위는 조용했으며 날씨는 맑고 따스했다. 5월 초순이다.

"거긴 시골이야, 길도 한 곳뿐이고."

정보참모 정창만이 엄숙한 표정으로 말을 이었다.

"이광의 가족이 다섯, 아이가 둘, 이광 비서실 수행원이 넷, 경호원이 넷이야. 차가 승합차 2대, 승용차 5대니까 그만하면 시골 길이 꽉 차겠지."

정창만의 얼굴에 웃음이 떠올랐다. 차는 대전-옥천 간 고속도로를 달려가고 있었는데 20분쯤 후면 현장에 도착할 것이었다. 그때 옆에 앉은 김영규가 물었다.

"후유증이 없을까요?"

"무슨 후유증?"

"지난번 국비위가 해체되면서 리스타에 대한 혐의는 다 벗겨졌지 않습니까? 그런데 갑자기 이렇게 급습을 하면……."

"리스타에 대한 혐의는 어쩐지 모르지만 이광은 아니지?"

"이광이 리스타 아닙니까?"

"김 대령은 그거, 알고 있지?"

"뭐 말씀입니까?"

"이광이 민투위에 5년이 넘도록 자금지원을 해준 거?"

"들었습니다만 증거가……."

"구속된 민투위 놈들의 증언이 있어."

"그게 먹힐까요?"

"당신은 매사에 비판적이군."

정창만이 짜증을 내자 김영규가 쓴웃음을 지었다.

"그게 제 임무인 걸 어떻게 합니까?"

김영규는 대령으로 감찰실 감찰관이다. 오늘도 작전에 나가는 작전팀과 동행해서 업무를 체크 하려는 것이다. 그때 정창만이 말을 이었다.

"국민 대부분은 금방 흥분하고 금방 잊어먹는다. 그게 한국 국민성이야. 이광이가 외화를 어떻게 빼먹고 회사 돈을 어떻게 유용했는지 내막을 자세히 알게 되면 죽이려고 들 거다."

"다 끝난 것 아닙니까?"

"아, 글쎄, 지난번에도 이광이의 공작에 밀려서 그렇게 되었다니까 그러네, 그놈이 돈으로 미국, 중국까지 움직인 거야. 로비를 한 거지, 매국노라구."

손목시계를 본 정창만이 창밖을 기웃거렸다. 다 왔는가 보려는 것 같다. 그러면서 정창만이 말을 이었다.

"대통령 각하께서도 은근히 이광을 까뒤집고 진면목을 보이고 싶으신 거야, 그래서 사령관을 원대복귀 시키신 거지."

"오늘 이광을 잡으면 어떻게 하실 건데요?"

"잡기만 하면 돼."

정창만의 얼굴에 웃음이 떠올랐다. 두 눈이 번들거리고 있다.

"사흘이면 충분해, 사흘 후에는 제 부모를 목을 졸라 죽였다고 말하게 할 수도 있어. TV앞에서 그렇게 발표하게 만들 수도 있단 말야."

김영규가 머리를 끄덕였다. 알고 있다는 표정이다.

"형, 괜찮겠어?"

산길을 내려오면서 불쑥 이철이 묻자 이광이 걸음을 늦췄다. 두 사람이 겨우 다닐 수 있는 오솔길인데 잘 닦여졌다. 평탄한 길에다 경사도 얕아서 3백 미터만 내려가면 도로가 나온다. 옥천에서 6킬로쯤 떨어진 골짜기인데 근처에는 '산지기'로 불리는 농가 한 채에 노인 부부가 살고 있을 뿐이다. 이명화 부부, 이철의 아내와 10미터 거리쯤이 되었을 때 이광이 물었다.

"무슨 말이냐?"

"형이 위험하지 않겠느냐고 물은 거야? 지난번 국비위가 해체되고 끝냈지만 정권에서 벼르고 있다는 소문이 났어?"

"나도 안다."

"몰래 귀국했지만 정보기관에서 다 알고 있을걸?"

"알겠지."

둘은 천천히 걸었고 뒤쪽에는 이광의 경호원과 비서 일행이 따르고 있다. 이철이 말을 이었다.

"지난번에도 형과 리스타를 타깃으로 삼아서 국민들 관심을 돌리려고 하다가 형을 못 잡는 바람에 동력을 잃었다고 들었어, 형만 잡으면 되었는데 말야."

이철이 번들거리는 눈으로 이광을 보았다.

"형, 억울하고 분해."

이철의 목소리가 떨렸고 얼굴이 상기되었다.

"아버지가 스스로 목숨을 끊으신 건 형의 안전을 위해서였어? 살아 계셨다면 저놈들이 형을 불러들이려고 미끼로 삼았을 테니까 말야?"

"……."

"그것을 예상한 아버지가 어머니 뒤를 따라 가신 것이라구?"

이철의 눈에서 눈물이 흘러내렸다. 지금까지 묘소 앞에서 웃음 띤 얼굴로 담소하고 아이들과 놀아주던 이철이다. 눈물이 그치지 않았지만 이철은 놔두고 말을 이었다. 이철의 목소리에 열기가 띠어졌다.

"경호원 몇 명 데리고 다니면 될 것 같아? 여긴 무법천지야. 국비위 위원장 강일규가 바로 기무사령관으로 원대복귀해서 떵떵거리고 있는 걸 봐."

"……."

"그놈들은 대놓고 한국 국민들은 냄비 기질이 있어서 금방 잊어먹는다고 하는 놈들이야. 형이 어떻게 되면 아버지, 어머니한테 죄를 짓는 거야."

그때 뒤쪽에서 비서실장 안학태와 린드버그가 서둘러 다가왔다. 린드버그는 오늘 아침에 이광과 합류했다.

"회장님, 산 아래쪽에 30명가량의 사내가 기다리고 있습니다."

안학태가 굳어진 얼굴로 보고했다.

"기무사 수사관들인 것 같습니다. 차량이 8대나 됩니다."

이번에는 린드버그가 보고했다.

"내려옵니다!"

무전기에서 보고 소리가 울렸다. 골짜기 위쪽에 매복하고 있는 감시원이다.

"모두 18명, 아이들 둘까지 포함되었습니다."

정창만의 얼굴에 웃음이 떠올랐다. 이제 그 유명한 이광을 잡게 된 것이다. 내년 초에는 소장 진급에 지장이 없다. 참모장이 계급 정년이 되었으니 그 자리에 가면 좋고 사단장으로 옮겨가도 된다. 다시 무전기에서 부하의 목소리가 울렸다.

"이제 모퉁이만 돌면 그쪽에서 보일 것입니다. 2백 미터쯤 남았습니다."

"알았다."

무전기를 귀에서 뗀 정창만이 옆에 선 조장 넷을 보았다.

"2백 미터 전방이다. 빈틈없이 해."

"예, 참모님."

조장들은 40대 중반의 상사급으로 경찰의 수사과장급과 맞먹는다. 오히려 위세와 수사력, 행동력은 더 낫다. 조장 넷이 이끄는 조원은 40명, 각 조는 10명씩이다. 거기에다 모두 군용 베레타를 휴대하고 있는데다 각 조에는 수류탄과 최루탄을 3발씩 소지시켰다. 정창만이 마지막으로 지시했다.

"여자 둘, 아이 둘만 빼고 다 체포, 연행한다. 경호원들이 반항하면 쏴라, 가능하면 죽이지는 말고."

정창만의 시선이 옆쪽으로 옮겨졌다. 그곳에는 이광 일행이 타고 온 차량들이 길가에 나란히 세워져 있었는데 운전사들과 경호원은 이미 체포되어서 기무사 차량으로 옮겨져 있다. 이쪽이 급습을 했기 때문에 골짜기 위쪽의 이광 일행에게 연락하지도 못했을 것이다. 경호원이 갖고 있던 무전기 2개도 압수했지만 설령 연락을 했다고 해도 산을 넘어갈 것인가? 그야말로 독 안에 들어온 쥐다.

조장들이 서둘러 흩어졌을 때 정창만이 어깨를 추켜 올리면서 옆에 선 김영규를 보았다.

"김 대령, 역사적인 순간이야, 잘 보라구."

정창만이 손목시계를 보는 시늉을 했다. 오후 3시 45분이다.

손목시계를 본 린드버그가 이광에게 말했다.

"3시 46분이군요."

그때 멀리서 천둥소리가 울렸다. 맑은 날씨였기 때문에 둘러선 서너 명이 하늘을 올려다보았을 때 눈이 밝은 이철의 5살짜리 아들이 소리쳤다.

"헬리콥터다!"

그렇다. 헬리콥터다. 그리고 헬리콥터 중에서도 가장 큰 시누크가 육중한 동체를 보이면서 다가오고 있다. 그리고 그 뒤쪽에 2대의 전투용 헬리콥터가 호위하듯 따른다. 이곳은 골짜기에서 산 아래로 꼬부라지는 길목이다. 앞쪽에는 사방 50미터 정도의 평지가 조성되어 있었는데 잔디가 깔려졌다. 그 아래쪽으로 2백 미터쯤 내려가면 도로다. 평지에서는 도로가 훤히 보이는 것이다. 그때 안학태가 다가왔다.

"회장님, 가시지요."

이광이 잠자코 머리를 끄덕였을 때 이철이 다가왔다. 놀란 듯 눈이 치켜떠 져 있다.

"형, 저건 뭐야?"

금세 시누크가 앞쪽 공터 위로 다가왔기 때문에 이철이 소리를 쳐야 했다. 시누크와의 거리는 50미터도 안 되었기 때문이다. 시누크가 평지 위로 착륙하려고 위쪽 허공에서 천천히 내려오는 중이다.

"엄마!"

이철의 아들이 놀랍고 무서운지 고함을 지르면서 제 엄마에게 매달렸다. 3살짜리 여자애는 제 고모인 이명화의 품에 안겨 운다. 이광이 이철에게 소리쳤다.

"저거 타고 가자!"

정창만은 헬기가 나타난 순간부터 입을 딱 벌리더니 곧 다물었고 눈동자를 이리저리 굴렸다가 곧 그것도 말았다. 그러고 나서 숨만 가쁘게 쉬었다. 4명의 조장? 각각 담당 지역으로 조원들을 이끌고 가다가 시누크가 딱 가로막고 내려앉는 바람에 서버렸다. 설 수밖에 없는 것이 엄청난 강풍이 휘몰아쳤기 때문에 옷자락이 펄럭였고 눈썹까지 휘날렸기 때문이다.

시누크가 그들 위로 비스듬히 내려왔는데 다분히 위협적이다. 그리고 또, 2대의 전투용 UH-1헬기, 이것은 월남전 뉴스에서 수없이 본 터라 수사관들도 본 순간 '아찔'했다. 헬기 동체에 기관총이 매달려있고 기관총 사수가 헬멧을 쓴 채 기관총을 이쪽으로 겨누고 있는 것이다.

시누크가 나타나서 자욱한 먼지를 일으키면서 위로 지나가더니 위쪽 잔디에 내려앉을 때까지 걸린 시간은 10분쯤 되었을까? 그동안 정창만은 한마디도 말을 뱉지 않았다. 시누크가 착륙하면서 길이 막힌 조장 둘이 정창만에게 달려왔지만 그들도 입만 붕어처럼 뻥긋거리다가 말았다. 뭐라고 하겠는가?

"참모님! 시누크가 길을 막았습니다?"

"참모님! 저게 무슨 일입니까?"

"참모님! 시누크를 밀어 자빠뜨리고 이광이를 잡을까요?"

뻔한 소리를 할 필요가 없는 것이다.

그때 UH-1 전투헬기 1대가 정창만의 머리 위쪽을 위협적으로 날아갔기 때문에 모두 머리를 숙였다. 허리를 굽히면서도 김영규는 헬기 기관총사수 얼굴을 보았다. 흑인이다. 흑인이라면? 미군이다. 미군이구나, 김영규는 숨을 들이켰다. 미군이 이광을 보호하고 있는 것이다. 그렇다면 이건 무슨 꼴인가? 우리가 미군의 적이야? 한국군과 미군은 동맹군 아냐? 그런데 왜 우리가 이 꼴을 당하지?

숨을 들이켠 김영규가 마침내 한마디 했다.

"이거, 과연 역사적인 사건이네요."

그때 1백 미터쯤 앞쪽 평지에 착륙했던 시누크가 거대한 케터필러 2개를 회전시키면서 상승했다. 먼지가 회오리처럼 일어나면서 시누크는 수직 상승 한다. 장관이다. UH-1 2대는 시누크 좌우에서 경호를 한다. 김영규는 앞쪽의 빈 평지를 보면서 또 감동했다. 모두 사라졌다.

밤 10시, 명동의 중국 연락사무소 안, 아직 중국과 국교수립 전이어서 연락사무소로 운용되고 있지만 7층 건물의 전체를 사용하고 있다. 정문 앞에는 전경이 경비를 서는 데다 경찰차가 길옆에 3대나 배치되어서 경비도 삼엄하다. 건물 3층의 회의실에서 네 사내가 둘러앉았는데 이광과 안학태, 그리고 장한섭과 김홍권이다. 주위는 조용하다. 회의실에는 장방형 테이블에 20여 개의 의자가 배치되어 있어서 더 넓게 느껴졌다. 이광이 이곳을 만나는 장소로 삼은 것이다.

민투위 위원장 장한섭과 투쟁위원장 김홍권은 정권에서 혈안이 되어 찾고 있는 수배자다. 그리고 이광도 오늘 오후에 기무사 요원들을 피해 탈출(?)해온 처지인 것이다. 그들에게 중국 연락사무소는 안전한 도피처가 되었다. 이곳은 한국 공권력이 미치지 못하는 영역이기 때문이다. 그때 안학태가 입을 열었다.

"오늘 오후에 회장님께서 선영에 가셨다가 기무사 요원들에게 체포되실 뻔했습니다."

놀란 듯 장한섭과 김홍권이 눈만 크게 떴고 안학태가 말을 이었다.

"겉으로는 사과하고 다 끝낸 것처럼 국민을 속이지만 실제로는 그렇지 않죠. 이것이 그들의 진면목입니다."

"도망쳐 나오셨습니까?"

장한섭이 묻자 안학태가 쓴웃음을 지었다.

"예, 기무사 수사관 40여 명이 선영 입구 골짜기를 막고 운전사와 경호원 7명을 체포했지만 조금 전에 풀어줬더군요."

"그런데 어떻게 피하셨습니까?"

김홍권이 묻자 안학태가 정색하고 대답했다.

"예, 헬리콥터를 빌려서 날아서 피했지요. 꼭 개들이 지붕 쳐다보는 것 같았습니다. 우린 헬리콥터에 탄 닭이 되었구요."

장한섭과 김홍권이 입을 벌리고 웃었지만 반신반의하는 표정이다. 그때 이광이 입을 열었다.

"내가 정치에는 전혀 관계하지 않았고 지금도 마찬가지인 것을 두 분은 잘 알고 계실 거요."

둘이 잠자코 시선만 주었다. 잘 알고 있는 것이다. 지금 이집트 법인장이 되어 있는 나영찬이 민투위의 가장 큰 후원자다. 둘의 선배인 나영찬이 한국에 있을 때도 이광은 거금을 지원했다는 것도 안다. 이광의 말이 이어졌다.

"하지만 나는 앞으로 민투위에 적극적인 지원을 할 겁니다. 그것을 두 분께 말씀드리려고 만나자고 한 거요."

"감사합니다."

먼저 장한섭이 앉은 채로 머리를 깊게 숙여 인사를 했다.

"저희들이 회장님을 잘 압니다. 그리고 회장님이 이 독재정권으로부터 계속해서 압박을 당하고 희생양이 되고 있다는 것도 압니다."

장한섭이 번들거리는 눈으로 이광을 보았다.

"사업에 타격을 받으시고 거기에다 부모님까지 돌아가셔서 저희들도 책임을 느끼고 있습니다. 정권에서도 저희들과의 관계를 알고 있으니까요."

이광이 길게 숨을 뱉었다. 그러고는 눈으로 안학태를 가리켰다.

"안 실장이 앞으로 두 분과 자주 만나게 될 겁니다."

안학태에게 일임했다는 말이다.

"뭐? 시누크하고 UH-1이 날아왔어?"

어깨를 부풀린 한두진 대통령이 강일규를 노려보았다.

"예, 각하, UH-1이 두 대인데 미군이 탔다고 합니다."

시선을 내린 강일규가 말을 이었다.

"UH-1이 기총소사를 하려고 했다는 것입니다."

"기총소사를?"

"예, 각하."

그때 심호흡을 두 번 하고 난 한두진이 강일규를 보았다.

"너, 지금 기총소사를 '하려고 했다'라고 했지?"

"예, 각하."

"한 것이 아니고?"

"예, 각하."

"그렇다면."

의자에 등을 붙인 한두진이 눈을 가늘게 뜨고 강일규를 보았다. 강일규는 입 안에 고인 침도 못 삼키고 있다. 옆쪽에 앉은 비서실장 오정도는 어금니를 문 채 숨을 죽였다. 둘한테서 외면하고 있었지만 촉각이 곤두서 있다. 그때 한두진이 낮게 물었다.

"기관총을 발사한 것이 아니잖아?"

"예, 각하."

"기총소사를 '하려고 했다.'는 것은 어떤 행동을 말하는 거냐?"

"예?"

"'하려고 했다.'는 기관총을 쏘기 전에 '내가 쏜다.'라고 고함을 치든가, 공포탄을 쏘든가, 또는 기관총탄이 나가기 전에 물이 죽죽 떨어지든가……."

"……."

"그런 거냐?"

"……."

"왜 대답을 안 해? 이 시벌놈아."

오정도가 머리를 돌려 한두진을 보았다. 대통령의 입에서 시벌놈이라는 욕을 듣기는 처음이다. 강일규도 마찬가지인 것 같다. 얼굴이 하얗게 굳어진 채 한두진을 바라보고 있다. 그때 한두진이 오정도에게 손을 내밀었다.

"내 권총."

"예?"

"내 서랍에서 권총 가져와."

"예."

오정도가 자리에서 일어섰다. 강일규를 쏘아 죽이려는 것 같다. 어서 가야지.

오정도가 대통령 책상 오른쪽 두 번째 서랍을 열고 베레타92-F권총을 꺼냈다. 미군용, 탄창에 14발이 들어가고 약실에 1발, 계 15발, 오정도는 물론 강일규도 한두진의 권총을 안다. 한두진이 옛날 기무사령관이었을 때 하루에 한 번은 꼭 영내 사격장에서 '저놈'을 갖고 사격 연습을 했다.

한두진의 사격 실력은 하도 많이 쏴서 그런지 좋았다. 25미터 거리에서도 10발 8중, 10미터 거리에서는 사람 몸통만 한 타깃에 10발 9중, '대가리'에는 10발 5중은 한다. 권총을 가져오라는 말을 했을 때부터 오정도의 손에서 권총을 받았을 때까지의 시간은 10초쯤 되었을까? 3초는 오정도가 망설였던 시간이고 7초는 갔다 온 시간이다. 그 10초 동안 집무실 안은 조용했다.

양탄자가 깔려서 발자국 소리는 안 났고 서랍 열리는 소리도 없었다. 베레타를 받아 쥔 한두진이 위아래로 흔들어 보더니 강일규를 겨누었다. 거리는 3미터 정도, 둥근 탁자 건너편에 타깃이다. 총구는 타깃 '대가리'를 겨누고 있다. 한두진이 만날 대가리라고 해서 그러는 것이다.

오정도는 옆쪽으로 한 발짝 비켜서서 총구가 겨눠진 강일규의 '대가리'를 본다. 강일규는 이제 '베레타'를 보고 있다. 총구가 향해져 있는데 외면하는 놈은 정신병자다. 홀린 것처럼 모두 총구를 본다. 강일규도 예외가 아니다. 그때 권총을 겨눈 채 한두진이 물었다.

"야, 내가 지금 뭐 하고 있나? 대답해라?"

겨눈 채 물은 것이어서 조금 여유가 있는 삼자인 오정도가 먼저 대답했다.

"예, 권총을 겨누고 계십니다."

"강일규가 대답해봐?"

그때 얼굴이 하얗게 굳어진 강일규가 대답했다.

"예, 겨, 겨누고 계십니다."

"뭐하려고?"

"예?"

"뭐하려고 이러고 있냐고, 이 새끼야!"

"예."

"대답해, 이 새끼야! 뭐하려고?"

"예, 총을 쏘시려고……."

그러자 한두진이 어깨를 부풀리며 물었다.

"내가 쏠 것 같으냐?"

"예?"

"내가 쏠 것 같으냐고?"

강일규가 붕어처럼 입만 벙긋거렸을 때 한두진이 오정도에게 물었다.

"네가 대답해! 내가 쏠 것 같으냐?"

"아닙니다!"

오정도는 한두진의 의도를 알아차렸다. 정색한 오정도가 말을 이었다.

"쏘시지 않습니다."

"그러면?"

"위협하시는 것입니다."

그때 한두진이 총구로 강일규를 가리켰다.

"그런데 저 새끼는 뭐라고 했지?"

오정도가 숨만 들이켰을 때 한두진이 다그쳤다.

"대답해, 인마!"

"예, '쏘려고 했다.'라고 했습니다."

"아니, 그대로 말해, 이 새꺄!"

"예, '기총소사를 하려고 했다.'라고 말했습니다."

"그거 얼핏 들으면 기총소사를 한 것처럼 들리지?"

오정도가 입을 다문 순간이다.

"꽝!"

엄청난 발사음이 집무실을 울렸고 강일규가 대경실색을 했다. 자신을 향해 권총이 발사된 것이다. 강일규의 53년 인생에서 이런 경우가 없다. 강일규의 사타구니 앞쪽이 금방 척척해졌다. 오줌이 나온 것이다. 오정도도 놀란 건 마찬가지다. 어깨가 펄쩍 치켜 오르면서 숨까지 들이켰다. 그러나 앞쪽 강일규를 보았더니 살았다. 넋이 나간 표정으로 반쯤 입만 벌리고 앉아 있다. 권총 총구에서 희미한 연기가 나왔고 짙은 화약 냄새가 풍겨졌다. 한두진이 강일규 옆쪽 벽에다 대고 쏜 것이다. 그때 한두진이 말했다.

"이게 진짜 쏜 것이다."

강일규와 오정도가 숨만 쉬었고 한두진의 말이 이어졌다.

"이 새끼, 외국에다 재산 빼돌리고 시치미 뚝 떼고 있었지?"

지난번 찌라시로 대한민국을 떠들썩하게 만들었던 강일규의 비리에 대해서 한두진은 일절 언급하지 않았다. 모른 척했던 것이다. 그런데 지금 꺼내고 있다. 와락 정신을 차린 강일규의 눈동자에 초점이 잡혀졌다. 오정도는 입 안에 고인 침을 삼킨다.

"순발력이 뛰어난 사람이야."

린드버그가 CIA 서울 지부장 핸더슨에게 말했다.

"적절한 시기에 쓸모없는 패를 던진 것이지."

광화문 근처의 한흥빌딩은 아래층이 의류 매장이고 2층부터 5층까지가 임대사무실이다. 302호실에는 의류 오퍼상 사무실 간판이 붙어 있지만 CIA 안가다. 회의실에 마주보고 앉은 둘의 얼굴에 웃음이 떠올라 있다. 벽시계가 오후 3시를 가리키고 있다. 방금 국군 헌병대가 기무사령관 강일규를 긴급체포했다는 뉴스가 보도된 것이다. 혐의는 부정부패에 매관매직, 명령불복종까지 포함되어 있다. 핸더슨이 웃음 띤 얼굴로 말을 받았다.

"어제 헬기 기관총 사수들은 총탄을 싣지 않았다는군, 혹시 사고가 날까 봐서 지휘관이 총탄을 뺐다는 거야."

"그런가?"

린드버그가 건성으로 대답했다. 그러나 시누크 덩치만으로도 식겁했을 것이었다.

"대통령께서 뵙자고 합니다."

다가선 안학태가 말했을 때는 오후 6시 반, 광화문의 안가(安家)에서 업무를 끝냈을 무렵이다. 이광은 정식 수배 상태가 아닌 상황이었지만 회사에 출근하지 않고 안가에서 업무를 처리했다. 광화문 근처의 7층 빌딩은 리스타상사 소유의 건물 중 하나로 사무실용 빌딩이다. 안에 50여 개의 회사가 임대해서 사용하고 있었는데 이광의 안가는 7층으로 근무공간도 넓어서 비서실 요원 20여 명과 경호원 20여 명이 상주하고 있다. 이광의 시선을 받은 안학태가 쓴웃음을 지었다.

"강일규를 처리하는 것으로 회장님과의 관계가 개선되었다는 것을 대내외에 알리려는 의도입니다."

"만나지 않겠어."

이광이 웃음 띤 얼굴로 머리를 저었다.

"그분이 쓴 각본대로 움직이지 않겠다는 말이야."

"그러시면 한국에 남아 있는 것이 불편하게 되실 것 같습니다."

정색한 안학태가 이광을 보았다.

"물론 대통령도 마찬가지겠지요."

"또 떠나란 말인가?"

의자에 등을 붙인 이광이 안학태를 보았다.

"그 방법밖에 없나?"

"대통령을 만나지 않으신다면 그 방법이 최선인 것 같습니다."

다가선 안학태가 굳어진 얼굴로 말을 이었다.

"제가 비서실장 오정도 씨하고 통화를 했습니다. 대통령이 강일규를 대신해서 사과도 한다는군요."

"……."

"그렇게 되면 강일규는 완전히 매장당하게 되는 것이지요, 지금 구속되어 있지만 최소한 몇 년 형은 살게 될 것입니다."

"……."

"물론 언론에도 보도가 되겠지요, 대통령 참모들도 회장님과의 화해 분위기가 정국 안정에 도움이 되리라고 판단했을 것입니다."

"……."

"그렇지 않다면 만나자고 할 대통령도 아니구요."

"린드버그한테 말해."

이광이 안학태의 말을 자르고 말했다.

"오늘 밤에 떠날 테니까 준비하라고."

"예, 회장님."

어깨를 늘어뜨린 안학태가 머리를 들고 이광을 보았다.

"어디로 가시겠습니까?"

"일본으로."

순간 숨을 들이켠 안학태가 주춤거리다가 곧 머리를 끄덕였다.

"공항에서 출발하시겠지요?"

정상적인 방법으로 출국하느냐고 묻는 것이다.

밤 9시 10분, 가방 지퍼를 채운 강은서가 허리를 펴더니 창가 의자에 앉아 있는 이광을 보았다.

"가방 옆에 비닐봉지를 넣었으니까 입고 난 팬티, 양말은 거기에 넣어, 버리지 말고."

이광은 시선만 주었고 강은서가 다가와서 말을 이었다.

"오래돼도 괜찮아, 빨면 되니까, 거기서 누구한테 빨아 달래도 되고."

"알았어."

이광이 겨우 대답하자 다가온 강은서가 어깨를 감싸 안았다.

"밥 잘 챙겨 먹고, 응?"

"그래."

이광이 앉은 채로 강은서의 허리를 감아 안았다. 이곳은 강은서의 아파트다. 다시 떠나기 전에 옷 가방을 챙기려고 온 셈이지만 그것은 핑계다. 떠나기 전에 보려고 온 것이다. 한국에 와서 3박을 하고 4일째 되는 날 밤에 다시 떠난다. 사흘 밤은 다 강은서의 아파트에서 지낸 셈이다. 강은서가 이광에게 몸을 기대더니 가늘게 숨을 뱉고 나서 말했다.

"다음에 올 때는 좀 더 있다가 가게 될 거야, 지금보단 나아지겠지."

그때 방에서 상철이 나왔기 때문에 강은서가 몸을 떼었다. 이광도 강은서의 허리를 감은 손을 풀고 상철에게 말했다.

"상철아, 아저씨, 오늘 밤에 가서 다음에 또 올게."

다가온 상철이 똑바로 이광을 보았다. 이제 상철은 초등학교 4학년이다. 키도 컸고 얼굴은 엄마를 닮았다. 이광이 웃음 띤 얼굴로 김상철에게 물었다.

"너, 커서 사업가가 된다면서?"

"예, 아저씨."

상철의 얼굴이 조금 붉어졌다. 커서 무엇이 될 것이냐는 학교 설문지에 상철도 '사업가'라고 썼다는 것이다. 이광이 손을 뻗어 상철의 어깨를 끌어당겼다.

"그래, 아저씨 회사에서 같이 일하자. 아저씨가 사업하는 것을 너한테 하나씩 알려주마."

상철의 어깨를 어루만지던 이광이 문득 머리를 들고 강은서를 보았다. 강은서와 시선이 마주쳤을 때 이광이 숨을 죽였다. 상기된 강은서의 눈이 반짝이고 있다. 아름답다. 그때 참지 못한 이광이 불쑥 말했다.

"그래, 상철이가 내 후계자가 될 수도 있겠다."

"뭐라고? 오늘 밤 11시 비행기로?"

눈을 치켜뜬 대통령 한두진이 오정도를 노려보았다. 밤 9시 30분, 청와대 안, 대통령 사저 식당에서 한두진은 부하들과 회식 중이다. 군시절의 부하들인데 지금은 모두 대장, 중장들이다. 술잔을 내려놓은 한두진이 옆에 선 오정도에게 물었다.

"어디로 간다는 거냐?"

"예, 도쿄행 비행기를 탈 겁니다."

"도쿄."

"예, 일행이 27명입니다."

"날 안 만나겠다는 것이군."

"비서실장이 죄송하다고 했습니다."

그때 어금니를 물었다가 푼 한두진이 머리를 끄덕이더니 다시 술잔을 집었다.

"이런 젠장."

눈을 뜬 시모세가 먼저 벽시계부터 보았다. 밤 12시 반, 이 시간에 오는 전화는 1백 퍼센트 '사고'다. 그러나 이제는 단련이 되어서 '무덤덤'하다. 그때마다 놀란다면 진즉 경찰 그만두었다. 침대에서 몸을 반쯤 일으킨 시모세가 전화기를 귀에 붙였다. 흰색 전화는 직통라인이다.

"뭐야?"

"부장님, 주무셨습니까?"

이찌베다. 목소리가 낮고 억제된 분위기여서 시모세의 기분이 찜찜해졌다. 덩달아서 잠이 확 달아났다.

"뭐야? 쇼하지 말고 바로 말해."

"잠이 깨시라고 좀 뜸을 들이는 것입니다, 부장님."

"별일 아니면 넌 죽었다, 이찌베."

"요즘 날씨가 좋았지요?"

"개자식."

그때 부스럭거리던 시모세의 처가 머리를 들고 이쪽을 보았다. 머리가 산발이 되어서 미친년 같다. 그때 이찌베가 말했다.

"조금 전에 도쿄 공항으로 리스타 회장 이광이 입국했습니다."

시모세는 숨을 들이켰고 이찌베가 말을 이었다.

"일행이 승합차 4대, 리무진 12대로 움직이는데 한 50명쯤 됩니다."

"……."

"그보다 많은지는 모릅니다. 지금 도쿄 시내로 진입하는 중인데요……."

"……."

"미행은 붙였습니다. 어떻게 할까요?"

"어떻게 하기는 뭘?"

버럭 소리친 시모세가 이불을 걷어차고 일어섰다. 당장 할 일은 없다.

"그냥 미행해!"

오전 2시 반, 도쿄 시부야에 위치한 카페 밀실에서 경제인 연합회 회장 다까노가 반백의 사내와 마주보고 앉아 있다. 눈빛이 날카로운 반백의 사내는 마른 체격에 옷차림도 단정하다. 일본 집권자민당의 간사장 하시모토다. 둘 앞에는 위스키병이 놓여져 있었지만 둘은 잔을 입에 대지도 않았다. 주위는 조용하다. 카페에 손님이 그들 둘과 일행뿐이기 때문이다. 이윽고 하시모토가 입을 열었다.

"이번에 이광이 한국에 가서 보기 좋게 제 부모의 원수를 갚고 왔더군요."

"그렇더군요."

하시모토가 쓴웃음을 짓고 말을 받는다.

"다시 살아난 것 같았던 기무사령관이 이광이 입국한 지 이틀 만에 구속이 되다니요, 오비이락은 아닐 겁니다."

"내막을 아시지요?"

"뭐 말입니까?"

"강일규가 목이 떨어진 내막 말입니다."

"모르겠는데요."

"강일규가 묘소에 참배하러 간 이광을 잡으려고 기무사 수사관을 급파했는데 어떻게 된 줄 아십니까?"

숨을 들이켠 다까노가 뱉고 나서 대답했다.

"싸움이 일어났습니까?"

"이광 일행이 미군이 제공한 시누크 헬기로 수사관 머리 위로 날아가 버렸습니다."

"……."

"개망신을 당한 거지요."

"그렇군요, 똥이 되었겠습니다."

"그 보고를 받은 한 대통령이 열이 받아서 강일규를 구속시킨 겁니다."

"내가 대통령이라도 그랬겠습니다."

"만일 이광을 체포했다면 달라졌겠지요. 이광이의 자백을 받아서 강일규가 공을 세우게 되었을 테니까요."

"고문을 하면 다 술술 분다더군요."

"어쨌든 이광이 부모 원수를 갚고 온 셈인데요."

어깨를 부풀렸다가 내린 하시모토가 다까노를 보았다.

"일본으로 온 이유가 뭘까요?"

"글쎄요."

다까노가 한숨을 쉬었다. 오전 1시, 경제인 연합회 회원인 사장들과 기분 좋게 주연을 마치고 집에 돌아가는 길에 하시모토의 연락을 받고 이곳에 온 것이다. 하시모토는 이번에 새 총리가 된 미야자키의 후견인이나 같다. 이른바 '하시모토파'라고 불리는 파벌의 '오야봉'인 것이다. 집권자민당의 277석 의원 중 122석을 차지하는 최대 파벌을 이끌고 있다. 거기에다 현재 당의 리더인 간사장이 되어 있고 4년 전에는 1년 반 동안 총리도 지냈으니 전(前) 총리 다나카를 제외하면 최고 원로다. 그때 하시모토가 입을 열었다.

"아직 오타카는 기반을 굳히지 못했지요?"

"예, 간사장님."

어깨를 늘어뜨린 다까노가 말을 이었다.

"원체 조직이 방대해서요."

"이광이 온 이유가 궁금하단 말입니다."

혼잣소리처럼 말한 하시모토가 정색하고 다까노를 보았다.

"그래서 제가 회장님을 뵙자고 한 겁니다."

"예, 간사장님."

"회장님이 일본 경제인 연합회 회장이신 데다 다까노 그룹을 운영하고 계시지 않습니까? 일본 경제인의 리더시지요."

"그거야……."

"내일 이광이를 한번 만나 보시지요."

"이, 이광이를 말입니까?"

다까노의 긴 얼굴이 더 길어졌다. 다까노는 62세, 다까노 그룹은 일본항공과 일본해운을 주력으로 하는 거대기업으로 유통업은 백화점, 아울렛 등이 전 세계에 200여 개나 세워져 있다. 다까노 투자, 다까노 은행 등 매출액으로 비교해도 리스타보다 1백 배는 더 큰 기업이다. 일본에서 언제나 5위 안에 드는 기업인 것이다. 하시모토의 시선을 받은 다까노가 이윽고 쓴웃음을 짓고 대답했다.

"그럼 그 유명한 리스타 회장을 한번 만나 볼까요?"

"앞으로 자주 보시게 될 거 아닙니까?"

"하긴 그렇지요."

"적은 가능한 한 가깝게 두라고 했습니다."

하시모토가 정색한 얼굴로 다까노를 보았다.

"이광을 잡게 되면 한국뿐만이 아니라 전 세계를 잡게 되실 겁니다."

시부야역 뒤쪽의 주택가, 담장이 높고 짙은 숲에 덮여서 안쪽 건물이 지붕만 보이는 저택 안, 이곳이 이광의 숙소가 되었다. 저택은 2층 벽돌집 구조로 정원은 2백 평이 넘었고 별채까지 있어서 이광 일행을 다 수용했다. 이 저택은 스미요시 카이의 기요타 회장이 오래전에 구입해서 별장으로 사용해온 곳이다. 이번 이광의 일본 방문 이야기를 듣자 기요타가 먼저 숙소로 쓰라고 제의한 것이다. 오전 8시 반, 숙소에서 가

정부가 차려준 정갈한 일식 요리로 아침을 먹고 났을 때 비서실 직원이 다가와 보고했다.

"김 법인장 전화입니다."

김필성이다. 자리에서 일어선 이광이 응접실로 들어가 전화기를 건네받았다. 이광이 응답했을 때 김필성이 말했다.

"회장님, 일본 경제인 연합회 다까노 회장이 만나 뵙고 싶다는 연락이 왔습니다."

"다까노 회장?"

"예, 언제 어디서라도 시간 장소를 정해주시면 뵙겠다고 했습니다."

"무슨 일로?"

"리스타의 일본 진출에 협조하고 싶다는 것입니다. 비서실장이 그렇게 말했습니다."

"알았어요, 곧 연락드린다고 하지."

"예, 회장님."

전화기를 내려놓은 이광이 옆에 선 안학태에게 말했다.

"일경련 다까노 회장이 만나자는군."

두 시간 후에 응접실에서 린드버그까지 참석한 간부회의가 열렸다. 린드버그는 이광을 수행 중이었는데 리스타유통의 현장 지휘관 역할이다. 이광으로부터 이야기를 들은 린드버그가 대번에 말했다.

"직접 만나서 상황 파악을 하려는 것입니다. 다까노는 현재 표면에 드러난 신일본회 잔존 세력의 간판이자 미끼 역할을 하고 있습니다."

직설적인 표현이다. 둘러앉은 모두 다까노가 이번 야마구치조장 선거를 막후에서 지휘했다는 것을 알고 있는 것이다. 하술라가 들려준 다까노와 오사카 지부장 와타나베의 대화 내용이 그 증거다. 그때 경호실장 에릭센이 말했다.

"이곳은 오히려 한국보다 경호 상황이 좋지 않습니다. 가능하면 직접 만나시지 않는 것이 좋겠습니다."

안학태가 뒤를 이었다.

"협조한다지만 회장님을 끌어들여 운신의 폭을 좁게 만들고 약속을 끌어내려는 의도 같습니다. 만나서 이득이 될 일이 적습니다."

이광의 시선이 방금 도착한 리스타유통 일본 법인장 김필성에게 옮겨졌다.

"김 사장 의견은?"

그때 김필성이 어깨를 부풀렸다가 내리면서 말했다.

"다까노의 배후가 있는 건 확실합니다. 그리고 이번 다까노가 만나자고 한 것도 배후의 지시를 받았기 때문일 것 같습니다. 다까노가 지난번 야마구치 조장 선거에 개입한 것도 그렇구요, 다까노 독자적인 행동이 아닙니다."

김필성의 말이 이어졌다.

"회장님께서 다까노뿐만 아니라 그 배후에게 하실 말씀이 있으시다면 이번 기회를 이용하시는것도 좋을 것 같습니다."

"글쎄, 아직 시기상조라니까."

영어로 대화를 하기 때문에 린드버그가 바로 말했다.

"회장님을 노출시키는 건 아직 위험해. 그놈들이 사이또 같은 놈을 또 보낼 수도 있단 말야."

사이또 일당은 하와이에서 몰사시켰지만 죽은 샌디 길포드는 돌아오지 못한다. 김필성이 눈만 껌벅였을 때 이광이 말했다.

"내가 일본에 온 것은 리스타가 일본에 공식적으로 발을 디뎠다는 의미야."

이광이 린드버그와 안학태, 에릭센을 차례로 훑어보면서 말했다.

"대비를 해, 그게 당신들 일이야."

그러고는 심호흡을 했다.

"만날 테니까 시간, 장소를 정해."

오후 3시 반, 응접실에서 전화를 받던 마쓰미가 송화구를 손바닥으로 누르더니 후미코를 보았다.

"후미코, 이 회장 비서란다."

"누구?"

찻잔을 든 후미코가 묻자 마쓰미가 목소리를 낮췄다.

"리스타 이 회장."

마쓰미의 두 눈이 반짝였고 얼굴까지 상기되었다.

"지금 도쿄에 와 있는데 널 만나고 싶단다."

"도쿄에?"

찻잔을 내려놓은 후미코가 마쓰미의 손에 든 전화기가 이광인 것처럼 보았다.

"언제?"

후미코의 목소리가 떨렸다.

"몰라, 만날래?"

"응."

그때 숨을 들이켠 마쓰미가 송화구에서 손바닥을 떼더니 말했다.

"네, 시간이 되네요, 그럼 언제 어디서 뵙지요?"

"알았어, 보스 말에 일리가 있어."

해밀턴이 전화기를 귀에 붙이고는 주위를 둘러보았다. 오전 1시, 브루클린의 선술집은 조금 조용해졌다. 카운터에 혼자 앉은 해밀턴이 다른 손으로 위스키 잔을 들면서 말을 이었다.

"조금 전에 오 사장이 도쿄로 출발했어. 도쿄에서의 미팅이 대규모가 될 거야."

해밀턴의 얼굴에 웃음이 떠올랐다.

"나도 오늘 아침에 출발할 거야."

"이번에 신일본회 배후 세력이 드러날까요?"

린드버그가 묻자 해밀턴이 한 모금 위스키를 삼키고 대답했다.

"다까노가 만나자는 건 저 혼자의 결정이 아냐, 그러니까 윤곽이 드러날 거야."

곧 정색한 해밀턴이 말을 이었다.

"이번의 상황은 지난번하고는 전혀 다르게 전개될 것 같군."

"이왕이면 만나기로 했으니 이 기회에 기반을 굳혀 보도록 하지."

기요타가 어깨를 부풀리면서 앞에 앉은 혼다 와타루를 보았다.

"어이, 혼다, 너하고 오타카는 전에 인연이 없나?"

"있습니다."

혼다가 기요타의 시선을 맞받았다.

"오타카 씨가 시모노세키로 가기 전에 긴자 구역에서 오야붕으로 모셨죠."

"그렇겠지."

기요타가 머리를 끄덕였다. 혼다가 소속되었던 사이또구미는 야마구치구미에서 사이또가 분가해 나오면서 만들어진 야쿠자 조직이다. 야마구치가 본가(本家) 격인 것이다. 그러니 야마구치 조원들과 인연이 있다. 긴자의 카페 '루이스' 안이다. 오후 1시 반, 샐러리맨들이 몰려와서 바깥쪽 홀은 시끄러웠지만 이곳은 밀실이다. 방 안에는 기요타와 김필성, 이또, 혼다 와타루까지 넷이 둘러앉았다. 기요타가 말을 이었다.

"오타카가 다까노의 지원을 받아서 야마구치조의 조장이 된 것은 음모가 있어."

술잔을 든 기요타가 말을 이었다.

"당신들은 모를 거야, 다까노 그놈은 지독한 조센징 혐오자다. 그놈이 지금은 내색하지 않지만 언젠가는 진면목이 드러날 거야."

"무슨 일 있습니까?"

이또가 묻자 기요타의 얼굴에 쓴웃음이 번져졌다.

"다까노 부친이 조선총독부에서 관리로 근무했어, 그것도 징병감독관으로."

넷은 숨을 죽였고 기요타의 말이 이어졌다.

"이건 기록에도 나오지 않아, 다 지웠으니까. 오직 목격자나 인과관계가 있는 사람들한테서 전해지지."

기요타의 얼굴에 쓴웃음이 번져졌다.

"내 먼 친척 아주머니의 오빠가 다까노 부친이 지휘하는 징병대에 끌려갔어, 그때 아주머니는 어머니 되시는 분하고 다까노 부친을 찾아가 만났다는군."

"……."

"서울에서야, 어때, 기막힌 인연이지?"

"그래서 오빠가 풀려났습니까?"

"그럼 이 이야기가 해피엔드가 되겠지."

"어떻게 되었는데요?"

이또가 계속해서 묻자 기요타는 외면하고 말했다.

"어머니가 강간당했어, 오빠는 끌려가서 죽었고."

"……."

"그래서 아주머니가 그놈을 추적했던 거야, 그때 14살이었는데 어머니를 따라 일본으로 넘어왔지, 그놈, 다까노 부친은 종전이 임박하자 징병관을 그만두고 귀국해서 이름까지 바꿨어."

"……."

"다까노 부친의 전 이름은 헤이치야, 다까노는 한국에서 12살까지 살았지, 집에 조선인 하인들이 10여 명이나 있었다고 하더군, 아주머니가 찾아갔거든."

"다까노는 고베에서 태어나 자란 것으로 되어 있던데요, 거짓말을 했군요."

이또가 말하자 기요타가 쓴웃음을 지었다.

"지금 60대 이상으로 돈 좀 있다는 일본인들의 3할쯤은 조선에서 돈을 벌었거나 거기 땅을 착취해서 지주로 살았던 놈들이야."

이제는 김필성도 반쯤 입을 벌린 채 듣기만 했고 기요타가 말을 이었다.

"일본인들한테는 조선이 황금이 나오는 땅, 돈주머니 같은 존재였지, '왜구'라고 아나?"

"모릅니다."

혼다가 바로 대답했을 때 기요타가 말을 이었다.

"옛날 조선의 왕조는 일본 해적들의 침략에 시달려서 망한 나라까지 있어, 그 일본 해적을 왜구라고 불렀어. '고려'라는 조선땅 왕국은 기록상으로만 1년에 360회 왜구의 침략을 받았지, 그러다가 망한 거야."

"하루에 한 번꼴이구만."

이또가 시큰둥한 표정으로 대답했다.

"당한 놈들이 바보죠."

"그러다가 조선은 나중에 식민지가 되고, 36년 동안 잘 빼어 먹었지, 전쟁에 조선인들까지 수백만 끌고 나가고."

"착한 민족인가 봐요."

혼다가 말했을 때 쓴웃음을 지은 기요타가 말을 이었다.

"일본이 2차대전 때 패망한 후에 어떻게 된지 아나?"

"어떻게 되긴요? 이렇게 잘 살고 있지 않습니까?"

이또가 반발하듯 말했을 때 기요타가 머리를 끄덕였다.

"그것도 조선 덕분이지."

"그건 또 왜……?"

"조선인들이 서로 전쟁을 하는 바람에, 북한이 남한을 침략해서 말야."

기요타가 그때서야 술잔을 들고 한 모금에 삼켰다.

"2년 반 동안 전쟁하는 동안에 일본은 미국의 군수품 제조, 공급기지가 되어서 단숨에 경기가 회복되었지. 그때는 그런 말도 있었어, 전후에 폐허가 된 일본을 위해서 조선인들이 일부러 전쟁을 일으켰다고 말야, 맞는 말이지."

"그만합시다."

듣다 못 한 김필성이 말했을 때 기요타가 정색했다.

"그게 다까노가 한 말이오, 우리가 젊었을 때인데 다까노가 회의석상에서 대놓고 그런 이야기를 했어요, 물론 기록에는 없지만."

이것이 산 역사다. 그러나 증인이 죽으면 잊혀지는 역사, 그저 소문으로 사라진다.

응접실로 들어선 후미코가 자리에서 일어서는 이광을 보았다.

"아, 후미코, 잘 왔어."

이광이 웃음 띤 얼굴로 다가와 손을 내밀었다.

"와줘서 고맙다."

"그동안 안녕하셨어요?"

악수를 나눈 후미코가 두 손을 모아쥐고 단정한 자세로 인사말을 했다.

"그래, 보고 싶었어."

"정말이세요?"

"그래."

"고맙습니다."

응접실 안에는 둘뿐이다. 마쓰미도 따라오지 않았고 이곳까지 안내해온 비서들도 안으로 들어오지 않았다. 오후 6시 반, 이광이 후미코를 이곳 안가(安家)로 부른 것이다. 둘이 소파에 앉았을 때 가정부로 고용한 여자가 다가와 마실 것을 놓고 돌아갔다. 소리 없이 들어와 찻잔 내려놓는 소리도 들리지 않는다. 그때 이광이 입을 열었다.

"후미코, 나에 대해서 알아보았지?"

"네, 회장님."

후미코가 바로 대답했다. 크림색 투피스 차림에 진주 목걸이를 했는데 드라마에 나오는 공주 같다. 단발 머리는 귀밑에서 살짝 굽혀졌고 귀에는 붉은 보석이 박힌 귀걸이가 반짝였다. 옅은 빛 루즈를 칠한 입술이 반쯤 벌려졌는데 물기를 띤 두 눈이 맑다. 이광이 후미코의 얼굴을 홀린 것처럼 쳐다보며 물었다.

"후미코, 나도 너에 대해서 알아보았어."

"감사합니다."

"내가 관심이 있었기 때문인데."

"네, 회장님."

"스폰서를 만들지 않았더구나."

"네, 회장님."

후미코의 흰 얼굴이 빨개졌다.

"하지만 회장님께서 스폰서가 돼 주신다면 받아들이겠습니다."

당돌한 대답이다. 자신감이 있기 때문에 이런 대답이 나온다. 후미코의 시선을 받은 이광이 활짝 웃었다.

"고맙다, 후미코."

"받아주실 건가요?"

"조건도 말하지 않는단 말이냐?"

"어떤 조건이건 받아들일게요."

"그 이유를 듣자."

"회장님 스타일을 알아보았기 때문이죠."

"내가 여자가 많다는 것도 알겠구만."

"상관없습니다."

두 손을 무릎 위에 가지런하게 덮어놓은 후미코가 눈웃음을 쳤다.

"스폰서는 남편이 아니니까요."

"내가 너한테 까다로운 조건을 내놓을 수도 있는데."

"따를게요."

"무엇이건?"

"회장님을 믿으니까요."

"그건 대답이 아니지만 참조하겠다."

한 모금 인삼차를 삼킨 이광이 후미코를 보았다.

"먼저 너를 일본 제1의 탤런트로 만들어주마."

후미코는 숨을 삼켰고 이광의 말이 이어졌다.

"그러고 나서 프로덕션의 대표가 되는 거야, '후미코 프로덕션'으로 해도 상관없다."

"……."

"네가 어느 언론매체하고 인터뷰할 때 네 꿈이 프로덕션을 설립해서 좋은 프로그램을 만드는 것이라고 했더구만."

"……."

"내가 도와주지."

의자에 등을 붙인 이광이 정색하고 후미코를 보았다.

"서로 돕는 거다. 리스타도 일본에 기반을 굳히려는데 네가 필요하고 프로덕션도 필요하거든."

"누구한테 들은 거야?"

시모세가 묻자 이찌베는 입맛을 다셨다. 검은 얼굴이 찌푸려졌다.

"무시하지 마십쇼, 야쿠자에 정보원이 여럿입니다."

"누구냐니까?"

"그저 3번이라고만 알고 계십쇼."

"너, 나한테도 정보원 밝히지 않는 거냐?"

"그건 원칙입니다. 경시청장이 물어도 대답 못 합니다."

"빌어먹을 놈."

"어쨌든 이광과 다까노의 회동으로 야마구치와 스미요시, 이나카와 3대(大) 조직이 술렁거리고 있습니다."

"야쿠자 오야붕들이 참석한다는 거야?"

"그건 모릅니다."

"이런 젠장."

어깨를 부풀렸다가 내린 시모세가 이찌베를 노려보았다.

"일이 일어날까?"

"그럴 가능성도 있습니다."

"누가 회담 제의를 한 거야?"

"정보원의 말은 다까노가 한 것 같습니다. 일경련 회장으로 '리스타 회장'인 이광과 리스타 일본 진출에 대해서 논의해 보자고 했다는데요."

"아쭈, 지가 무슨 일본 총리라도 된다고 그래?"

"그래도 일본 대그룹 순위 5위의 재벌기업 회장 아닙니까? 매출액으로 보면 리스타보다 100배쯤 더 많구요, 더구나 일경련 회장 아닙니까?"

"그놈은 순 정부 오더로 회사를 키운 놈이야, 로비로 성장한 놈이라구. 더구나 야쿠자의 대부지, 야쿠자하고 손잡고 올린 매출이 매출액의 3할쯤 될걸?"

"과장이 심하신데요, 보스."

"이 자식이 뭐라고? 보스."

눈을 부릅떴던 시모세가 곧 어깨를 늘어뜨리고 말했다.

"시간과 장소를 알아봐."

"도청이나 사진 촬영은 불가능할 것 같은데요, 보스."

이제는 정색한 이찌베가 말을 이었다.

"잘 아시잖습니까? 지금 이광의 숙소도 알아내지 못하고 있는 판에 회담 장소, 내용을 듣자니요? 끝나고나 들어야지요."

시모세는 어금니를 물었다. 요즘은 야쿠자들의 보안장치도 최첨단이다. 이광은 말할 것도 없고.

4장
야쿠자 정벌

둘이 만났다. 혼다와 김필성이다. 혼다의 나와바리(영역)가 되어 있는 도쿄역 부근의 클럽 밀실, 둘은 술도 시키지 않고 마주보며 앉았다. 오후 9시 반, 어제도 만나고 계속해서 만나는 셈이다. 김필성이 입을 열었다.

"어제는 넷이 있어서 말하기가 좀 거북해서 말요."

혼다가 조금 긴장하자 김필성의 얼굴에 웃음이 떠올랐다.

"혼다 씨, 식구가 몇 명이나 됩니까?"

"350명쯤 됩니다. 하지만……."

"이탈한 놈들이 있어서 현재는 280명 정도지요? 사카이 추종 세력 말요."

"잘 아시는군요."

혼다의 얼굴이 찌푸려졌다. 자존심이 상한 것이다. 그때 김필성이 한국어로 물었다.

"한국 이름이 안태동이지?"

"잘 아시네, 그것도."

혼다도 바로 한국어로 대답했지만 이맛살이 찌푸려져 있다. 반말을 했기 때문일 것이다. 김필성이 지그시 안태동을 보았다.

"기요타, 이또 씨도 조센징이지만 자네한테는 한국어로 통하고 싶구만."

안태동이 쳐다만 보았다. 사카이 사부로와 하시바를 사살한 범인은 아직도 경찰이 추적 중이다. 야마구치조의 조장 시노다의 살해범도 아직 잡지 못한 상황인 것이다. 온갖 추측과 유언비어가 나돌았는데 리스타유통의 김필성도 그 범인 중에 들어간다. 그러나 알리바이가 완벽해서 수사를 받은 적도 없다. 그때 김필성이 담배를 꺼내면서 물었다.

"안 조장, 조직 이름을 죽은 사이또조에서 혼다조로 바꾸지그래?"

"아직 시기상조요."

"나갈 놈은 다 나갔어."

라이타를 켜 담배에 불을 붙이면서 김필성이 말을 이었다.

"현재 인원 280명으로 시작해."

"김 선생, 날 도와주시는 건 아는데, 나한테 이럴……."

"기요타 씨, 이또 씨하고 상의를 했어."

김필성이 안태동의 말을 잘랐다.

"내가 혼다조의 배경이 되기로 말야."

"김 선생……."

"혼다조는 리스타유통의 전위대가 되는 거지, 그럴 계획으로 우리가 사카이 사부로를 제거했으니까."

숨만 들이켠 혼다를 향해 김필성이 희미하게 웃었다.

"시노다도 마찬가지."

"……."

"시노다 그놈이 신일본회를 업고 리스타를 제거할 계획이었거든."

그러고는 김필성의 어깨를 부풀리고 나서 안태동을 보았다.

"자, 어때? 한번 크게 놀아 볼 거야?"

"진짜 무슨 일 없었어?"

마쓰미가 묻자 후미코는 눈을 흘겼다.

"그만 물어, 벌써 몇 번째야?"

"믿기지가 않아서 그래."

한숨을 쉰 미쓰미가 지그시 후미코를 보았다.

"네가 거짓말을 할 리는 없지만 널 그냥 보내다니, 그 사람 몸에 이상이 있는 건 아니겠지?"

"무슨 말야?"

"노무라 그룹의 노무라 회장은 40대인데도 성 불능이라잖아? 그래서 다카미한테 변태 짓만 한다던데."

"마쓰미, 너 심하다."

정색한 후미코가 마쓰미를 보았다.

"농담도 가려서 해, 나까지 모욕 받는 기분이 드니까."

"미안."

마쓰미가 사과했지만 후미코는 외면했다.

"미안해, 후미코, 이해해줘."

다가선 마쓰미가 붙임성 있게 말을 잇는다.

"너무 의외라 그랬어, 널 믿지 않는 게 아냐, 내가 잘못했어, 후미코."

그때 후미코가 말했다.

"오늘 중으로 도쿄방송 미우라 씨가 연락을 해올 거야, 네가 약속 시간을 잡아.”

“응? 미우라 씨?”

놀란 마쓰미가 숨까지 들이켰다. 미우라는 도쿄방송 제작국장으로 각 프로덕션사에는 황제와 같은 인물이다. 특급탤런트를 수십 명 보유하는 특급프로덕션사 사장도 미우라 앞에서는 고양이 앞의 쥐처럼 되는 것이다. 프로덕션사를 일순간에 망하게 할 수도, 돈방석에 올려놓을 수도 있는 미우라다. 그런 미우라이니 탤런트들한테는 신(神)이나 마찬가지다. 지금까지 후미코도 미우라하고 말 한 번 섞은 적이 없다. 멀리서 인사만 두어 번 했을 뿐인데 미우라는 받지도 않았다.

호흡을 고르고 나서야 미쓰미의 말문이 터졌다.

“왜? 무슨 일 있어?”

“무슨 일은?”

“그런데 미우라 씨 같은 사람이 왜 너를 찾아? 프로덕션을 통해서 부르든지 해야지.”

“글쎄.”

“또 그런다. 도대체 무슨 일이야? 미우라 씨는 그건데…….”

그때 다시 후미코가 눈을 흘겼다. 마쓰미가 그거라고 한 것은 미우라가 ‘호모’라는 것이다.

“미안.”

당황한 마쓰미가 서둘러 사과했을 때 후미코가 말을 이었다.

“회장님이 그랬어, 미우라 씨가 날 부를 것이라고.”

“회장님이? 리스타 회장님?”

후미코가 머리만 끄덕였고 마쓰미는 말도 안 된다는 표정을 짓고 입을 다물었다.

오후 3시, 도쿄 시부야의 일본주재 중국대사관 별관 회의실 안, 이광과 안학태가 들어서자 기다리고 있던 다까노와 비서실장 소로쿠가 일어섰다. 넓은 회의실에는 그들 넷뿐이었는데 중국 대사관 측이 이광의 요청을 받고 선뜻 장소를 제공해준 것이다. 회담 장소를 들은 다까노 측은 놀란 기색이 역력했다. 중국 대사관은 한 번도 그런 적이 없었기 때문에 예상하지도 못했을 것이다.

"반갑습니다. 만나주셔서 고맙습니다."

62세인 다까노가 연장자답게 웃음 띤 얼굴로 이광에게 손을 내밀었다. 중키에 온화한 표정, 반백의 머리는 잘 어울렸고 영어가 유창하다. 다까노가 이광의 손을 힘주어 잡았다.

"다까노올시다."

"이광입니다."

인사를 마친 이광과 다까노는 탁자를 사이에 두고 소파에 마주보고 앉았다.

넓은 회의실 안은 조용하다. 이광은 소파에 등을 붙였다. 왼쪽 유리벽 밖은 정원이었는데 울창한 나무에 가려 빌딩들은 보이지 않았다. 그때 다까노가 정적을 깨뜨렸다.

"리스타가 일본에 진출하고 나서 여러 가지 일들이 일어나고 있군요, 오비이락일까요?"

다까노는 웃음 띤 얼굴이지만 질문이 날카롭다. 이광이 따라 웃었다.

"그것이 다까노 그룹과 무슨 연관이 있는 겁니까?"

이쪽도 직설적이다. 그러자 다까노가 머리를 끄덕였다.

"내가 시노다 회장하고 친분이 있는 데다 사업도 여러 개가 얽힌 상태거든요, 이번 일로 타격이 큽니다."

"오히려 전보다 더 잘되신 것 같던데요."

"야마구치조가 분열된 상태라 전보다 사업이 위축될 겁니다."

"야마구치조와 동업자 관계십니까?"

"서로 상부상조하는 관계였죠."

"리스타가 방해물이라고 생각하십니까?"

"경쟁업체라는 생각입니다."

서로 거침없이 주고받는 바람에 비서실장들은 숨을 죽이고 있다. 그때 이광이 다까노를 똑바로 보았다.

"날 보자고 한 이유를 듣지요."

"우리 속담에 적이 제압하기 힘들면 싸안으라고 했습니다. 나도 지금까지 그런 방식으로 사업을 했지요."

다까노는 소파에 등을 붙이더니 지그시 이광을 보았다.

"우리, 동업하십시다. 지분을 나누는 동업이 아니라 서로 상부상조하는 동업관계를 맺자는 겁니다."

이광이 천천히 숨을 뱉었다. 다까노는 휴전을 제의하고 있는 것이다. 신일본회가 궤멸되고 다시 조직을 재정비하는 과정이니 '전쟁'에 돌입하기에는 아직 준비가 덜 되어 있는 상태일 것이다. 그리고 전력(戰力)으로 사용할 야마구치조가 새 조장을 선출한 지 얼마 안 되었다. 그때 이광이 물었다.

"조건이 있겠지요?"

"예, 회장님."

바로 대답한 다까노가 번들거리는 눈으로 이광을 보았다.

"이 회장께서도 나를 싸안아 보시지요, 이것이 내 제의이고 요청입니다."

"무슨 말입니까?"

"나를 리스타연합 회원으로 가입시켜 주시지요."

이광이 천천히 숨을 들이켰다. 그러나 다음 순간 다까노를 향해 빙그레 웃었다. 온몸의 피가 빨리 순환되는 느낌이 들면서 열이 오르고 심장 박동이 빨라졌다. 놀랍지는 않다. 일본의 5대(大) 기업 다까노 그룹의 기조실은 어지간한 국가의 정보조직보다 낫다는 평을 듣는다. 더구나 다까노는 신일본회 회원으로 일본 정부 측 고급정보를 수시로 받아왔을 것이었다. 이윽고 다까노의 시선을 받은 이광이 입을 열었다.

"리스타연합이란 회사가 있습니까? 그런 회사는 처음 듣는데."

다까노는 눈만 크게 떴고 이광의 말이 이어졌다.

"일방적인 제의이신데 내가 조건 없이 싸안을 이유가 있습니까?"

이광의 얼굴에 웃음이 떠올랐다.

"조건을 문서로 보내주시면 리스타연합이란 회사에 알아보지요."

그러고는 이광이 자리에서 일어섰다.

"무슨 일이냐?"

30분쯤 후인 오전 1시, 후버가 연회를 끝내고 집으로 돌아가는 차안에서 전화를 받는다. 도청을 경계해서 보안 장치가 잘 되어 있는 무전기를 쓴다. 상대는 아직 소련 담당 부장보 자리에 앉아 있는 해밀턴이다.

"보스, 상의 드릴 일이 있습니다."

"뭐냐?"

술기운이 퍼진 후버가 소리치듯 물었다. 오늘은 정치인들하고 모인 자리여서 술을 꽤 많이 마셨다. 그때 해밀턴이 목소리를 낮췄다.

"보스, 다까노가 이광 회장한테 리스타연합 회원이 되고 싶다고 했다는데요."

"뭐?"

금방 술기운이 달아난 후버가 몸을 세웠다. 후버도 오늘 이광과 다까노가 만나는 것을 아는 것이다.

"다까노가? 리스타연합에?"

갈라진 목소리로 물은 후버가 헛웃음 소리를 냈다.

"그놈들, 꼭 진주만 기습처럼 놀아. 그것이 사무라이 기질인가?"

"보스, 어떻게 생각하십니까?"

"네 보스 생각은 어떠냐? 이 망할 놈아, 나한테 자꾸 보스라고 할래?"

"죄송합니다, 보스."

그때 후버가 심호흡을 했다.

"이따 술 깨고 이야기하자, 아침에."

"안 조장, 대지(大地)건설의 매출액은 얼마나 돼?"

불쑥 김필성이 묻자 안태동이 입맛부터 다셨다. 안태동은 혼다 와타루, 혼다조의 조장이다. 지금 김필성과 둘이 만났을 때는 한국말을 하고 한국 이름인 안태동으로 불리는 것이다. 안태동이 처음에는 반발했지만 원체 나이 차도 나는 데다 김필성이 능구렁이여서 슬슬 동화되어 가는 중이다. 오후 5시, 긴자의 카페 '유리' 안이다. 이른 시간이어서 손님은 그들 둘과 수행원들뿐이다.

"그건 왜 묻습니까?"

대들듯이 물은 것은 혼다조(組)에서 운영하는 대지(大地)건설의 매출이 형편없기 때문이다. 자세히 말하면 죽은 사이또가 세운 건설회사를 혼다가 인계받은 셈인데 인력은 충분한데 일감이 없다. 대부분의 야쿠자가 건설회사를 간판으로 내세우는 이유가 인력관리에 도움이 될 뿐만 아니라 '힘'으로 공사를 따낼 수 있기 때문이다.

그 '힘'이란 폭력이 아니다. '로비력'과 '자금력', 그리고 배경이다. 사이또가 야마구치조에서 분리되어 나왔을 때 대지(大地)건설은 오다를 조금 했지만 곧 줄어들었다. 지금은 직원 월급 주기도 벅찬 상황이다. 그때 김필성이 대답했다.

"지금 3층짜리 건물 재건축공사 하나뿐이지?"

"잘 아시는 걸 왜 묻소?"

"2천만 엔짜리 공사지?"

이제는 안태동이 대답하지 않았다. 그때 김필성이 말했다.

"신주쿠에 '아메리카은행' 신축공사가 있어, 건물주는 미국 액션그룹이고, 알지?"

"압니다."

안태동의 눈빛이 강해졌다. 눈이 번쩍 뜨인다는 표현이 맞을 것이다. 건설업체 사람이면 5명짜리 직원을 고용한 '내부페인트' 업체라도 '아메리카은행' 신축공사를 안다. 기존의 22층짜리 건물을 헐고 45층짜리로 재건축을 하는데 입찰 예정가가 무려 250억 엔이다. 지금 일본 제1, 제2의 건설업체인 '스미요시', '다께다' 건설이 치열하게 경합 중인 공사다.

김필성이 입을 다물었기 때문에 조바심이 난 안태동이 물었다. 조직에 대한 애착이 자존심을 누른 셈이다.

"그게 어떻게 된 건데 그러쇼?"

"그 공사가 백산(白山)건설로 넘어갈 거야."

"예? 백산건설로 말입니까?"

안태동이 숨을 들이켰다. 백산건설은 도급순위 200위권의 중소건설업체인 것이다. 그렇다고 공사를 못 한다는 건 아니다. 할 수 있다. 안태동이 들이켠 숨을 길게 뱉었다. 백산건설은 이또 간스케의 이나카와회 건설회사인 것이다. 그때 김필성이 말을 이었다.

"대지건설이 건물 내장공사를 맡으면 되겠다. 대충 30억 엔쯤 될 거야."

안태동의 머릿속에서 섬광과 같은 생각이 이어졌다. 그렇게 되면 식구를 늘릴 수 있다. 자금이 있어야 식구가 모이는 것이다. 이놈 저놈 떨어져 나간 지금 '혼다회'의 식구는 265명, 내장공사를 맡게 되면 1년 안에 최소한 200명은 더 늘릴 수가 있다. 그것뿐이냐? 기반이 굳어지면 시너지가 쌓여진다. 이것이 조직의 생리다. 이윽고 안태동의 눈동자에 초점이 잡혀졌다.

"부탁하겠습니다, 형님."

"반갑습니다."

다가온 미우라가 후미코에게 손을 내밀었다. 50대 중반의 미우라는 연기자를 직접 만나지 않는 것으로 소문이 났다. 특급 탤런트 도시코가 아래층 로비에서 커피를 마시자고 청했는데도 담당 PD를 대신 내려보내는 바람에 난리가 났다.

자존심이 상한 도시코가 계약을 취소하자 방송국 사장이 사과를 하고 나서야 수습을 했다. 그러나 미우라는 끝까지 사과하지 않았고 명성이 높아졌다. 그 미우라가 후미코를 부른 것이다. 오후 6시 반, 장소는 긴자 앰배서더호텔 28층 라운지의 밀실 안, 후미코는 매니저 마쓰미와 동행이었지만 미우라는 혼자다. 자리에 앉은 미우라가 마쓰미에게는 시선도 주지 않고 후미코에게 물었다.

"아직 전속사가 없지요?"

"예, 국장님."

"매니저 하나뿐이고?"

그렇게 물으면서도 마쓰미는 안 본다.

"네, 국장님."

"그럼 당분간 우리 방송국 전속으로 합시다."

"네에?"

후미코의 목소리는 비명 같았다. 방송국 전속이라니? 톱탤런트도 전속이 못 된다. 전속이 되려면 주연급 출연을 하거나 그것도 인기가 높아야 된다. 신인이나 조연급은 전속따기가 하늘의 별 따기다. 그때 미우라가 말을 이었다.

"다음 달부터 <지즈코의 일생>이란 장편 드라마가 시작되는 거 아시죠?"

"네."

후미코가 숨을 고르면서 미우라를 보았다. NHK창립 60주년 기념대작으로 1백 부작 장편 드라마다. 주연인 지즈코 역할에 톱탤런트 야스에가 내정되었다는 소문이 났다. 미우라가 말을 이었다.

"내일 오전 11시까지 방송국에 나오세요, 곧장 내 방으로 오시도록."

"네?"

"지즈코 역할로 후미코 씨를 결정한 겁니다. 내일 인터뷰를 해야죠."

미우라가 눈을 가늘게 뜨고 후미코를 보았다.

"하실 거죠?"

후미코는 대답 대신 크게 뜬 눈에서 주르르 눈물을 쏟았다. 그때 앞에 앉아 있는 미우라가 이광처럼 보였다. 모두 이광이 만들어준 것이다.

기요타는 이광 앞에 앉았을 때 버릇처럼 심호흡을 했다. 물론 표시 안 나게.

오전 10시, 오늘은 이광과 기요타, 김필성, 안학태까지 넷이 둘러앉았다. 장소는 이광이 묵고 있는 기요타의 별장 응접실, 이광이 만나자고 해서 달려온 길이다. 그때 이광이 입을 열었다.

"일경련 회장 다까노가 나한테 리스타연합 회원에 가입시켜 달라고 부탁을 했어요."

"옛?"

기요타가 놀란 외침을 뱉더니 곧 얼굴을 일그러뜨리며 웃었다.

"그놈이 간덩이가 부었군요, 투항한다면 모를까 신일본회 회원으로 언제 당할지도 모르는 상황에 리스타연합으로 배를 옮겨 탄다는 말입니까?"

기요타가 정확하게 표현을 한 셈이다. 그 말을 들은 안학태와 김필성이 동시에 머리를 끄덕인 것은 공감한다는 뜻이다. 이광도 쓴웃음을 지었다.

"다까노는 리스타의 진출 견제에 처음부터 간여했을 겁니다. 사이또파를 사주한 배후일 가능성이 큽니다."

"그런 놈을 리스타연합 회원으로 받아들일 수는 없지요."

기요타가 말했을 때 이광이 정색했다.

"그자가 우리를 이용할 생각이겠지만 지금은 우리도 그자가 필요해요, 그것을 그자도 압니다."

"……."

"받아들입시다."

"그거야……."

기요타가 한숨을 쉬면서 말했다.

"회장님 뜻에 따르겠습니다."

"다까노 문제를 미국 측 회원인 후버 부장, 중국의 등소평 위원장, 그리고 주요 인사들과 협의를 했더니 받아들이라고 전원일치 합의가 되었어요."

이광이 말을 이었다.

"그래서 일본의 리스타연합 정식회원을 먼저 정했습니다. 1번이 기요타 회장, 2번이 이또 회장, 3번이 혼다 회장, 4번이 김필성 회장, 5번이 다까노 회장입니다."

기요타가 머리를 끄덕였다. 회원 순위가 선착순인지 조직규모 순인지 알 수 없지만 1번을 받으면 좋은 법이다. 죽거나 빚 갚는 순서만 빼고.

오후 2시 반, 안학태가 린드버그와 함께 응접실에 앉아 있는 이광에게 다가왔다. 손에 서류를 들고 있었는데 약간 상기된 표정이다. 다가선 안학태가 이광에게 서류를 내밀었다.

"다까노한테서 가입 조건이 전문으로 송부되었습니다."

"전문으로?"

서류를 받아든 이광의 얼굴에 웃음이 떠올랐다. 전문(電文)은 곧 공문(公文)이나 같다. 공식적으로 조건을 내놓는다는 표시다. 이광이 전문을 보았다.

"가입조건

1. 야마구치조장 피살사건 및 사이또조(組) 사건, 사카이 사부로 사건까지를 조속히 수습하여 사회가 정상화 되도록 최선을 다하겠음.

2. 국내 질서는 물론이고 세계 질서를 위하여 모든 노력을 쏟겠음.

3. 리스타연합 회원으로서 성실하게 처신하겠음. 다까노 사헤이."

서류에서 머리를 든 이광이 안학태와 린드버그를 보았다. 서류는 영문으로 적혀 있었기 때문에 린드버그도 읽었을 것이다.

"1번이 의미심장하군."

"그렇습니다."

린드버그가 먼저 대답했다.

"다까노가 수습해 주겠다는 것입니다. 그 대가로 리스타연합 회원이 되도록 해달라는 것 같은데요."

"후버 씨가 다까노한테 진주만 기습을 다시 할 것 같은 놈이라고 했다던데."

"예, 저도 해밀턴 씨한테서 들었습니다."

"다까노 부친이 일제시대에 한국인을 징용으로 보내 죽인 징병관이었어."

"예, 그건 기요타 씨한테서 들었습니다."

이광도 기요타한테서 들었기 때문에 곧 쓴웃음을 짓고 말했다.

"그래, 다까노 말대로 적을 품에 안고 가도록 하지."

이제 다까노는 리스타연합 회원이다.

"구로다 씨, 시노다 사건, 덮읍시다."

다까노가 말하자 구로다 미야마사가 힐끗 시선을 주었다. 이곳은 일경련 회관의 회장실 안, 도쿄경찰청장 구로다가 인사차 방문한 것으로 되어 있지만 실제로는 다까노가 부른 것이다. 구로다의 각진 얼굴이 찌푸려졌다. 55세, 오사카 출신으로 이번 신일본회 사건으로 '졸지에' 대망의 도쿄경찰청장이 된 '행운의 사나이', 이것은 비판적인 언론의 평이고 호의적인 언론은 무뚝뚝한 성격으로 항상 정도(正道)를 걸어온 '입지전적 사나이'라고도 했다. 그때 구로다가 말했다.

"시노다 사건을 덮으면 사카이 사부로, 사이또조(組) 사건까지 주르르 있으니만치 다 덮어야 합니다."

"내 말이 그 말이오."

"다까노 씨."

"대국(大國)을 위해서 덮어주시오, 모두 일본의 장래를 위해서 그러는 것이니까."

"리스타를 보호한다는 것입니까?"

"당분간은 그렇게 보이도록 합시다."

목소리를 낮춘 다까노가 말을 이었다.

"하시모토 간사장이 곧 연락해 올 거요."

하시모토 이름을 들은 구로다가 어깨를 부풀렸다가 내리면서 말했다.

"알겠습니다. 언론을 좀 눌러주시죠."

"그것은 내가 따로 손을 쓸 테니까."

다까노가 길게 숨을 뱉고 나서 말을 이었다.

"두고 봅시다. 조센징 놈들한테 밀릴 수는 없으니까."

"저, NHK전속 계약을 하고 <지즈코의 일생> 주연을 맡게 되었어요."

후미코의 목소리가 떨렸다. 얼굴도 상기되어 있을 것이다. 이광의 얼굴에 웃음이 떠올랐다.

"잘됐어, 후미코."

"정말 감사합니다. 저한테 이런 행운이 오리라고는 꿈도 꾸지 못했어요."

"그렇게 기쁘냐?"

"네, <지즈코의 일생>은 특급 탤런트들이 모두 원했던 드라마였거든요, 저는 생각지도 못했어요."

이제 후미코의 목소리가 맑고 높아졌다. 비음이 조금 섞인 목소리여서 여운이 있다.

"열심히 해보겠어요, 기대에 어긋나지 않겠습니다."

"잘할 거야, 후미코."

"감사합니다."

이광이 벽시계를 보았다. 오전 10시 반이다. 그때 후미코가 물었다.

"저, 언제 뵐 수 있어요?"

"왜?"

"미우라 국장한테 3일쯤 쉰다고 했습니다. 내일부터 시간이 있어요."

후미코가 서두르듯 말을 잇는다.

"장소만 알려주시면 제가 갈게요."

"후미코, 난 오늘 오후에 떠난다."

순간 후미코가 가만 있는 것이 숨을 들이켠 것 같다. 이광이 말을 이었다.

"언제든 만날 수 있지만 지금은 안 되겠다. 내가 다시 연락하지."

"네, 회장님."

"김 법인장이 자주 연락할 테니까 무슨 일 있으면 말해."

"알겠습니다."

"<지즈코의 일생>이 끝나면 프로덕션을 설립하기로 하지."

"네."

"열심히 해."

이광이 전화기를 내려놓고는 심호흡을 했다. 후미코는 몸으로라도 보상을 해주려고 하는 것이다. 차분하고 수줍어 보였던 인상과는 달리 지금은 적극적이다. 그러나 후미코의 몸을 바라고 이런 것이 아니다.

"이런 젠장."

어깨를 부풀린 시모세가 앞에 선 이찌베를 노려보았다.

"경찰청장의 지시야."

"그게 무슨 말입니까? 경찰청장이 사건 수사를 종결시켰단 말입니까?"

이찌베가 대들듯이 묻자 시모세를 외면했다.

"정치권에서 압력을 넣은 것 같다."

"정치권에서 이광의 보호세력이 있다는 말씀이군요."

"미국."

머리를 든 시모세가 이찌베를 보았다. 눈동자가 흐려져 있다.

"이광이 미국놈들하고 통하거든, 멕시코 마약을 CIA에다 넘기고 있어."

"그건 압니다. 리스타유통이 멕시코 마피아 절반쯤을 평정했다고 들었습니다."

"이광한테 비교하면 야마구치조도 우물 안 개구리야."

"이광이 그렇게 컸습니까?"

"정상적인 사업과 비밀거래를 교묘하게 섞어서 규모를 키워가는 것이지, 이라크, 리비아의 무기 거래에서부터 멕시코산 마약 반입까지."

"리스타의 사업 규모가 공식적으로는 다까노 그룹의 1백분지 1 정도지만 비공식적으로는 다까노보다 많다는 소문이 났습니다."

"'리스타 투자' 매출액이 10분지 1로 축소되어 있다고 하더구만."

혼잣소리처럼 말했던 시모세가 정신을 차린 듯이 눈동자의 초점을 잡았다.

"어쩔 수 없어, 시노다 사건, 사카이 사건까지 모두 보류다."

"보류는 무슨, 폐기시키는 것이죠."

투덜거린 이찌베가 몸을 돌렸다.

"다 썩었어요, 다."

시모세는 이찌베의 등을 본 채 대답하지 않았다.

부장실을 나온 이찌베가 제 방으로 들어가지 않고 경시청 지하 1층의 주차장으로 내려갔다. 주차장 구석에 주차된 자신의 고물차로 다가간 이찌베가 운전석에 앉았을 때 옆쪽 문이 열리더니 사내가 들어와 옆자리에 앉았다. 이찌베가 주위를 둘러보며 말했다.

"사건 종결되었어, 도쿄 경찰청장이 직접 지시를 내린 거야."

"예상하고 있었지요."

40대쯤의 사내가 앞쪽을 응시한 채 대답했다.

"다까노가 구로다한테 요구한 것이죠. 하시모토가 다시 구로다한테 확인차 연락을 했구요."

이찌베가 가슴주머니에서 서류봉투 하나를 꺼내 사내에게 내밀었다.

"이건 야마구치 조장이 된 오타카하고 다까노의 통화 내역이야, 녹음하느라고 세금 많이 썼어."

"수고하셨습니다."

이번에는 사내가 들고 온 검정색 가방을 이찌베 발밑에 내려놓았다. 묵직한 가방이다.

"1천만 엔 들었습니다."

"많군."

어깨를 부풀린 이찌베가 입맛을 다셨다.

"항상 예상보다 많아."

"돈 관리 잘하십쇼."

"그건 걱정 마."

이찌베의 얼굴에 쓴웃음이 떠올랐다.

"내가 자금 추적 담당을 3년이나 했다구."

"그럼 다음에 또 봅시다."

사내가 나갔는데 한 번도 이찌베와 시선을 부딪치지 않았다.

LA행 비행기 안, 전세기의 회의실에는 이광과 안학태, 린드버그와 에릭센까지 넷이 둘러앉았다. 비행기는 태평양 중심을 향해 날아가는 중이다. 도쿄를 출발한 지 한 시간쯤 지났다. 먼저 린드버그가 입을 열었다.

"유통 오 사장은 기다리고 있습니다. 그리고 해밀턴 씨도 곧 도착할 것입니다."

린드버그의 말이 이어졌다.

"마약처리 담당인 피터슨과 뉴욕에서 온 움베르토 조직의 자문관 포르모사가 LA에 와 있습니다. 윌슨도 곧 올 거구요."

그때 에릭센이 물었다.

"비밀 회동이오?"

"아, 당연히."

쓴웃음을 지은 린드버그가 말을 이었다.

"포르모사는 살인미수, 교사 혐의로 지금 수배 중이거든요."

"젠장, 그런 놈을 CIA하고 같이 만나다니, 한심하군."

에릭센이 투덜거렸다.

"그건 FBI 관할인가 보지?"

"우리가 상관할 일 아니지, 우린 피터슨에게 마약만 넘기면 되니까."

린드버그가 말을 받았을 때 안학태가 물었다.

"그런데 피터슨이 움베르토의 측근을 데려오는 이유가 도대체 뭐랍니까?"

"그건 아직 모릅니다."

이맛살을 찌푸린 린드버그가 말을 이었다.

"오 사장이 윌슨한테 물어보았지만 만나서 이야기하겠다는군요."

윌슨이 CIA의 마약처리 담당인 것이다. 해밀턴의 후임으로 해외작전국장이 된 윌슨은 후버의 보좌관 출신으로 전부터 마약 책임자였다. 이광은 소파에 등을 붙인 채 듣기만 했다. LA에 도착하면 윌슨과 피터슨, 그리고 움베르토 조직의 포르모사와 함께 '마약 공급' 회의다. 이것은 CIA에서 주선한 회의인 것이다.

"부장님, 내일부터 회사 그만둡니다."

해밀턴이 말했을 때 후버가 바로 어깨를 추켜올렸다가 내리면서 긴 숨을 뱉었다.

"이제야 나가는구나, 고맙다."

"그동안 감사합니다. 부장님은 내 스승이고 아버지였습니다."

"네 아첨은 질렸다. 다른 말 해라."

"내일부터 제가 리스타연합 사장이 됩니다. 잘 부탁합니다."

"도둑놈의 새끼들."

"리스타연합의 미국 측 1번 회원은 부장님이십니다. 제가 순번을 정했습니다."

"1백 불쯤 줄까? 너희들 뇌물 좋아하잖어?"

"2번, 3번, 4번, 5번까지 예비 후보하고 접촉을 했습니다만 모두 승낙을 했습니다. 그런데 1번 부장님의 동의가 있어야 될 테니까 보류하고 있습니다."

"당연히 그래야지."

어깨를 부풀린 후버가 눈까지 치켜떴다.

"어떤 개아들 놈인지 내가 봐야겠다. 이광이가 승낙했더라도 내가 '노(NO)' 하면 안 돼, 반역자가 끼어 있을 수도 있으니까."

"그럼, 이만."

해밀턴이 자리에서 일어섰을 때 후버가 따라 일어서더니 손을 내밀었다. 이제는 정색하고 있다. 오전 11시반, 랭글리의 CIA본부 부장실 안이다. 이렇게 CIA 소련 담당 부장보인 해밀턴이 회사를 사직하고 리스타연합 사장으로 옮겨갔다.

"윌슨, 무슨 일이오?"

오금봉이 묻자 윌슨은 커피를 한 모금 삼키고 나서 잔을 조심스럽게 내려놓았다. LA다운타운의 엠버슨호텔 라운지, 이곳은 회원제여서 항상 조용하다. 오늘도 손님은 세 테이블뿐이다. 그중 하나에 윌슨과 오금봉이 마주보고 앉았고 다른 두 테이블은 오금봉과 윌슨의 수행원들이다. 이윽고 머리를 든 윌슨이 오금봉을 보았다.

"움베르토 패밀리가 지금까지 3톤씩 가져갔는데 5톤으로 늘려주라는 겁니다."

"그래서요?"

시큰둥한 표정이 된 오금봉이 윌슨을 보았다. 오금봉이 멕시코에서 CIA에게 넘겨주는 마약의 양은 연간 12톤 기준이다. 조금 증가된 물량이다. 하지만 전에는 연간 25톤이 넘는 물량이 미국으로 넘어갔다고 했다. 그 12톤을 윌슨은 4개 패밀리에게 넘겼는데 움베르토 패밀리도 그중 하나였던 것이다. 그런데 갑자기 윌슨이 공급자인 오금봉 측과 소비자인 움베르토 패밀리까지 3자(者)회담을 주선한 것이다. 윌슨이 말을 이었다.

"3톤은 우리한테서 받고 2톤은 오 사장한테서 직접 받도록 하는 조건입니다. 물론 전체 12톤은 변함없습니다."

윌슨이 열심히 말을 이었다.

"나한테는 12톤을 주시고 2톤을 따로 움베르토한테 주시면 되지요."

"대금도 직접 받습니까?"

지금까지 마약 대금은 윌슨한테서 받았기 때문이다. 오금봉이 묻자 윌슨이 머리를 끄덕였다.

"다만 그 대금의 2할은 저한테 떼어주시면 됩니다."

"가격은?"

"지금 저한테 받으시는 가격에다 2할을 더 붙이셔야겠지요?"

오금봉이 한숨을 뱉었다. 지금까지 윌슨한테서 kg당 100을 받았다면 움베르토 조직으로부터는 120을 받고 20을 윌슨에게 떼어주라는 말이다. 물론 오금봉은 멕시코산 마약을 공급업자로부터 70에서 80 가까운 금액으로 사들여서 넘기는 것이다. 그때 윌슨이 쓴웃음을 짓고 말했다.

"움베르토 측과 따로 계약을 하시지요. 미안하지만 다른 구매자들이 모르도록 해주시면 고맙겠습니다."

다른 구입자들이 서로 많은 양을 가져가려고 치열하게 경쟁을 하고 있기 때문이다. 마약 장사만큼 남는 장사가 없다. 오금봉이 체크해 본 바에 의하면 마약 소매가는 공급가의 7, 8배, 많을 때는 10배가 넘는 것이다. 마피아 조직은 도소매를 겸하고 있기 때문에 엄청난 이윤을 남기고 있다.

오금봉이 머리를 끄덕였다. 손해 보는 장사가 아니다. 이쪽도 물량이 많을수록 이득이 많이 남는다.

이광의 LA 숙소는 베벌리힐스에 위치한 저택이다. 오금봉이 구입한 2층 대저택으로 숲에 싸인 정원이 있고 대문에서 저택까지는 2백 미터나 되었다. 오후 3시 반, 저택 2층 응접실에서 다시 회의가 열렸다. 이번에는 해밀턴과 오금봉까지 참석한 회의다. 오금봉이 윌슨과의 대화 내용을 보고하자 해밀턴이 쓴웃음을 짓고 말했다.

"비자금의 비자금이군요, 그런 경우가 많습니다."

"우리가 직접 마피아하고 거래를 하게 된 것입니다."

오금봉이 정색하고 이광을 보았다.

"미국 마피아는 멕시코 패밀리하고 전에 직거래를 해왔지요, 제가 알아보니까 움베르토 패밀리가 2년 전까지만 해도 아카풀코에서 마약을 가져갔습니다."

"우리하고 움베르토를 직거래시키는 이유는 뭐라고 보십니까?"

안학태가 해밀턴에게 물었다.

"움베르토는 뉴욕의 3대(大) 패밀리 중 하난데 나이는 45세, 아버지 비챠로부터 조직을 이어 받은 지 5년째요."

해밀턴이 말을 이었다.

"예일대를 나온 엘리트인데 욕심이 많고 잔인하다는 평이 있지. 10여 명의 살인교사 혐의가 있지만 법에 걸린 적이 없는 영리한 놈이오."

그때 린드버그가 말을 이었다.

"그래도 지금 멕시코 마약을 공급받는 4개 패밀리 중에서 움베르토가 가장 자금력이 좋고 통제가 잘된 조직이긴 합니다."

"그건 이유가 될 수 없지."

안학태가 머리를 기울이며 말했을 때 오금봉이 이광을 보았다.

"윌슨은 다른 공급자들이 모르도록 해달라고 했습니다. 만일 다른 공급자들이 알면 불평하지 않겠습니까?"

"그건 CIA한테 불평해야지요."

린드버그가 말했을 때다. 이광이 오금봉에게로 머리를 돌렸다.

"내일 만났을 때 윌슨한테 그 이유를 물어보도록 해요, 그러고 나서 결정합시다."

이광의 한마디로 결정이 되었다.

"내일 회담은 각각 세 명씩이오."

윌슨이 전화기에 대고 말했다.

"오후 3시, 아담스호텔 VIP룸에서."

"알았습니다."

포르모사가 웃음 띤 목소리로 물었다.

"저쪽은 누가 나옵니까?"

"리스타유통 사장이 나올 거요."

"그럼 그 사람하고 계약을 하게 되겠군요?"

"그렇지요."

"그럼 내일 뵙지요."

통화를 끝낸 윌슨이 앞에 앉은 모리슨에게 말했다.

"오 사장이 움베르토하고 직접 거래하는 이유가 뭐냐고 물었어? 이상하게 생각하는 것은 당연해?"

그때 모리슨이 머리를 저었다.

"어쩔 수 없습니다. 이 비자금 내역을 밝히면 대통령도 문제가 됩니다. 부장님만 당하는 것이 아닙니다."

"젠장."

투덜거린 윌슨이 길게 숨을 뱉었다.

해밀턴이 돌아왔을 때는 오후 10시 반이다. 응접실로 들어선 해밀턴이 이광에게 다가가 앞쪽 자리에 앉았다.

"회장님, 알아냈습니다."

해밀턴의 얼굴에 쓴웃음이 떠올랐다.

"후버 씨가 일을 저질렀습니다. 이 일에 대통령까지 연관이 되었는데요."

"무슨 일이오?"

정색한 이광이 묻자 마침 응접실에 있던 안학태와 오금봉이 시선을 주었다. 해밀턴이 말을 이었다.

"보스니아 반군 조직에게 군사비 지원을 한 겁니다."

모두 숨을 죽였고 해밀턴의 목소리가 응접실을 울렸다.

"후버가 대통령의 묵인 하에 2년쯤 전부터 지원을 했는데 반군의 세력이 커지면서 군사비가 더 들어가게 된 거지요."

"그래서 이번 움베르토의 비자금이 그쪽으로 나간다는 겁니까?"

오금봉이 묻자 해밀턴이 머리를 끄덕였다.

"그렇습니다. 후버 부장이 그 비자금을 만들려고 편법을 쓴 것이지요."

"비자금의 비자금이군."

안학태가 혼잣소리처럼 말했다. 멕시코산 마약도 모두 비자금으로 사용되는 것이다. 중국 정부에 지급하는 지원금은 물론이고 갖가지 용도로 쓰인다. 하지만 합법적으로 사용되어왔다. 의회 상하원 해당소(小)위원회의 승인을 받은 사항이기 때문이다. 그러나 이번 보스니아의 경우는 후버와 대통령 측근 몇 명이 진행시켰던 것이다. 그때 이광이 말했다.

"내가 후버 부장을 만나야 될 것 같은데?"

모두 긴장했고 이광이 말을 이었다.

"먼저 후버 부장의 이야기를 듣고 움베르토 패밀리하고 계약을 하기로 하지."

"알겠습니다."

먼저 대답을 한 것은 해밀턴이다. 머리를 끄덕인 해밀턴이 말을 이었다.

"제가 지금 후버 부장한테 연락을 하지요? 약속을 잡겠습니다."

자리에서 일어선 해밀턴이 얼굴을 펴고 웃었다.

"그 방법이 최선입니다, 회장님."

그날 밤 후버가 잠에서 깨어 전화를 받는다. 새벽 3시 반이다.

"어느 놈이야?"

백색전화는 CIA용이다. 모두 부하들이니까 그렇게 응답한 것은 당연하다.

"보스, 접니다."

해밀턴의 목소리를 듣자 후버가 더 성을 냈다.

"내가 왜 네 보스냐, 이 개자식아?"

"보스, 내일 LA로 오시죠. 와서 우리 보스를 만나셔야겠습니다."

이제는 후버가 숨만 쉬었을 때 해밀턴이 말을 이었다.

"움베르토 자금 건에 대해서 보스가 우리 보스한테 직접 말씀해주시는 것이 낫겠습니다."

그러고는 덧붙였다.

"미국의 1번 회원으로 우리 보스도 만나셔야죠."

"움베르토, 나하고 오후에 LA로 가지."

후버가 말하자 움베르토가 전화기를 고쳐 쥐었다. 오전 8시 반, 움베르토는 마악 일어난 참이다.

"LA요?"

갈라진 목소리로 물은 움베르토가 커피잔을 들고 다가오는 하녀 사반나를 손을 저어 쫓았다. 뉴욕 맨해튼이 내려다보이는 72층 엠퍼러 빌딩의 71층 콘도 안이다. 5백 평 면적의 이 VIP 콘도는 시가가 2천만 불이다. 수영장은 물론 미니 골프장, 영화관에 전용 엘리베이터가 3개나 있는 것이다. 그때 후버가 말을 이었다.

“나하고 같이 리스타 회장을 만나야겠어, 이번 물건 공급 관계로 말야.”

“지금 포르모사가 그 일 때문에 LA에 갔지 않습니까?”

그리고 LA의 해외작전국장 겸 마약쟁이 월슨도 거기에 있는 것이다. 그때 수화구에서 후버의 혀 차는 소리가 들렸다.

“이봐, 내가 간단 말야? 가서 나하고 같이 미스터 리를 만나자구? 셋이 합의를 해야 되겠어.”

“그러지요.”

후버의 기세에 밀린 움베르토가 그렇게 대답을 했지만 이맛살이 찌푸려졌다.

“난 10시쯤 전용기로 갈 테니까 LA에서 저녁 7시쯤 만나기로 하지.”

후버가 일방적으로 말하고는 통화를 끝냈기 때문에 움베르토는 와락 화가 치밀었다. 후버는 20살이나 연상인 데다 막강한 CIA 부장이다. 지금까지 서너 번 만났지만 포스에 밀려서 어쩔 수 없이 고분고분해진 처지다. 숨을 고른 움베르토가 다시 전화기를 들고는 버튼을 눌렀다.

LA는 시차가 3시간이니 지금은 오전 5시 반이 조금 넘었을 것이다. 포르모사가 자건 깨었건 상관할 것 없다. 신호음이 두 번 울렸을 때 포르모사가 전화를 받았다.

“여보세요?”

술 취한 목소리도 아니다.

“난데, 포르모사?”

“예, 보스.”

"금방 후버 영감 전화를 받았는데 나하고 LA에 같이 가서 리스타 회장을 같이 만나자는 거다. 너, 윌슨하고 무슨 이야기 했어?"

"이야기 한 건 없는데요? 그냥 만나자고만 했는데?"

놀란 듯 포르모사의 목소리가 높아졌다.

"오늘 오실 겁니까?"

"가야지, 나도 전용기 편으로 갈 테니까 기다리고 있어."

움베르토가 말을 이었다.

"오늘 원숭이를 만나게 되었군."

원숭이는 움베르토가 동양인을 싸잡아서 부르는 별명이다.

커피잔을 든 이광이 앞에 앉은 린드버그에게 물었다.

"움베르토의 조직에서 소진시킬 수 있는 마약은 얼마나 되나?"

"3년 전만 해도 동부지역은 물론 중부지역까지 판매망을 확보하고 있었는데 CIA가 FBI하고 합동으로 단속해서 절반 정도로 줄였지요, 그래서 지금은 1년에 6톤 정도입니다."

"엄청나군."

"판매가로 60억 불 정도입니다. 그 돈으로 약 10만 명이 먹고 살지요."

이광의 눈치를 살핀 린드버그가 말을 이었다.

"물론 1백만 명 정도가 그 약을 삽니다. 그중에는 중독자도 있고 미성년자도 있고 병원에서 소진시키기도 하지요."

"……."

"아주 없앤다면 폭동이 일어날 것입니다. 공급량을 많이 줄이면 가격이 치솟아서 전쟁이 일어나구요, 그래서 지금처럼 적절하게 조절하는 것이 필요합니다."

“2톤 정도 늘리는 건 일도 아니라는 말이군.”

“예, 2톤으로 움베르토는 아마 5억 불 이상의 이익을 올릴 것입니다.”

리스타유통 측도 1억 불 정도의 이익을 챙길 것이다. 그리고 마약처리 담당인 피터슨에게 넘어가는 돈도 1억 불 정도다. 그때 다시 이광이 물었다.

“움베르토의 조직은 단단한가?”

“조직 말씀입니까?”

되물은 린드버그가 숨부터 들이켰다. 이광이 물은 진의를 알려는 듯이 눈동자가 흔들렸다. 이광이 머리만 끄덕이자 린드버그가 말을 이었다.

“뉴욕의 5대(大) 패밀리 중 세력 면으로는 3위, 자본력으로는 2위, 조직원 숫자로는 1위입니다. 움베르토의 아버지 비챠가 50년 전에 아르말로 패밀리에서 분가해서 조직을 만들었는데 비챠의 별명이 살인마였지요.”

린드버그의 목소리에 열기가 띠어졌다.

“움베르토는 제 아버지하고 달리 짜다고 소문이 났습니다. 별명이 소금입니다. 부하들에게 1백 불 줄 때도 손을 벌벌 떤다고 합니다. 하지만 자신은 사치가 심해서 수천만 불짜리 저택이 몇 개나 되고 옷도 수천 불짜리를 입습니다.”

그때 이광이 머리를 끄덕였다.

“린드버그, 움베르토 조직에 정보원을 심어라.”

“예, 보스?”

“포섭을 하란 말야, 자금은 얼마든지 써도 돼.”

“예, 보스.”

저택의 응접실 안에는 둘뿐이었지만 이광이 목소리를 낮췄다.

"이 이야기는 오 사장과 해밀턴 사장까지 넷만 알기로 하지."

린드버그가 심호흡을 했다. 빅오더다.

오후 8시, 산타모니카 비치 위쪽의 저택 안, 이곳에서는 바다가 보이지 않지만 저택은 숲에 싸여 있어서 운치가 있다. 응접실에는 여섯이 둘러앉았는데 후버와 윌슨, 이광과 오금봉, 그리고 움베르토와 포르모사다. 해밀턴도 와 있다가 후버에게 인사만 하고 나갔다. 저택은 사내들로 수선거렸지만 1층 응접실은 잠깐 무거운 정적에 덮여졌다. 이광은 후버와 인사를 했을 때 잠자코 악수만 나누었다.

움베르토하고는 서로 이름만 말하고 악수도 하지 않았다. 상대가 손을 내밀었다면 했을 것이다. 이곳은 CIA의 안가(安家)다. 멕시코인 가정부가 각자의 앞에 커피잔을 내려놓고 말없이 돌아갔다. 그때 후버가 입을 열었다.

"우리가 이렇게 모였다는 걸 다른 3개 조직이 알면 질투하겠군."

"그럴 리가 있습니까?"

움베르토가 얼굴을 펴고 웃었다. 움베르토는 머리가 많이 벗겨져서 이마가 반질거렸다. 눈이 가는 데다 콧날이 곧고 입술이 굳게 다물려져서 고집스럽게 보였다. 움베르토가 커피잔을 들더니 한 모금 마시고 나서 말했다.

"저희는 절대 비밀을 지킵니다."

"절대 비밀이란 건 없어."

후버가 싸늘한 표정으로 말했다.

"우리 셋의 만남도 이미 노출되었다는 가정 하에서 계획을 짜야 돼,

이게 내 충고야."

"명심하지요, 후버 씨."

움베르토가 머리를 끄덕이더니 이광에게로 시선을 돌렸다.

"미스터 리, 이제 나한테 할 이야기를 해보시지요."

"없습니다."

머리를 저어 보인 이광이 후버에게 말했다.

"부장께서 이렇게 양측에 보증해주신 것으로 되었습니다."

"서로 약속을 지키기로 하시오."

후버가 무뚝뚝한 표정으로 말했다.

"물론 둘 다 믿지만 말요."

"무슨 문제가 생겼을 때 누가 조정합니까?"

이광이 묻자 윌슨이 나섰다.

"내가 맡습니다."

"알았습니다."

그때 움베르토가 웃음 띤 얼굴로 이광에게 물었다.

"멕시코에서 아직도 마약이 흘러들어오고 있지요, 리스타유통과 다른 루트로 말입니다. 그거 알고 계시지요?"

"압니다."

오금봉이 대답했다. 정색한 오금봉이 말을 이었다.

"아마 우리 물량쯤 될 겁니다."

"가격이 30퍼센트 정도 싸게 공급이 되더군요."

소파에 등을 붙인 움베르토가 이광과 오금봉을 번갈아 보았다.

"품질도 좋고 말입니다."

"무슨 소리를 하는 거야?"

후버가 커피잔을 들면서 움베르토에게 물었다.

"그래서 그쪽 물건을 들여오겠다는 거야, 뭐야?"

"아닙니다, 사실이 그렇단 말이죠. 우리가 그럴 리가 있습니까?"

"가격은 우리가 정한 대로 해, 움베르토?"

"예, 부장님."

"흘러들어온 물건을 싸게 사는 놈들이 있어, 그놈을 섞어 팔더구만, 하지만 걸리면 끝장이야."

움베르토는 대답하지 않았다. 그때 이광이 후버에게 말했다.

"그럼 부장님 말씀대로 하겠습니다."

회의가 끝났을 때 자리에서 일어서는 이광에게 후버가 말했다.

"이 회장, 잠깐만."

후버도 일어서 있었기 때문에 둘은 창가로 다가가 나란히 섰다. 이윽고 넓은 응접실에 둘만 남았을 때 후버가 창밖의 정원을 내다보며 말했다.

"리, 움베르토에 대한 인상이 어떤가?"

"글쎄요."

이광의 얼굴에 쓴웃음이 번져졌다.

"왜 물으십니까?"

"오늘 나를 만나자고 한 건 움베르토를 보겠다는 의도도 있었지 않나?"

"그렇습니다."

"내가 움베르토를 선택한 이유가 듣고 싶은 거지?"

"말씀해 주시지요."

"저놈이 욕심이 많아."

마침 현관으로 나온 움베르토 일행이 차를 타고 있다. 어둠 속에서 차량 대열이 움직이고 있었는데 움베르토는 부하들에 둘러싸여 벤츠 뒷좌석에 오른다. 후버가 말을 이었다.

"욕심이 많은 놈은 이용하기가 좋지."

"……."

"움베르토는 우리한테 공급한 양 외에 20퍼센트 정도를 밀수로 들여와 섞어 팔고 있어, 이제 2톤까지 늘어나면 4대 패밀리 중 가장 많은 물량을 소화하게 될 거네, 그럼 문제가 생길 거야."

후버의 얼굴에 희미하게 웃음이 떠올랐다.

"아까 흘러들어온 물량 이야기 한 것은 물타기야, 도둑이 제 발 저린 식이지. 다른 업체들도 밀수품을 산다는 말이지."

몸을 돌린 후버가 이광을 보았다.

"움베르토 조직과 직거래를 하게 되면 조직 내막이나 유통과정에 대해서 자세히 알게 될 거네."

후버의 시선을 받은 이광이 숨을 들이켰다. 이것이 후버의 복선인가? 자신도 이미 린드버그를 시켜 움베르토 조직을 조사시킨 것이다.

"감사합니다, 부장님."

이광이 겨우 그렇게 말했을 때 후버가 다시 창밖으로 머리를 돌렸다. 움베르토 일행이 탄 차들이 이제 보이지 않는다.

"움베르토는 심복 부하들을 철저히 감시하고 있어, 전화까지 도청하고 있네."

"……."

"하지만 그럴수록 심복들의 불신이 커져 가는 것이지."

그러고는 후버가 몸을 돌렸다. 할 이야기를 다 했다는 몸짓이다.

LA코리아타운의 룸살롱 서울은 오늘도 만원이다. 그런데 손님 대부분이 한국인이다. LA교민도 있지만 한국에서 출장 온 사람들도 많다. 오후 8시 반, 룸살롱 마담 강선옥은 현관에서 기다리고 있다가 서울에서 온 손님 일행을 맞았다. 모두 6명, 그런데 수행원들이 10여 명이나 되었기 때문에 방 3개가 더 필요했다. 미리 예약을 해놓아서 아가씨들도 준비된 상태다.

"여기가 제일 좋은 방입니다."

안쪽 밀실로 안내한 강선옥이 생색을 내었다. 방을 예약한 LA 아리랑호텔 오병삼 사장은 룸살롱 서울의 최고 VIP였기 때문에 강선옥은 잔뜩 긴장하고 있다. 오병삼이 오늘 손님들을 '모신다고' 직접 예약했기 때문이다. 다른 때 같으면 비서를 시켜서 방을 예약했는데 이번에는 이틀 전에 그것도 오병삼이 직접 전화를 해서 '잘', '특별'이란 단어를 10번도 더 썼던 것이다.

손님들은 서울에서 오신 중요한 분이라고 했기 때문에 강선옥은 정치인인 줄 알았다. 그런데 척 본 순간 정치인들은 아니다. 사업가다. 건설회사 사장 스타일들이다.

강선옥은 물장사를 20년간 했기 때문에 손님을 보면 백발백중 직업을 맞춘다. 이번 손님은 5명 모두 건설회사 사장과 임원들이다. 그것도 꽤 큰 회사, 오병삼이 서울에서 동교동파 보스였다고 구라 치고 다니지만 실제는 나이트클럽 바지사장으로 있다가 돈 좀 가지고 LA에 와서 유명인사가 되었다는 것도 알 정도다.

자리에 앉은 5명, 오병삼까지 포함한 6명은 룸살롱 서울에서 가장 비싼 위스키에 안주를 시켰다. 아가씨도 백인 3명, 혼혈 3명을 들여보냈는데 별 탈이 없었다. 한국서 온 아가씨들이 있었지만 이곳까지 올 정도면 손이 타고 나이가 먹어서 서울에서 온 손님들에게는 잘 안 먹히기 때문이다.

"마담은 가봐."

아가씨들까지 다 앉았을 때 오병삼이 서두르는 듯이 강선옥을 내쫓았다. 사업 이야기를 하려는 것 같다.

"LA하고 라스베이거스에다 영업장 5개를 먼저 차릴 거야."

윤방철이 말하자 백갑상이 머리를 끄덕였다.

"그렇게 해, 난 내일 뉴욕으로 갈 테니까, 뉴욕이 도시는 크지만 잘 먹힐지 모르겠군?"

"아, 거기서 일본놈들 가라오케가 유행이라잖아? 그걸 눌러야지."

윤방철이 웃음 띤 얼굴로 말을 이었다.

"올해가 유통의 미국 진출 첫해야. 동부하고 서부지역이 경쟁하자구."

윤방철이 LA를 중심으로 서부지역을 맡았고 백갑상이 뉴욕을 본부로 삼는 동부지역 유흥업체를 맡은 것이다. 그때 옆에 앉은 제일유통의 전무 박치구가 조심스럽게 입을 열었다.

"뉴욕은 스탠드바가 대세라고 합니다. 조사단의 보고서를 보셨겠지만 매물로 나온 바가 14개가 있는데……."

"그건 그거고 룸살롱을 차릴 거다."

백갑상이 잘라 말했다.

"한국식 룸살롱을 뉴욕 촌놈들한테 맛보여 줄 테니까."

오늘은 LA지역 룸살롱 시찰 겸 미국에 온 단합대회인 것이다. 윤방철이 옆에 앉은 백녀(白女)의 허리를 감아 안으면서 한국어로 물었다.

"너, 이름이 뭐냐?"

그러자 오병삼이 서둘러 통역했다. 50대 중반의 오병삼은 30대 후반의 둘에게 쩔쩔매고 있다.

"데보라라고 하는데요."

오병삼이 통역했을 때 윤방철이 여자를 노려보았다.

"오늘 밤 나하고 자겠느냐고 물어봐."

"예, 자겠답니다."

여자가 웃음 띤 얼굴로 머리를 끄덕였기 때문에 오병삼이 통역하기 전에 알 수 있었다. 금발에 피부가 우유 같고 더구나 치즈 덩어리처럼 매끄럽다. 백인 피부는 솜털 구멍이 크고 주근깨가 많은 데다 거친 것이 보통인데 데보라는 특별하다. 윤방철이 데보라의 드러난 어깨에서부터 팔목까지를 손바닥으로 쓸다가 문득 머리를 들고 말했다.

"회장님이 여기 LA에 계시다는데 얘를 보내드리고 싶군, 이젠 이런데 오시기도 힘들 텐데 말야."

"그렇군."

혼혈 파트너의 어깨를 당겨 안고 있던 백갑상도 정색했다.

"당신 말을 들으니까 내가 회장님께 죄송해지잖어? 오입 생각이 싹 달아나는구만 그래?"

백갑상도 여자의 어깨에서 슬그머니 팔을 내렸다.

"LA에 갱단이 40여 개나 됩니다."

린드버그가 앞에 앉은 이광과 오금봉을 번갈아 보았다. 베벌리힐스의 안가 응접실 안, 오후 9시, 저녁을 마치고 셋은 둘러앉아 차를 마시고 있다. 린드버그가 말을 이었다.

"그것도 지금 활동 중인 갱단 숫자가 그렇습니다. 언제든지 다시 뭉칠 수 있는 휴업 중인 갱단까지 합하면 100개가 넘습니다."

"대단한 도시군, 그런데도 이렇게 평화로운 지역도 있다니."

이광이 웃음 띤 얼굴로 창밖을 보았다. 이곳은 고급주택 단지여서 차 소리도 들리지 않는다. 열려진 베란다 유리문을 통해 정원의 숲 냄새가 맡아졌다. 그때 오금봉이 말했다.

"지금 유통의 윤 사장, 백 사장이 LA에 와 있습니다. LA와 뉴욕에 각각 사업장을 설립하려는 것인데요."

유통업의 미국 진출이다. 오금봉이 말을 이었다.

"미국을 동부, 서부로 나눠 각각 백 사장과 윤 사장이 맡기로 했습니다."

"응, 한국 산업의 본격적인 미국 진출이군. 갱단과 마피아하고 자주 부딪치겠어."

이광이 말하자 린드버그가 커다랗게 머리를 끄덕였다.

"예, 그렇습니다. 자연스러운 현상이지요."

"누가 왔다는 거야?"

마크로가 묻자 로칸이 대답했다.

"코리안 빅보스라고 했어, 보스가 두 놈인데 수행원이 엄청나, 지금 '서울'에서 마시고 있어."

"빅보스?"

"그래, 건설회사 사장이라고 했대."

"누가?"

"마담이."

"돈이 많겠구만, 그놈들 숙소는 어디?"

"엠퍼러 특실, 12층 전체를 써."

말문이 막힌 마크로가 어깨를 부풀렸다가 내렸다. 엠퍼러 특실은 다운타운의 호텔 중 최고급 호텔이다. 그곳의 12층은 특실층으로 갑부들이나 투숙하는 곳이다. 그 특실층을 전세 냈다는 것이다.

"그 코리안들이 무슨 돈이 있다고 그러는 거야?"

마침내 마크로가 잇사이로 물었다.

"가발이나 파는 놈들이 말야."

"요즘 LA가 왜 이렇게 시끄럽지?"

잠자코 앉아 있던 샘슨이 머리를 기울였다. 샘슨은 별명이 '계산기'다. 마크로의 '로빈후드' 갱단은 다운타운에서 악명이 높지만 아직 조직이 굳어지지 않았다. 그것은 자금력이 부족했기 때문이다. 보스인 마크로는 10대가 태반인 조직원을 마약 소매상으로 거느리고 있었지만 첫째로 거래량이 적고 둘째 '검거율'이 많아서 조직이 불안정했다. 샘슨이 입을 열었다.

"움베르토가 왔다고 하더니 이제는 코리안 건설회사 사장들이 몰려왔어. LA에 무슨 일이 일어나고는 있어."

"야, 계산기, 돈 나오는 '수'가 없냐?"

아직 20대 중반인 마크로가 초저녁부터 코카인에 취한 눈으로 샘슨에게 물었다. 그때 샘슨이 마크로를 보았다. 샘슨은 흑인으로 마른 체구다.

"코리안을 털지."

"뭐라구?"

놀란 마크로가 되물었을 때 샘슨이 붉은 기가 깔린 눈을 치켜뜨고 목소리를 낮췄다.

"열 명쯤 데리고 가서 총을 갈기면 돼, 코리안은 총도 없을 테니까."

"옳지."

"엠퍼러 특실에 있다면 현금이 다발로 있을 거야, 다 뺏는 거지."

"옳지."

"미국인이라면 FBI가 법석을 떨겠지만 코리안쯤은 크게 신경 안 쓸 거야, 더구나 엠퍼러 호텔은 '지골로 파'놈들의 영역이거든."

"과연."

"복면을 하고 빨리 끝내는 거야."

"그놈들이 '서울'살롱에서 파티 끝내고 돌아왔을 때 쳐야겠군."

"미리 가서 기다려야지."

순식간에 작전계획을 마친 마크로가 자리를 차고 일어섰다.

밤 11시 반, LA 킹스틴 호텔 라운지에서 해밀턴과 함께 있던 린드버그에게 지배인이 다가와 말했다.

"록펠러 씨가 찾는데요."

"어, 그래."

자리에서 일어선 린드버그가 해밀턴에게 웃어 보였다.

"정보원입니다."

"LA에도 벌써 만들어 놓았어?"

해밀턴의 건성으로 묻는 소리를 등 뒤로 들으면서 카운터로 다가간 린드버그가 전화기를 귀에 붙였다.

"아, 나야."

"린드버그 씨, 엠퍼러 특실에 투숙한 사람들, 잘 아는 사람들인가요?"

"아니, 왜?"

윤방철 일행이 와 있는 걸 아는 터라 린드버그가 전화기를 고쳐 쥐었다. 록펠러라고 가명을 쓰는 사내는 움베르토 조직원이다. 린드버그가 매수해놓은 사내로 이번에 첫 정보를 주는 셈이다.

"무슨 일인데?"

"내가 이쪽 갱단을 좀 아는데요, 정보원들이 있어서……."

정보원의 정보원인 셈이다. 고급 정보원들은 다 그렇다. 사내가 말을 이었다.

"'로빈후드'라고 쓰레기 같은 갱단 놈들이 엠퍼러 특실에 투숙한 한국인들을 습격하기로 되어 있습니다. 그들이 리스타유통 아닙니까?"

"맞아, 록펠러, 우리 회사야."

"그래서 보고 드리는 겁니다."

"고마워, 록펠러, 오늘 밤 습격 한다는 건가? 숫자는 몇 놈이야? 아는 대로 다 말해주게."

린드버그의 눈이 번들거렸다.

"자, 다시 한 번 말할 테니까 잘 들어."

마크로가 둘러선 부하들을 보았다.

"습격 장소는 주차장, 그곳에서 나하고 밍키, 루퍼스, 잔, 오마리가 기다리고 있다가 덮치고 션은 주차장 입구 감시, 혼다는 주차장으로 내려가는 엘리베이터 감시다. 그리고 쟈크, 로망, 프리슨은 놈들이 호텔에 왔을 때 바로 특실을 기습한다!"

마크로가 얼굴을 일그러뜨리고 웃었다.

"놈들이 차를 타고 호텔 주차장으로 올 때까지 기다리는 거야, 특실은 지하 1층, 주차장에서 곧장 엘리베이터로 올라가니까 그때 습격하면 돼."

머리를 든 마크로가 말을 이었다.

"놈들은 아직 '서울' 룸살롱에서 출발하지 않았어, 그곳에서 호텔까지는 차로 30분, 우리는 지금 출발해서 기다린다."

"마크로, 다 죽이는 거야?"

공격조인 루퍼스가 묻자 마크로가 혀를 찼다.

"반항하는 놈은 죽여, 무조건 다 죽이면 안 돼, 병신아."

"놈들을 데리고 12층으로 올라가는 거지?"

쟌이 묻자 마크로가 머리를 끄덕였다.

"12층에 경비원이 있을 거다. 하지만 쟈크, 로망, 프리슨이 계단으로 올라가 미리 기습을 하는 거야, 우리가 올라갔을 때는 다 처리했겠지."

"완벽해."

계산기 샘슨이 거들었다. 이 작전은 샘슨의 작품인 것이다. 샘슨이 말을 맺는다.

"모두 복면 쓰는 거 잊지 말고, 우리는 '지골로 파'란 말이다."

5장
삼합회를 수중에 넣다

3대의 차에 분승한 마크로 일당이 햄버거 사거리로 다가갔을 때는 오전 12시 10분이다. 이곳에서 엠퍼러 호텔까지는 11km, 차로 5분이면 닿는다. 사거리에는 마침 붉은 등이 꺼지면서 푸른 신호등이 켜졌기 때문에 맨 앞의 차를 운전하던 루퍼스가 브레이크에서 발을 떼었다. 그런데 앞쪽 밴이 움직이지 않는다. 검정색 밴이다.

"이런 개자식."

경적을 울린 루퍼스가 차를 바짝 붙였을 때다. 루퍼스 옆자리에 앉아 있던 마크로는 밴의 뒤쪽 창문이 열리는 것을 보았다. 유리창이 아래로 내려간다. 밴과의 거리는 1미터도 되지 않았다. 유리창과 이쪽 유리창과의 거리는 2미터 정도, 루퍼스가 다시 경적을 울렸고 뒤쪽의 차 두 대도 바짝 붙었다. 그 순간 마크로는 열려진 창으로 불쑥 총구 2개가 나오는 것을 보았다. 눈을 치켜뜬 마크로가 입을 딱 벌렸을 때다.

"타타타타타타타."

요란한 발사음과 함께 앞쪽 유리창이 하얗게 부서지면서 온몸에 충격을 받은 마크로가 춤을 추듯이 사지를 흔들었다. 총탄에 맞은 충격 때문이다. 차 안에는 4명이 탔지만 아무도 비명이나 신음을 뱉지 못했다. 빗발 같은 총탄을 맞을 때마다 몸이 흔들렸을 뿐이다.

"꽝꽝!"

다음 순간 뒤쪽에서 요란한 폭음이 두 번이나 거의 동시에 울렸지만 이미 시체가 된 마크로는 듣지 못했다. 옆쪽에서 수류탄을 던졌기 때문이다. 불덩이가 된 차는 지상에서 1미터쯤 솟아올랐다가 떨어졌는데 그곳에서도 생존자는 없다.

"마크로 일당이 전멸했어요."

LA동부서 강력반장 필리스가 서장 브라운에게 보고했다. 자다가 깬 브라운은 듣기만 했고 필리스도 느린 목소리로 말을 이었다.

"'지골로 파'하고 전쟁을 하러 가다가 당한 것 같습니다. 목격자들 진술로는 지골로 파가 4번 교차로에서 기다리고 있다가 공격을 했다는 겁니다."

"몇 명이야?"

"딱 열 명이 모두 현장에서 죽었습니다. 마크로는 앞차에 탔다가 총탄을 8발이나 맞았더군요."

"갱단 하나가 소탕되었구만."

"지골로 파를 잡아들이고 있습니다."

"알았어."

"그럼 주무십시오, 내일 아침에 보고서 올리지요."

무전기를 끈 필리스가 참고 있던 하품을 했다. 현장 옆쪽의 햄버거 가게 앞이다. 가게 앞에는 구경꾼들이 몰려서 있었고 아직 불탄 차체는 치우지 않았다. 오전 12시 45분이다. 그때 옆에 서 있던 형사 오스틴이 필리스에게 물었다.

"햄버거 하나 드실랍니까?"

방으로 들어선 윤방철이 굳어진 얼굴로 전경태를 보았다.

"벌써부터 시작이군."

"우리가 놈들의 시선을 끈 것 같습니다."

전경태가 쓴웃음을 짓고 말했다. 전경태는 LA지역 책임자로 임명된 인물이다. 안기부 출신으로 LA에서 사업을 하다가 입사를 했는데 42세, 경험도 많고 첫째 애국심이 투철하다. 자택에 항상 태극기를 걸어놓아서 윤방철이 튀는 행동을 하지 말라고 충고까지 한 상황이다. 그러다가 이번에는 윤방철이 놈들의 시선을 끄는 행동을 했다는 것이다.

입맛을 다신 윤방철이 백갑상과 함께 소파에 앉았다. 이곳은 엠퍼러 호텔의 특실이다. 오전 1시 10분, 사건은 '서울' 룸살롱에서 자초지종을 보고받았기 때문에 이제야 방에 돌아왔지만 결코 유쾌한 기분은 아니다. 그때 백갑상이 말했다.

"린드버그가 아니었다면 지금쯤 우리는 시체가 되어서 누워 있겠군."

"글쎄 말야."

윤방철도 할 수 없이 시인했다. 이곳은 한국하고 노는 물부터 다른 것이다. 현장에서 기관총이 5자루, 산탄총이 3자루, 권총이 9자루나 발견되었다는 것이다. 죽은 놈은 10놈인데 총이 17자루다. 한 놈이 2개씩 갖고 있는 놈도 많다는 증거다.

"우리도 무장 해야겠어."

윤방철이 정색하고 말했다.

"이봐, 전 소장, 무기 가져올 데 있나?"

"예."

대번에 대답한 전경태가 다가와 섰다.

"불법이지만 미사일까지 포함해서 어떤 무기도 구입할 수 있습니다."

"당장 구입해."

"모두 쏠 줄은 압니까?"

전경태가 묻자 대답은 백갑상이 했다.

"우리 유통 요원의 태반이 '군' 출신이야, 무슨 '군'인지 아나?"

"모릅니다, 사장님."

"이제 같은 식구니까 말해주겠는데 리스타상사를 통해 리비아 건설 현장으로 보내는 직원들의 3할이 용병대야. 거기서 대리전쟁을 치르고 있지."

전경태는 입만 떡 벌렸고 백갑상이 말을 이었다.

"그 용병대 출신이 전쟁 끝나고 다시 유통의 직원으로 옮겨온 것이지. 아마 총쏘기 시합을 하면 저 갱단 놈들은 대번에 박살이 날 거야."

그때 전경태가 몸을 돌리면서 말했다.

"그럼 바로 구입하겠습니다."

"돈은 얼마든지 줘도 돼."

전경태 뒤에 대고 윤방철이 말했다.

오금봉의 보고를 들은 이광이 잠자코 머리만 끄덕였다. 오금봉은 방금 마크로 갱단 몰사 사건을 보고한 것이다. 베벌리힐스의 저택 응접실 안이다. 소파에는 오금봉과 해밀턴, 이광까지 셋이 둘러앉았는데 오전 1시 25분이다.

"움베르토의 정보원을 매수해 놓은 것이 다행이었습니다."

오금봉이 말했을 때 해밀턴이 거들었다.

"움베르토를 이용해서 동서부 마피아에 기반을 심도록 해야 합니다. 그것이 CIA에서도 바람직한 일일 것입니다."

이것이 후버의 복안인가?

후버는 뉴욕에 도착했을 때 마크로 일당의 참변 보고를 받았다. 시내로 들어가는 차 안이다.

"지금 LA에 리스타 거물들이 다 모여 있지? 해밀턴까지 포함해서 말야?"

보고를 들은 후버가 옆자리에 앉은 윌슨에게 물었다.

"그렇습니다."

윌슨의 얼굴에 웃음이 떠올랐다.

"이 회장, 오 사장, 해밀턴에다가……."

윌슨이 머리를 돌려 후버를 보았다.

"엠퍼러호텔에 리스타유통 소속의 사장들이 와 있습니다. 오 사장 계열이죠."

"리스타를 암세포처럼 만들면 안 돼, 우리가 이끌어야 돼."

윌슨이 머리를 끄덕였다.

"해밀턴이 그 역할을 하겠지요."

"미국을 배신하지도 않을 놈이니까."

등받이에 몸을 기댄 후버가 혼잣소리처럼 말했다.

"해밀턴이 어떤 인간들을 포섭했는지 모르겠군."

"LA를 떠나시지요."

해밀턴이 말하자 오금봉이 거들었다.

"저는 아카풀코로 돌아가겠습니다."

LA에서의 일은 끝난 셈이다. 움베르토와의 계약도 마무리 되었고 후버의 보증도 받았다. 이광이 해밀턴에게 물었다.

"후버 씨가 미국 측 인사 선정에 신경을 쓰고 있더군, 들었지요?"

"당연하지요."

해밀턴이 웃음 띤 얼굴로 말을 이었다.

"그것이 CIA 부장의 임무거든요, 후버 씨는 리스타 회원보다 CIA 부장이 우선입니다."

LA 동부서 서장 리틀 브라운이 강력반장 필리스를 노려보았다. 경찰 경력 25년 차인 브라운은 거구지만 눈치가 빠르기로 소문이 났다.

"지골로 파가 아니란 말이냐?"

"모두 알리바이가 있습니다."

필리스가 말을 이었다.

"다른 놈들입니다. 혹시나 뜨내기들이 아닌가 하고 그쪽도 조사하고 있습니다."

"이런 젠장."

브라운이 들고 있던 담배를 내동댕이쳤다. 얼굴이 붉게 달아올라 있다.

"10명이 죽었단 말이다! 10명이! 그런데 아직 흔적도 찾지 못했단 말이냐!"

"뜨내기가 아니면 근처에 있었던 놈들을 다 잡아넣지요, 그래서 시간을 끌어 보십시다."

'뜨내기'란 이곳저곳을 쏘다니는 마약 소매상을 말한다. 그들은 토박이들과 자주 전쟁을 벌이는데 모두 '중무장'들을 하고 있어서 '용의자' 대역으로는 적당한 것이다.

그렇게 일단 잡아넣으면 언론이나 여론에서 경찰이 열심히 일을 하고 있는 것처럼 보이는 것이다. 그때 브라운이 코웃음을 쳤다.

"얀마, 선거가 석 달 앞으로 다가온 크림슨이 속아 넘어갈 것 같으냐? 아마 너하고 나를 갈비구이 석쇠에 꿰어놓고 뜯어먹으려고 할 것이다."

크림슨은 LA시장이다. 이번에 3선을 노리고 있는 크림슨은 LA에서는 왕이나 같다. 필리스는 물론이고 브라운까지 숨 한 번 크게 불면 꺼지는 촛불처럼 사라질 수가 있다. 필리스가 입맛을 다셨다. 크림슨 생각을 못 한 것 같다. 오후 5시 반, 서장실 안이다.

그때 전화벨이 울렸기 때문에 브라운이 머리를 들었다. 붉은색 전화기가 울리고 있다. 필리스도 긴장했다. 붉은색이 고위층과 연결된 직통전화라는 것을 알고 있기 때문이다. 이 상황에서 붉은색 전화기가 울리는 것은 어젯밤의 '학살'사건 때문일 것이다. 그때 심호흡을 하고난 브라운이 전화기를 들어 귀에 붙였다.

"여보세요."

"아, 브라운."

LA시장 크림슨이다. 브라운의 어깨가 늘어졌다. 올 것이 왔다는 몸짓이다.

"예, 시장님."

필리스의 몸도 굳어졌다. 그때 크림슨이 말했다.

"어젯밤의 학살사건 말인데, 서장."

"예, 시장님, 그렇지 않아도 보고 드리려고 하던 참입니다."

"어떻게? 지골로 파한테 뒤집어씌우려다가 안 되니까 뜨내기들을 대신 잡으려고?"

순간 브라운이 숨을 멈췄고 옆에서 듣던 필리스의 얼굴이 누렇게 굳어졌다. 크림슨이 쏟아 붓듯 말을 이었다.

"잘 들어, 브라운."

"얄팍한 술수 부리다가는 당신 연금도 못 타게 될 수도 있어?"

"명심하겠습니다, 시장님."

"거기 필리스인가 강력반장 놈 있지?"

"예, 시장님."

"그놈 머리통을 잘라서 내 사무실에 갖다 놔도 안 돼."

"예, 시장님."

"그저 사건은 해결 못 하고 꼼수만 부리는 무능한 놈들."

"죄송합니다, 시장님."

"이 사건을 오래 끌면 안 되니까 일단 지골로 파로 결말을 내. 재판을 받다가 증거 불충분으로 풀려나더라도 말야, 알겠나?"

"과연."

감동한 브라운의 목소리가 떨렸다.

"이해합니다, 시장님. 그 방법이 가장……."

"서둘러."

"예, 시장님."

통화가 끊기자 브라운이 긴 숨을 뱉고 나서 필리스를 보았다.

"들었지?"

"예, 조금."

"과연 크림슨이 대통령감이다. 레이건의 후계자라는 소문이 맞아."

레이건 대통령은 캘리포니아 주지사 출신이다. 크림슨이 대통령 자리에 오르려면 주지사, 상원의원 등 험난한 과정을 거쳐야만 할 것이다. 그때 브라운의 얼굴에 쓴웃음이 번져졌다.

"하지만 나한테 약점이 잡혔어. 왜 이런 도박을 하는지 모르겠구만."

그때 필리스가 혼잣소리처럼 말했다.

"상부 압력을 받았을지도 모릅니다."

오전 9시 반, 저택의 응접실에 리스타의 최고 경영진들이 둘러앉았다. 상석의 이광을 중심으로 유통의 오금봉, 연합의 해밀턴, 비서실장 안학태, 유통의 전무 린드버그까지다. LA에 와 있는 유통 소속의 윤방철, 백갑상 등은 참석하지 않았다.

이광은 회의를 마치고 베이징으로 떠날 예정이다. 둘러앉은 간부들의 시선이 이광에게 모여졌다. 이광은 회의를 자주 하지 않는 편이다. 각 사업부 책임자에게 일임해놓고 사후보고를 듣는 스타일이다. 회의를 해도 짧다. 이광이 말단 과장대리였을 때부터 익혀온 습관이다.

회의 준비도 안 해놓고 회의 때에야 문제를 발견하고 수습책까지 찾아내려니 하루 종일 회의만 하게 되는 것이다. 그래서 망하는 회사가 회의가 길다는 말이 나오게 된다. 회의에 나오려면 사전 준비, 문제와 대책까지 준비해놓고 나서면 금방 끝난다. 그리고 효율적인 것이다. 이광이 입을 열었다.

"미국이 이제부터 시장의 중심이 되었어요, 우리가 미국 시장에 들어오려고 지금까지 기반을 닦아온 것이나 마찬가지인데……."

잠깐 말을 멈춘 이광이 간부들을 둘러보았다. 이광은 지금 영어를 쓴다. 그렇다. 미국은 경제뿐만이 아니라 정치력, 그리고 압도적인 군사력으로 세계 질서를 장악하고 있다. 제국주의란 말을 들어도 틀리지 않는다. 질서를 잡는다면서 반미(反美) 정권은 전복시키고 요인은 제거한 적도 한두 번이 아니다.

이광의 얼굴에 쓴웃음이 번져졌다. 이광의 리스타는 미국의 등에 업혀 기업을 늘려 온 것이나 마찬가지다. 적절하게 이용하면서 상부상조해온 것이다. 그리고 지금은 미국 시장에 들어와 있다. 곰의 등에 업힐 것인가? 아니면 곰을 우리에 넣고 끌고 갈 것인가? 이광이 입을 열었다.

"리스타 미국법인 사장으로 린드버그를 임명하겠습니다."

모두의 시선이 린드버그에게 모여졌다. 미리 통보를 받았지만 린드버그의 얼굴이 상기되었다. 이광이 말을 이었다.

"미국법인은 유통과 연합, 상사의 업무까지 통괄해서 린드버그 사장이 맡습니다. 유통과 연합 사장이 많이 도와주시기 바랍니다."

해밀턴과 오금봉이 머리를 끄덕여 동의했다. 이것도 합의가 된 일이었기 때문에 이의가 없다. 이제 린드버그는 뉴욕의 움베르토 패밀리에서부터 전경태가 소장이 되어 있는 LA지역의 제일유통, 국제유통의 진출 업무까지 통괄 관장하게 된 것이다.

태평양을 날아가는 전용기 안에는 탑승객이 50여 명이나 되었다. 안학태가 이광의 방으로 들어섰을 때는 이륙한 지 한 시간쯤이 지났을 무렵이다.

"해밀턴이 CIA 용병대한테 사례금을 지급했습니다."

이광은 머리만 끄덕였고 안학태가 말을 이었다.

"앞으로도 요긴하게 써먹을 수 있을 것 같습니다."

"린드버그도 이용할 수 있겠지."

이광이 말을 이었다.

"이번에 린드버그가 정보를 받지 못했다면 LA에서 대참사가 일어날 뻔했어."

"후버 부장도 마크로 일당을 몰살시킨 조직이 LA 조직은 아니라고 생각하는 것 같습니다."

"그분 정보력은 대단하니까."

이광의 얼굴에 웃음이 떠올랐다. 마크로 일당을 몰살시킨 기습자들은 해밀턴이 불러온 CIA용병대인 것이다. 전문가인 그들은 마크로 일당을 순식간에 전멸시켜 미국을 충격에 빠뜨렸다. 그리고 LA시장 크림슨에게 '사건을 덮으라.'고 압력을 넣은 당사자가 후버인 것이다. 후버는 마크로 일당이 노린 표적이 지골로 파가 아니라 리스타유통 간부들이라는 것도 알 것이다. 그렇다면 몰살시킨 범인은 당연히 이쪽이 된다. 그것을 후버가 눌러준 셈이다. 이광이 혼잣소리처럼 말했다.

"상부상조하는 거야, 당분간 우리 이용가치가 크니까 보호해주는 거지."

그래서 움베르트토 계약도 받아들이지 않았는가?

이광의 전용기는 홍콩 국적이다. 홍콩 리스타 소유인 것이다. 전용기가 베이징공항에 착륙했을 때는 오후 7시 반이다. 트랩 밑에서는 정부 관리가 기다리고 있었는데 이광을 보더니 절도 있게 경례를 했다. 처음 보는 중년 사내다.

"국빈장으로 모시겠습니다."

리무진 7, 8대에 버스까지 대기하고 있었기 때문에 일행은 곧장 공항을 떠났다. 이광과 안학태가 뒷좌석에 탔고 리무진 앞쪽 마주보는 자리에는 중년 관리와 앉았다. 둥근 얼굴, 국민복에 아무 장식도 없지만 맞춤이라 몸에 딱 맞았다. 차가 출발하고 나서야 사내가 자신을 소개했다.

"국방위 위원장 동지의 정보보좌관 위한평입니다, 회장 각하."

"아, 반갑습니다."

이광이 웃음 띤 얼굴로 인사했다. 이제야 의문이 풀린 것이다. 등소평이 자신의 직속 보좌관에게 이광을 맡긴 것이다. 지금까지는 화오방이 고른 린린, 양명 등이 이광을 상대했지만 거물로 바뀌어졌다. 국방위원장의 정보보좌관이면 군(軍)의 정보책임자 아닌가? 그때 위한평이 말을 이었다.

"회장 각하, 삼합회라고 아시지요?"

이광의 얼굴에 웃음이 떠올랐다.

"알지요."

홍콩에서 양명에게 부탁해서 삼합회를 용병으로 고용한 적도 있었던 것이다. 그때 위한평이 둥근 얼굴을 펴고 웃었다.

"중국 삼합회는 제가 장악하고 있습니다. 홍콩 삼합회는 중국의 지부와 같은 역할이지요."

이광이 시선만 주었고 위한평이 말을 이었다.

"회장 각하께서 원하시면 삼합회를 빌려드리도록 하라고 위원장께서 말씀하셨습니다."

물론 대가를 줘야겠지.

그날 밤, 10시 반이 되었을 때 이광이 투숙한 국빈장으로 화오방이 찾아왔다. 응접실에서 이광은 화오방과 둘이 마주앉았다. 이번 베이징 방문 목적은 화오방과 마약대금 정산관계 때문이다.

지난번 이광의 주선으로 후버와 중국 측은 월간 2톤 분량의 아편을 미국에 수출하기로 합의를 한 것이다. 미국은 의료용 등으로 아편이 필요했지만 아직 중국과 국교 수립 전이어서 정상적인 수입은 불가능했다. 그래서 대통령과 극소수의 관계자 협의를 거쳐 CIA 주관 하에 아편을 수입해왔다. 이광의 리스타상사를 통해 자금 입출이 이루어졌기 때문에 외면으로는 리스타상사와 미국 간의 거래다. 화오방이 이광에게 쪽지 하나를 내밀었다.

"이 구좌로 자금을 입금시켜 주게."

화오방이 3개의 구좌와 각각 입금될 금액이 적혀져 있다. 모두 비밀이 보장된 스위스 은행이다. 머리를 끄덕인 이광이 쪽지를 주머니에 넣었다. 화오방은 이광과 둘이 만나기를 원한 것이다. 안학태도 참석시키지 말도록 부탁한 것은 그만큼 비밀회동을 강조한 것이다. 그때 화오방이 말했다.

"이 회장도 대충 알고 있겠지만 고급관리 대부분이 부정에 연루되어 있어, 뇌물을 먹지 않는 놈이 오히려 도태되는 상황이라네. 고위층이 수백억을 축재해서 총살을 당하고 있지 않은가?"

이광이 머리만 끄덕였다. 중국 정부가 그 관리의 처형 장면까지 대대적으로 선전을 한 것이다.

"알겠습니다."

"이 자금은 나하고 국방위원장 동지 둘만 관리하는 것이네, 다른 놈들은 손을 대면 안 돼."

화오방이 강조하더니 길게 숨을 뱉었다.

"너무 맑은 물에서도 고기가 살 수 없지만 너무 더러워도 문제네."

이광한테서 쪽지를 받은 안학태가 잠자코 머리만 숙였다. 이곳은 베이징의 국빈장이다. 말을 조심하는 것이다. 오전 9시, 아침 식사를 마친 이광 일행은 산둥(山東)성에 위치한 리스타 중국 공장을 방문할 예정이다. 그때 응접실로 비서가 들어와 보고했다.

"위한평 씨가 오셨습니다."

약속이 되어 있었기 때문에 안학태가 지시했다.

"10분쯤 후에 모시고 와."

그래놓고 안학태가 웃음 띤 얼굴로 이광을 보았다.

"질서를 잡아야지요."

위한평이 공장을 안내하기로 되어 있는 것이다. 10분쯤 후에 응접실로 들어선 위한평이 이광에게 말했다.

"회장 각하, 국방위 위원장께서 내일 밤에 이곳으로 오신다고 했습니다."

이광의 시선을 받은 위한평이 말을 이었다.

"내일 오후에는 돌아오셔야 될 것 같습니다."

"그럽시다."

선선히 승낙한 이광이 위한평을 보았다.

"삼합회 문제는 여러 가지 복합적인 문제가 있는 것을 아시지요?"

"예, 압니다."

앞쪽에 앉은 위한평이 긴장했다. 위한평은 55세, 상하이의 공안 중간 간부였다가 우연히 등소평의 눈에 띄고 나서 급출세를 한 인물이다. 이것은 어제 위한평을 만나고 나서 안학태가 중국 내부의 정보망을 통해 조사한 내역이다. 중국 내부에서만 활동한 터라 외부 동향에 대해서는 어둡다는 평가가 났다. 이광이 위한평을 보았다.

"내가 삼합회를 공식적으로 운용하면 CIA는 물론이고 KGB, 모사드 등 정보기관에서 견제를 할 겁니다. 알고 계시지요?"

"예, 회장 각하."

"삼합회가 바로 무력(武力)이기 때문이지요. 미국이 마피아를, 일본이 야쿠자를 국익을 위해 운용하고 있지 않습니까? 그런데 중국이 삼합회를 내세운다면 모두 긴장하겠지요?"

위한평의 이마에 땀방울이 배어 나왔다. 중국 군(軍)의 정보 책임자인 위한평이다. 지금까지 이런 강의를 받아본 적이 없는 것 같다. 그러나 듣지 않을 수가 없는 것이다. 피가 되고 살이 되는 교육이다. 그때 이광의 말이 이어졌다.

"내가 해외로 진출하면서 미국에서는 마피아로부터, 일본은 야쿠자, 멕시코에서도 마피아 패밀리의 견제를 받고 전쟁을 치르고 있지요."

"……."

"물론 우리 리스타는 한국 마피아를 장악한 상태지만 세계로 나서기에는 아직 힘이 모자랍니다."

이광의 얼굴에 웃음이 떠올랐다.

"그것을 국방위원장께서 알고 계셨던 것 같습니다."

"이해하겠습니다."

위한평이 정색하고 말을 이었다.

"제가 어제 자세하게 말씀을 드리지 못한 것 같습니다. 삼합회를 빌려드리도록 하라고 한 것은 삼합회를 리스타 소속처럼 이용하시라는 말씀이었습니다. 네."

그때 옆에 앉은 안학태가 슬그머니 이광을 보았다. 위한평이 이실직고를 했다는 것보다 이광의 분위기에 말려들었다고 하는 것이 맞다.

국빈장 현관으로 나온 이광이 주춤 걸음을 멈췄다. 그림 같은 미녀가 앞쪽에 서 있었기 때문이다. 분홍색 투피스 정장 차림으로 두 손을 앞으로 모아 쥐고 선 여자, 낯이 익다. 그때 비서가 다가와 말했다.

"위한평 보좌관하고 함께 왔습니다."

그런데 뒤를 따르는 위한평은 입을 다물고 있다. 그때 여자가 한국말로 말했다.

"저, 엔지 공장의 홍보부장 안인실입니다. 회장님."

"아아."

감동한 이광이 다가가 손을 내밀었다.

"분위기가 삭막했었는데 잘 왔어."

그 말에 금방 얼굴이 빨개진 안인실이 두 손으로 이광의 손을 잡았다.

"다시 뵙게 되어서 영광입니다, 회장님."

"그런데 여긴 웬일이야?"

이광이 묻자 안인실이 몸을 조금 비틀었다. 화장기가 없는 얼굴이 붉어졌고 목소리에 콧소리가 섞여졌다.

"제가 수행비서로 뽑혔습니다."

"이런."

쓴웃음을 지은 이광이 뒤에 선 안학태를 보았다. 안학태도 그 말을 들었지만 표정의 변화는 없다. 그때 다가온 위한평이 말했다. 물론 중국어다.

“국방위 위원장 각하께서 배려하신 것입니다, 회장 각하.”

“아아.”

감동한 이광이 발을 떼었고 옆으로 안인실이 붙어섰다. 그러나 1미터쯤 간격의 비스름한 대각선 뒤쪽 위치를 잡는다. 익숙한 자세다.

이번에는 국방위 위원장의 전용기로 이동했는데 중국 2호기다. 그러나 실제로는 중국 1호기나 같다. 등소평이 최고 실권자이기 때문이다. 현재 국가주석 화국봉은 화오방에게 주석직을 인계하는 과정이었고 조자양은 총리가 되었다. 등소평은 공식서열로 2위를 유지하고 있지만 최고 실세다. 전용기가 산둥성을 향해 방향을 잡았을 때 이광이 앞쪽 소파에 앉은 안인실에게 물었다.

“지금도 엔지 공장의 홍보부장인가?”

“아닙니다.”

두 손으로 무릎을 덮은 채 단정히 앉은 안인실이 이광을 보았다.

“베이징의 중앙당 경제국 과장으로 승진했습니다.”

“잘됐군.”

“잘 부탁합니다.”

안인실이 앉은 채로 허리를 꺾어 절을 했다. 전용기 앞쪽의 위원장 휴게실이다. 소파가 놓여졌고 창 쪽에는 침실이다. 지금 이광과 수행비서 안인실은 휴게실에서 둘이 앉아 있는 것이다.

“그런데 수행비서 업무가 뭐야?”

정색한 이광이 묻자 안인실의 얼굴이 더 빨개졌다.

“산둥성 엔타이 공장에 대한 자료를 모두 외웠습니다. 브리핑을 받으시면서 제가 보충 설명을 해드릴 수 있습니다."

"그렇군."

"국방위 위원장께서 저한테 직접 지시를 하셨습니다."

"위원장님이?"

"예, 회장님."

"뭐라고?"

"지금까지 회장님은 여복이 없으셨다. 그러니 네가 잘 해드리라고 하셨습니다."

"어떻게?"

"그건 잘 모릅니다."

다시 안인실의 얼굴이 빨개졌다. 이광이 어깨를 부풀렸다가 내렸다. 영웅호색을 진짜로 추종한단 말인가? 가끔 남자들의 배꼽 아래 문제는 거론하지 않는 것이 사내답다고 말하는 사람들이 있다. 술 마시고 행패 부리는 사람들을 한수 접고 봐주는 이치하고 같지 않을까? 등소평 위원장의 호의가 순수하게 받아들여지지가 않는다. 마침내 이광이 물었다.

"안인실 씨, 당신 입장을 듣자."

"네?"

놀란 듯 안인실의 눈이 커졌다. 가슴이 서늘해질 만큼 아름답다. 아니, 아름답다라는 표현이 너무 흔해서 그렇게 표현하기가 미안할 정도다. 어느 누구와 비교할 수 없는 아름다움, 아름다움이란 말이 처음 만들어질 때의 그 원본(原本)이라고 해야 맞을까? 그때 안인실이 작게 헛기침을 하더니 똑바로 이광을 보았다. 두 눈이 반짝이고 있다.

"네, 잠자리 상대도 해 드리라는 말씀으로도 들렸습니다."

이광은 시선만 주었고 안인실의 말이 이어졌다.

"보좌관이 린린, 양명의 경우도 이야기해줬습니다."

"어떻게?"

궁금해진 이광이 묻자 안인실의 시선이 내려졌다.

"모두 회장님의 배려를 받았지만 배신했다고 했습니다."

"……."

"너는 그러면 안 된다고도 하시더군요."

"그 여자들이 날 배신한 게 아냐."

마침내 이광이 정색하고 말했다.

"그런 식으로 운용하면 안인실 씨도 똑같은 결과가 돼."

그때 안인실이 다시 이광을 보았다. 이광의 얼굴에 웃음이 떠올랐다.

"나중에 내 말을 이해하게 될 거야."

"전 최선을 다하겠습니다."

"잠자리 상대는 안 해도 돼."

안인실이 숨을 죽였고 이광이 말을 이었다.

"안 한다고 달라질 것 없으니까 걱정 말고, 브리핑 준비나 잘해."

안인실을 내보낸 이광이 안학태를 불러 이야기를 했다. 안인실한테서 들은 이야기를 다 한 것이다. 다 듣고도 안학태가 가만있었기 때문에 이광이 물었다.

"어떻게 생각하는 거야?"

"잘못하셨습니다."

불쑥 안학태가 말하더니 한숨부터 쉬고 나서 말을 이었다.

"중국에서는 중국식으로 해야 되지 않습니까? 회장님의 방침하고도 어긋납니다."

"그런가?"

"그대로 받아들이시지요."

안학태가 외면한 채 말을 이었다.

"안인실 씨가 너무 미인이어서 다르게 행동하시는 것 같습니다."

이광이 잠자코 머리만 끄덕였기 때문에 안학태가 헛기침을 했다.

"회장님께서 달라지시는 것이 저는 오히려 거북합니다."

이광은 소파에 등을 붙였다. 안학태의 지적도 정확하다. 안인실한테 특별한 행동을 한다는 것이 도대체 어떤 명분이란 말인가? 핑계가 되지 않는다.

산둥(山東)성 공장 시찰을 마치고 베이징에 돌아왔을 때는 오후 4시 반이다.

"위원장께서 6시에 오시겠다고 합니다."

위한평이 굳어진 얼굴로 말을 이었다.

"삼합회에 대한 말씀을 하실 것입니다."

비밀이 많은 사이일수록 친밀해지는 것이 아니다. 남녀 관계는 물론이고 비즈니스 관계에도 약점과 함정으로 바뀌어질 위험성이 많은 것이다. 이광이 아직 40이 안 된 나이였지만 보통 사람과는 수십 배 이상으로 타인(他人)과 부대끼는 삶을 살아왔다. 그 과정에서 겪은 경험이 등소평과의 비밀거래에 위험 신호를 보내고 있다. 안인실의 제공이 그 결정적인 예다.

지금까지 이광은 중국의 개혁 개방을 도와 세계최대의 리스타 푸저우 합영공장을 설립한 것을 시작으로 미국과 중국 정부의 국교정상화에 대한 연결고리 역할을 했으며, 경제개발을 위한 대규모 비공식 원조를 리스타를 통해 중국으로 전해주도록 했다. 더구나 중국 정부의 비자금을 위해 마약까지 CIA를 통해 넘기고 있는 상황이다. 실로 중국 정부에 대해서는 엄청난 지원일 것이었다. 그래서 등소평이 안인실을 수행비서 명목으로 보내주지 않았겠는가? 그러나 위험하다. 이광의 본능이 경고신호를 보내고 있다.

계산기를 두드리고 정보를 수집해오는 현대화된 사회지만 육감에 의한 본능을 무시할 수 없다. 그것이 기계와 인간이 다른 점이며 인간의 장점이다.

오후 6시, 국빈장의 귀빈실에서 오늘은 셋이 마주앉았다. 이광과 등소평, 그리고 위한평이다. 이번에는 등소평이 이광 혼자만을 요구했기 때문이다. 미국 체제와 다른 점이 바로 이것이다. 미국은 가능하면 실무자까지 참석시켜 효율성을 극대화하면서 책임도 분산시키려고 한다. 그러나 중국은 반대다. 실권자 혼자만 알고 비밀까지 쥐려고 한다. 비밀이 곧 힘이기 때문이다 각각 장단점이 있지만 이광은 안학태의 말대로 로마에서는 로마의 방식을 따르기로 한다.

"이보게, 이 군?"

등소평이 이번에는 이광을 그렇게 불렀다.

"현재 상황에서 보면 삼합회가 중국군보다 막강하다네. 그 삼합회를 이 군의 사업에 유용하게 사용하라는 것이네."

"감사합니다."

이광이 머리를 숙였다. 그러나 그 대가를 줘야할 것이다. 거기에다 삼합회는 리스타를 이용하여 세계로 뻗어 나갈 수가 있다. 무력(武力)이 강하다고 무조건 사용할 필요는 없다.

"제가 위한평 씨한테도 이야기했습니만."

"들었어."

등소평의 작은 얼굴이 어린애처럼 웃음으로 덮여졌다.

"CIA나 러시아 KGB, 하다못해 일본 정보기관에서도 삼합회의 해외 진출을 알면 거부반응을 일으키겠지. 아니, 아예 말살을 시키려고 할 거네."

"……."

"설령 우리가 지금 미국하고 밀월관계에 있더라도 말야, 단숨에 그 밀월 분위기가 깨질 수도 있어."

"……."

"하지만 이 군?"

어느새 등소평의 얼굴에서 웃음기가 싹 가셔져 있다.

"지금 우리가 세계로 뻗어 나가려면 그 길밖에 없네."

"삼합회 말씀입니까?"

이광은 제 목소리가 말라져 있는 것을 들었다. 긴장했기 때문이다. 어쩌자는 건가?

"그러네."

"그 삼합회를 리스타 가면을 씌우고 세계로 내놓자는 말씀입니까?"

이광이 직설적으로 말해버렸다. 이건 옷 벗어줬으니 지갑까지 내놓으라는 꼴 아닌가? 그때 등소평이 대답했다.

"삼합회를 상품개념으로 보게. 리스타의 상품 말이네."

이광이 눈만 껌벅였고 등소평의 말이 이어졌다.

"지금 중국이 내놓을 수 있는 상품은 삼합회뿐이야. 다른 건 다 쓰레기야."

"……."

"이 군, 자네가 삼합회를 팔게."

"리스타 상품으로 말입니까?"

"리스타 브랜드를 붙이지 않아도 돼."

"……."

"'메이드인 차이나'라고 상표를 붙여도 되네."

"구매자가 없을 텐데요? 그리고 미국이나 러시아가 가만있겠습니까?"

"리스타연합의 사장이 CIA부장보였던 해밀턴 아닌가?"

불쑥 등소평이 물었기 때문에 이광이 숨을 들이켰다. 예상하고 있던 '비'가 내린 느낌이 들었기 때문이다. 이광의 얼굴에 쓴웃음이 번져졌다.

"위원장님, CIA와 삼합회는 근본적으로 다릅니다."

"그래서 내가 제의하려고 하네."

등소평이 끈질기게 말을 잇는다.

"삼합회를 리스타의 소모품으로 만들어도 상관하지 않겠다는 말이네, 그놈들이 얻어오는 수당만으로도 우리에게는 큰 도움이 되니까."

"……."

"CIA하고 비교하자는 말은 아니네, 하지만."

등소평의 시선이 옆에 앉은 위한평을 스치고 지나갔다.

"여기 있는 위한평을 이 군 수하로 만들 수도 있지 않겠는가? 그럼 해밀턴과는 격이 다르지 않는가?"

이 교활한 늙은이 같으니.

등소평이 떠난 후에 이광이 안학태에게 대화 내용을 말해주었다.

"교활한 노인이시군요."

표정을 경계하기 때문인지 안학태가 조심스럽게 말했다.

"회장님께서 저한테 다 말해주실 줄 알면서도 독대를 하신 것도 우습습니다. 그것이 중국인 성품 같군요."

"어쨌든 삼합회를 내가 운용하는 리스타유통 수준에서 응용해보라는 말씀이야, CIA와는 등급이 다르다고 분명히 말씀하셨으니까."

국빈장에 도청장치가 있다면 지금 이광은 확인하는 셈이 될 것이다. 안학태가 머리를 끄덕이더니 생각난 것처럼 말했다.

"안인실 씨가 투숙하고 있는데요, 회장님?"

순간 이광이 놀라 눈만 크게 떴다. 안 갔나?

"불러와."

이광이 말하자 안학태가 잠자코 몸을 돌렸다. 그때 이광이 안학태의 등에 대고 말했다.

"안 사장도 같이 들어와."

안학태가 주춤하는 것 같았지만 머리를 돌리지는 않았다. 오후 7시가 되어 가고 있다. 잠시 후에 응접실로 안학태와 안인실이 들어섰다. 이광의 시선을 받은 안인실이 머리를 숙여 보이고는 앞쪽 소파에 조심스럽게 앉았다. 안학태가 옆쪽 소파에 앉았기 때문에 삼각배치가 되었다. 이광이 정색한 얼굴로 안인실을 보았다.

"안 과장은 결혼했나?"

그 순간 안인실의 얼굴이 빨개졌다. 그러나 금방 대답했다.

"이혼했습니다."

"내가 안 과장이 중앙당 경제국 과장이라는 자기 소개만 들었어."

이제는 안학태도 긴장한 얼굴로 안인실을 본다. 그때 안인실이 상반신을 반듯이 폈다.

"저는 베이징대 영문과를 졸업하고 고향인 엔지 축산물 시험장 직원으로 일하다가 당원이 되었습니다."

둘은 듣기만 했고 안인실이 말을 이었다.

"그때 엔지 시당 농산과장의 아들 왕찬과 결혼했다가 1년 만에 이혼했습니다. 이유는 성격 차이였습니다."

"……."

"1년 후에 엔지 시당 산업국 부장 주혐하고 결혼했지만 2년 만에 이혼했습니다. 이유는 주혐이 공금을 착복하여 구속되었기 때문입니다."

"……."

"그 후로 혼자 살고 있습니다. 나이는 29세입니다."

"아이는?"

"없습니다."

"직장은 순탄했나?"

"네, 축산물시험장에서 농산과, 경제국 주사, 경제국 과장으로 승진했다가 지난번 엔타이 공장 홍보부장이 되었고 이번에 베이징으로 승진해 올라왔습니다."

머리를 끄덕인 이광이 안학태를 보았다.

"안 사장, 안인실 씨에 대해서 더 알고 싶은 사항이 있나?"

안학태는 그룹 비서실장 겸 사장이다. 중국 측이 안인실을 이광의 수행비서로 파견한다면 안학태가 관리총책이다. 그때 안학태가 안인실에게 물었다.

"중국 정부에서 안인실 씨를 회장님 수행비서로 임명했다고 해도 우리 리스타그룹은 받아들이지 않아도 됩니다. 그건 알고 계시지요?"

"네, 사장님."

안인실이 고분고분 대답했다.

"저도 위원장님한테서 말씀 들었습니다."

"회장님께서 안인실 씨를 불러 특별히 이렇게 묻고 계신 이유를 압니까?"

"조금 알 것 같습니다."

"말해 봐요."

"제 위치가 미묘하기 때문입니다. 그리고 가장 중요한 것은……."

심호흡을 하고 난 안인실이 똑바로 안학태를 보았다.

"제가 잠자리 시중 역할로 내부 정보를 유출시킬 가능성이 있기 때문인 것 같습니다."

"리스타가 그렇게 호락호락하지 않아요."

안학태가 부드럽게 말하고는 이광을 스쳐보는 시늉을 했다.

"그리고 회장님께서도 그것 때문에 이렇게 부르신 건 아닌 것 같습니다."

이광이 입을 열었다.

"난 안인실 씨를 내 수행비서로 채용할 생각이야."

순간 안인실이 숨을 멈췄고 얼굴은 새빨개졌다. 지금까지 하얗게 굳어져 있었기 때문이다. 이광이 말을 이었다.

"하지만 역할은 재조정을 해야겠어. 잘 들어."

이광이 똑바로 안인실을 보았다.

"앞으로 중국 정부, 즉 위원장이나 화 서기님하고 나하고의 연락 역할이야, 알아들었어?"

"예, 회장님."

"삼합회가 내 수중에 들어왔다는 것도 알고 있나?"

"모, 모릅니다, 회장님."

안인실의 얼굴이 순식간에 다시 희게 굳어졌다. 카멜레온 같다. 이광이 머리를 끄덕였다.

"위원장님 지시로 위한평 씨가 내 수하가 되었어."

"……."

"위한평 씨하고 삼합회와의 연락도 안인실 씨가 하게 될 거야, 알았나?"

"네, 회장님."

"좋아, 그러면."

이광의 시선이 안학태에게로 옮겨졌다.

"안인실 씨의 처우에 대해서 말해주지, 당신 소관이니까 나도 듣고 싶네."

"예, 회장님."

자리를 고쳐 앉은 안학태가 안인실을 보았다.

"안인실 씨를 리스타그룹 비서실 소속으로 채용하겠습니다."

"네, 사장님."

안인실이 두 손을 모으고 똑바로 안학태를 보았다. 자연스럽지만 예의 바른 자세다. 그때 안학태가 말을 이었다.

"중국 정부의 현역 공무원 신분으로 리스타 사원이 된 경우는 처음이지만 형평성을 참조해서 비서실 차장으로 발령을 낼 겁니다. 아시겠어요?"

"네, 사장님."

'아시겠어요?'라고 물은 것이다. 어떻게 생각하느냐는 따위는 하지 않았다. 안학태가 똑바로 안인실을 보았다.

"이따 사원 규범을 보면 아시겠지만 비서실 차장급 월급은 월 3천불이 조금 넘습니다. 기타 수당, 복지 혜택은 규범을 읽어 보시도록."

안인실은 숨만 들이켰다. 얼굴이 순식간에 빨개진다. 1980년의 중국 공무원 월급으로 안인실은 월 150불을 받았다. 중앙당 과장 월급이 그렇다. 리스타에서는 한 달에 2년 연봉을 받는 셈이다. 안인실은 몰랐던 것 같다.

"리스타는 이제 가볍게 처리할 수 있는 조직이 아닙니다."

잠깐 말을 멈춘 다까노가 하시모토를 보았다. 이곳은 자민당 간사장실 안이다. 일경련 회장 다까노가 하시모토를 방문한 것이다. 독대여서 방 안에는 둘뿐이다. 심호흡을 한 다까노가 말을 이었다.

"간사장님, 내가 리스타연합 회원이 되었으니까 한쪽 발은 다른 신발을 신은 것처럼 보이시겠지만 걷는 방향은 같습니다. 그렇지 않습니까?"

하시모토의 얼굴에 쓴웃음이 번져졌다.

"재미있는 비유로군, 다까노?"

"제 우국충정을 말씀드린 것입니다."

"예부터 역적일수록 애국자라고 더 강조해왔어. 그 통계도 나와 있어."

"너무 심하십니다, 간사장님?"

"리스타연합 회원이 된 것은 기발한 착상이긴 해."

하시모토가 똑바로 다까노를 응시했다.

"하지만 내 눈에는 세(勢)가 불리하니까 먼저 투항한 비겁자처럼 보인단 말야."

"억울합니다, 간사장님."

"이광은 다까노 사헤이와 나, 하시모토가 밀접한 관계라고 믿고 있어, 그렇지?"

"그건 그렇습니다만……."

"넌 나까지 끌고 들어갔어, 다까노."

"간사장님."

"나도 리스타연합 회원이 된 것이나 같은 신세가 되었단 말야."

"그, 그럴 리가 있습니까?"

당황한 다까노가 손까지 저었다.

"제가 혼자 책임을 집니다, 간사장님."

"지금도 리스타 측 정보원들은 네가 나한테 찾아온 것을 체크하고 있을 거야."

"……."

"그리고 만약의 경우를 대비해서 증거를 챙기겠지, 신일본회를 박살 낸 것처럼 말야."

"간사장께서 그렇게 생각하실 줄은 전혀 뜻밖이올시다."

이제는 어깨를 편 다까노가 굳어진 얼굴로 하시모토를 보았다.

"저를 매국노로 취급하시는군요, 서운하기보다 분합니다."

"그럼 칭찬해주기를 기대했나?"

"이 다까노 사헤이가 그 정도로 단순하고 나약한 인간으로 보이십니까?"

다까노의 목소리가 높아지자 하시모토는 눈만 치켜떴다.

"몸을 던져 뛰어드는 카미카제의 자세에는 미치지 못하겠지만 부딪치겠다는 사무라이(武士)의 기질은 품고 있었습니다."

"그럼 당신 계획을 말해봐."

하시모토가 싸늘한 표정으로 말했다.

"나한테 상의도 하지 않고 리스타연합 회원이 된 것에 대해서 말야."

이제는 하시모토의 목소리도 높아졌다.

"구로다에게 리스타 수사를 저지시켜달라고 압력을 부탁한 것도 결국은 리스타연합 가입에 대한 대가 차원이 아니란 말인가? 그것도 해명을 하고?"

다까노의 리스타연합 가입은 하시모토와 상의하지 않고 진행한 것이었다. 그것을 지금 이실직고했다가 이 소동이 일어난 것이다. 그런데 문제는 다까노가 이실직고하기 전에 하시모토가 그 사실을 알고 있었다는 사실이다. 이러니 다까노가 당황하고 있다. 그래서 카미카제, 사무라이라는 단어까지 나온다.

그날 밤 하시모토 간사장이 긴자의 요정 사꾸라에서 관방장관 다케야마와 경찰청장 오다까지 셋이 둘러앉아 있다. 밤 10시 반, 밀실 안이어서 주위는 조용하다. 그때 하시모토가 입을 열었다.

"다까노가 먼저 리스타연합에 가입했다는 것을 말하더군. 그놈이 머리 회전은 빠르지만 결코 반역할 놈은 아냐."

그러자 오다가 쓴웃음을 지었다.

"반역할 배짱은 없는 거죠. 기업하는 인간들은 절대로 그런 모험은 못 합니다."

오다는 58세, 이번에 경찰대학장에서 치안총수인 경찰청장으로 임명되었다. 무색무취의 인물로 있는 듯 없는 듯한 존재였던 오다여서 치안총수로 발령받았을 때 언론의 주목을 받았다. 그러나 경력이 충분한 터여서 금방 잊혀졌다. 오다는 은밀하게 자민당 실세와 깊숙이 연결되어 있었던 것이다. 오다가 검은 얼굴을 들고 하시모토를 보았다.

"다까노는 리스타연합 카드를 쥐고 일본 시장을 선점하려는 것입니다. 나라를 배신하지 않는 범위 내에서 정관계를 이용해 먹겠지요."

그때 다케야마가 물었다.

"어떻게 이용한다는 거요?"

"리스타 정보를 우리한테 주고 연락책 역할을 하면서 이권을 갖는 겁니다. 리스타 배후에 미국, 중국까지 있으니까요."

"교활한 놈."

입맛을 다신 다케야마가 하시모토를 보았다.

"난 다까노 그놈이 마음에 안 들어요, 간사장님?."

"이용 가치가 많아, 다케야마 군."

하시모토가 자르듯 말했다.

"그런 놈은 우리가 이용하면 된다니까."

다케야마는 48세, 자민당의 제3파벌을 이끌고 있다. 그래서 이번 미야자키 내각에서 관방장관을 맡았다. 관방장관은 국내문제를 처리하는 수석장관이다. 하시모토가 말을 이었다.

"내가 보자니까 눈치를 채고 먼저 리스타연합에 가입했다고 자백했는데 난 그놈이 구로다한테 야쿠자 연관사건을 덮도록 압력을 넣어달라는 부탁을 했을 때부터 눈치를 채고 있었어."

둘의 시선을 받은 하시모토가 빙그레 웃었다.

"내가 그런 언질을 주기도 했으니까, 적을 처리하지 못할 경우에는 아예 품에 안고 시작하는 것이 낫다는 이야기를 했거든."

"오해할 만합니다."

오다가 머리를 끄덕였을 때 다케야마가 하시모토를 보았다.

"그래서 다까노를 어떻게 이용한다는 겁니까?"

"그건 우리가 천천히 상의하지, 그놈은 우리 낚시에 낀 지렁이 같은 놈이니까."

하시모토가 바로 대답했다.

후세인의 연락이 왔을 때는 이광이 베이징을 따라 홍콩에 도착했을 때였다. 공항에서 기다리던 비서실 직원이 이광에게 보고했다.

"모하메드 경호실장이 전화를 했습니다. 대통령 각하께서 상의할 것이 있답니다."

머리를 끄덕인 이광이 쓴웃음을 지었다. 홍콩에서 귀국할 계획이었기 때문이다.

"바그다드로 가야겠군."

이광이 말하자 안학태가 머리를 기울였다.

"제가 내막을 알아보겠습니다."

그동안 이광은 후세인 측근에 여러 명의 정보원을 만들어놓은 것이다. 자연스런 현상이었는데 이광의 안내역을 맡았던 경호실의 영관급 장교들이다. 그들은 린드버그가 철저히 관리를 해온 것이다. 이광이 구룡섬의 안가(安家)에 도착한 지 얼마 되지 않아서 안학태가 보고했다.

"경호실 차장 투리단이 가족과 함께 실종되었다고 합니다."

"투리단이?"

놀란 이광이 안학태를 보았다. 투리단은 현역 중장으로 모하메드 경호실장의 부하다. 그러나 후세인의 먼 친척으로 자금관계 업무를 맡는다. 특히 비자금은 후세인이 투리단에게 직접 지시해왔다.

이광의 눈앞에 40대 후반쯤인 투리단의 모습이 떠올랐다. 항상 웃는 얼굴이었고 대머리에 눈동자가 흔들렸다. 안학태한테서 시선을 뗀 이광이 옆에 놓인 전화기를 들고는 버튼을 눌렀다. 그러자 곧 취리히의 제3은행 은행장 아인호트와 연결이 되었다.

"나, 이광입니다."

이광이 불쑥 말했을 때 아인호트가 주춤대며 응답했다.

"아, 예, 안녕하십니까?"

"내 비밀번호는 AKA274AKK지요."

"아이구, 이 회장님."

그때 아인호트가 반색을 했다. 목소리로 확인을 했지만 다시 개인 비밀번호를 불러줘야 확실하게 인정을 받는 것이다. 그때 이광이 물었다.

"FFN4572A번의 입출금 현황을 알려주시지요?"

"FFN4572A 말씀입니까?"

아인호트의 목소리가 굳어졌다.

"이 회장님, 무슨 일 있습니까?"

"예, 분위기가 좀 수상해서요."

"그, 그렇습니까?"

50대 후반의 아인호트가 말을 더듬었다. FFN4572A 구좌는 후세인의 비밀구좌인 것이다. 이광이 개설했기 때문에 구좌 비밀번호까지 다 알고 있다. 그때 아인호트가 떨리는 목소리로 물었다.

“이 회장님, 우리 은행은 문제가 없는 거죠?”

“무슨 말입니까?”

“이번에 출금이 있었는데요.”

“투리단이 출금했습니까?”

“예, 1억6천만 불을 출금했습니다.”

“언제요?”

“5일쯤 되었습니다. 매달 7천만 불 정도가 출금되다가 이번 달은 2배가 되어서 지출이 좀 많다고 생각했지요.”

이광이 숨을 골랐다. 투리단이 이 돈을 갖고 도주한 것 같다. 후세인 개인구좌에서 매달 5천에서 1억 불 정도로 이란 내부의 반군 세력으로 지원금이 나가는 것이다. 그것을 투리단이 집행했다.

“잔액은 얼마 남았습니까?”

“2천만 불이 조금 못됩니다.”

이광이 다시 심호흡을 했다. 전화기를 내려놓은 이광이 옆에 선 안학태를 보았다. 안학태도 다 들었을 것이다.

“친척이라고 믿다니.”

이광이 혼잣소리처럼 말했다.

밤, 오전 1시 반, 후세인의 사무실로 들어선 이광이 인사를 했다.

“각하, 안녕하셨습니까?”

“안녕하지 못해.”

후세인이 던지듯 말했지만 침체된 분위기는 아니다. 눈은 웃고 있다. 이광이 앞쪽 자리에 앉았을 때 후세인이 여전히 웃음 띤 눈으로 물었다.

"내가 왜 부른지 알고 있지?"

"모르겠습니다, 각하."

"겸손 떨지 마, 아들아."

소파에 등을 붙인 후세인이 지그시 이광을 보았다. 방 안에는 둘뿐이다.

"네가 아인호트한테 확인했더구만, 아인호트가 벌벌 떨면서 자백하더라."

"그렇습니까?"

"네가 영문도 모른 채 달려올 놈이 아니지."

"각하, 그자를 잡으셨습니까?"

"그 개 같은 놈이 지금 CIA의 보호를 요청해놓고 있다."

후세인이 헛웃음을 지었다.

"파리에서 말이다."

"저런."

"1억6천만 불을 모두 4개 은행에 분산 예치해놓았더구만."

"……."

"제 가족 14명, 친척 22명까지 모두 파리로 이주시켜놓고 말야, 철저하게 준비했어."

"……."

"저택을 4채나 구입해서 지금 가족들은 자동차를 사러 다닌다."

말을 그친 후세인이 상반신을 세웠다. 어느덧 얼굴이 굳어져 있다.

"너를 오라고 한 건 네 CIA 인맥을 빌려서 그놈을 잡으려는 거다."

이광이 숨을 삼켰을 때 후세인이 말을 이었다.

"해밀턴이나 린드버그쯤이면 그놈이 숨어 있는 곳을 알아낼 수 있지 않을까?"

"각하."

"알아."

쓴웃음을 지은 후세인이 손을 들고 이광의 말을 막았다.

"CIA는 그놈을 통해서 내 정권의 약점, 장군들의 성향, 내 비자금의 실체까지 샅샅이 캐려고 하겠지? 그놈이 도망친 지 3일째야, 아마 지금쯤 다 털어놓았을 거다."

후세인의 표정이 엄격해졌다.

"그놈이 빼간 건 1억6천만 불뿐이 아니야. 난 돈은 문제가 아니다."

"지금 이광이 후세인하고 같이 있어."

후버가 쓴웃음을 짓고 말했다.

"후세인이 불렀겠지."

"투리단은 어떻게 하실 겁니까?"

윌슨이 묻자 후버가 코웃음부터 쳤다.

"뭘 어떻게 한단 말이냐?"

"틀림없이 후세인이 이광한테 부탁을 했을 것 아닙니까?"

"그렇겠지."

"거절하실 겁니까?"

"거절?"

어깨를 추켜올린 후버가 눈을 크게 뜨고 윌슨을 보았다.

"이봐, 윌슨."

"예, 부장님."

"거절이란 상대가 뭔가를 제의했을 때 써먹는 단어 아니냐?"

"그렇지요."

"이광이 제의를 할 것 같어?"

그때서야 말뜻을 알아차린 윌슨이 어깨를 늘어뜨렸다.

"그렇군요."

"틀림없이 해밀턴이나 린드버그를 통해 투리단의 거처를 알아내려고 할 거다."

"찾아내겠군요."

"못 찾아."

"왜요?"

"내 특별 아지트에 숨겨놓았거든."

"계속 그곳에만 숨겨둘 수는 없지 않겠습니까? 근본적인 문제를……."

"그렇다."

어깨를 편 후버가 말을 이었다.

"이미 투리단한테서 기밀은 다 빼냈어, 별로 중요한 것도 아니지만."

"……."

"근본적인 문제는 뭐라고 생각하나?"

"후세인의 반미(反美) 성향 아닙니까?"

"아니야."

머리를 저은 후버가 정색하고 윌슨을 보았다. 이곳은 후버가 개인 별장으로 사용하는 맨해튼의 펜트하우스 안이다. 호화로운 응접실 안에는 후버와 윌슨 둘뿐이었는데 창밖으로는 공원 전경이 펼쳐져 있다. 오후 4시 반, 후버가 말을 이었다.

"이광이야."

"이광이 문제라는 말씀입니까?"

"이광이 너무 빨리 성장하고 있어."

숨을 죽인 윌슨을 응시하는 후버의 시선이 흐려져 있다.

"이대로 가면 후세인, 카다피, 중국까지 놈이 주무르게 된다."

해밀턴이 머리를 저었다.

"파리의 안가에 숨어 있지만 그곳은 SS가옥이야, 스페셜 섹션(special section)이지, 국가 비상사태에 대비한 은신처로 후버만 알고 있어."

앞에 앉은 사내는 리스타그룹 기조실의 최국진 부장, 안학태의 밀명을 받고 대서양을 건너와 해밀턴을 만나는 중이다. 그때 최국진이 물었다.

"파리에 있는 것은 확실합니까?"

"파리는 맞아."

이곳은 뉴욕의 브루클린이다. 지금 후버와 윌슨이 마주앉은 맨해튼은 지척이다. 이광이 후세인의 부탁을 받은 지 15시간밖에 지나지 않았다. 해밀턴이 말을 이었다.

"이봐, 최 부장, 보스는 투리단을 후세인에게 넘기기로 결정하신 거야?"

"글쎄요."

최국진이 정색하고 해밀턴을 보았다.

"그것을 보스께서 결정하시지 않겠습니까? 저희들은 지시받은 대로만 움직일 뿐이지요."

"후버도 보스가 후세인을 만나 부탁을 받는다는 것도 알아."

"알겠지요."

"그리고 보스가 나를 시켜서 CIA 내부 정보망을 가동시키리라는 것도 알 것이고."

"후버쯤 되면 당연하지 않겠습니까?"

"아마 자네가 뉴욕으로 날아온 것도 파악이 되었을 거야."

"CIA쯤 되면 그것이 정상이죠, 사장님."

"이건 카드 게임이나 같아, 최 부장."

"사장님, 지금 저는 한가하지 않습니다. 보스께서 바그다드에서 제 보고를 기다리고 계십니다."

"최 부장, 내일 아침에 떠나지."

"예, 사장님, 그러면……."

"나하고 같이 떠나자구."

해밀턴이 굳어진 얼굴로 말했다.

"이건 보스하고 후버의 기(氣) 싸움이야, 리스타연합의 주도권 싸움으로 변질이 되었다구."

최국진이 물끄러미 해밀턴을 보았다. 그렇게까지는 예상하지 못한 것 같다.

리스타 미국법인의 대표이사 사장 린드버그는 2시간에 LA의 코리아타운에서 흑인 한 명과 마주보고 앉아 있다. 오후 1시 반, 이곳은 한국식당 손님 대부분이 한국인이다. 린드버그가 한국 소주잔을 들어 올리면서 웃었다.

"브라운, 여긴 안전해. 지금 떠드는 손님 중 절반이 한국 마피아야. 그리고 저놈들은 모두 내 부하지."

브라운이 놀란 듯 붉은 기운이 도는 흰창을 번득여 식당을 둘러보았다. 그러나 시선을 마주치는 사내는 없다. 그러자 린드버그가 다시 웃었다.

“저놈들은 내가 누군지 몰라, 다만 우리 둘을 보호하라는 지시를 받았지.”

“누구한테서 말야?”

“내 부하한테서.”

눈만 껌벅이는 브라운을 향해 린드버그가 말을 이었다.

“브라운, 우린 올해 안에 LA를 장악할 계획이야. 뉴욕도 마찬가지.”

“린드버그.”

어깨를 늘어뜨린 브라운이 길게 숨을 뱉었다.

“난 CIA에서도 폐기처분된 인생이야. 후버는 내가 파리 작전을 엉망으로 만들어놓았다고 믿고 있어, 후버가 살아 있는 한…….”

“네가 파리의 안가는 다 알지?”

“알아서 뭐해? 팔아먹게?”

쓴웃음을 지은 브라운이 린드버그를 보았다.

“후버의 특별 안가까지 다 알지.”

6장
풍운의 중동

"하술라 씨?"

되물었던 안학태가 전화기를 고쳐 쥐었다.

"그런데 무슨 용건입니까?"

그때 옆에 앉아 있던 이광이 안학태를 보았다. 하술라는 이스라엘 모사드 부국장이며 리스타연합 회원이기도 하다.

오후 5시 반, 이곳은 로마, 바그다드에서 로마로 옮겨온 것이다. 이광이 잠자코 손을 내밀자 안학태가 전화기를 건네주었다. 로마 컨티넨탈 호텔의 독채 빌라 안, 응접실에서 전화를 받는다.

"여보세요."

"회장님, 하술라입니다."

귀에 익은 목소리가 울렸다.

"아, 하술라 씨, 웬일이오?"

"드릴 말씀이 있어서요."

이광이 숨을 들이켰을 때 하술라의 말이 이어졌다.

"제가 찾아뵈어도 되겠습니까?"

"그러지요."

이광이 바로 승낙했다. 하술라는 리스타연합 회원만이 통하는 비상 연락망으로 이광에게 전화를 해온 것이다.

한 시간 반 후에 응접실에서 이광과 하술라, 안학태까지 셋이 둘러 앉았다. 인사를 마친 하술라가 정색한 표정으로 입을 열었다.

"바그다드에서 오시는 길이지요?"

예상하고 있었기 때문에 이광이 시선만 주었다. 하술라가 말을 이었다.

"후세인의 심복 투리단이 공금을 횡령하고 잠복한 걸로 알고 있습니다."

"……."

"아니, 정확히 말하면 CIA하고 협상을 한 거죠, 이라크 정보하고 자신의 안전을 바꾸자고 말입니다."

"과연 모사드 정보력은 대단하군."

이광이 감탄했다.

"그럼 내가 어떤 상황인지도 잘 아시겠군요, 하술라 씨?"

"예, 회장님."

"그 일 때문에 오신 겁니까?"

"그렇습니다, 회장님."

어깨를 편 하술라가 이광을 보았다.

"투리단은 급진 이슬람파로 이스라엘의 존재를 부정하는 인간이지요."

"……."

"후버는 이번 투리단의 망명 신청을 바로 받아들였습니다. 그 이유를 아십니까?"

이광은 대답하지 않았고 하술라가 말을 이었다.

"투리단을 이용해서 리스타연합을 장악하려는 의도가 있습니다. 후버는 후세인이 이 회장님께 부탁을 하고 이 회장님이 어떻게 움직이실지를 미리 예측하고 있을 것입니다."

"……."

"해밀턴과 린드버그도 집중감시하고 있겠지요, CIA의 활동력은 막강하니까요. 광범한 정보력은 역사상 유례가 없을 정도니까요."

"하술라 씨."

마침내 안학태가 제동을 걸었다.

"본론을 들읍시다."

"예, 사장님."

고분고분 대답한 하술라가 이광을 보았다.

"이 기회에 후버 씨의 기세를 꺾어야 한다는 것이 우리 이스라엘의 입장입니다."

"……."

"이스라엘과 미국은 가장 강한 동맹국 관계이긴 하지만 CIA의 후버가 미국을 대표한다고는 볼 수 없습니다. 후버는 국익을 위한다는 명분하에 아랍권에 인맥을 만들고 자신의 힘을 키우고 있지요."

하술라가 주머니에서 접혀진 쪽지를 꺼내 이광 앞의 탁자 위에 놓았다.

"이것이 투리단이 은신한 파리 안가의 위치와 경비 내역입니다."

이광과 안학태의 시선이 쪽지에 모였다가 떼어졌다. 자리에서 일어선 안학태가 쪽지를 집어 이광에게 건네주었다. 쪽지를 받아본 이광의 얼굴에 웃음기가 떠올랐다.

"고맙습니다, 하술라 씨."

"리스타연합 회원으로서 제가 할 일을 했다고 보시면 됩니다."

"잊지 않겠습니다."

이광이 머리를 숙였다.

하술라가 돌아간 후에 이광이 쪽지를 안학태에게 건네주면서 말했다.

"린드버그에게 보내서 확인하도록."

"이광이 로마에 있어?"

CIA 해외작전국장 윌슨의 목소리가 송화구를 울렸다.

"예, 국장님."

레이드가 전화기를 고쳐 쥐었다.

"후세인 전용기 편으로 다빈치공항에 도착했지만 그 후로 행적을 찾지 못했습니다. 보안구역에 들어가서요."

"빌어먹을 놈들."

"죄송합니다, 국장님."

"지금이 얼마나 중요한 상황인지 알지?"

"압니다."

어깨를 부풀렸다가 내린 레이드가 말을 이었다.

"최선을 다하고 있습니다."

"움직이지 마, 일단은 그것이 중요하다."

"알고 있습니다."

"이광이 후세인 전용기로 내린 것은 행적을 피하려는 의도야, 알고 있지?"

"압니다."

국가원수의 전용기는 최고 보안을 요구할 수가 있는 것이다. 그래서 탑승객과 이착륙시간, 이착륙 게이트는 극비 사항이다. 레이드가 이광 일행이 로마에 도착했다는 것을 알아냈다는 사실만으로도 대단한 성과다. 통화를 끝낸 레이드가 찌푸린 얼굴로 옆에선 마르틴을 보았다.

"갓댐, 무슬림 한 놈 때문에 크리스찬 몇 개 팀이 당하게 생겼다."

마르틴은 쓴웃음만 지었다. 이곳은 파리 몽마르뜨르의 3층 벽돌집 안, 옆쪽에 거대한 사원이 있어서 사원 부속건물처럼 보이지만 개인저택이다. 넓은 정원, 자갈이 깔린 마당 복판에 분수가 세워졌고 조각상이 이곳저곳에 세워져서 중세시대의 영주 저택 같다. 이곳이 후버의 파리 특가(특별안가)다. 이곳에 투리단이 영주처럼 투숙하고 있는 것이다.

"후버가 반(反)이스라엘 경향이 있지요, 그건 숨길 수가 없습니다."

해밀턴의 목소리가 송화구에서 울렸다. 지금 해밀턴은 뉴욕에서 로마에 있는 이광에게 전화를 하는 중이다. 도청 기술이 발달되어 있지만 도청방지 장치도 경주하듯이 발달되어서 해밀턴은 최신형 방지장치를 사용하고 있다. 이광은 듣기만 했고 해밀턴이 말을 이었다.

"하술라의 정보는 그런 맥락에서 이해를 하셔도 될 것 같습니다."

로마는 오후 7시 반, 뉴욕은 오후 1시 반이다. 해밀턴이 생각난 것처럼 말했다.

"참, 린드버그의 연락받으셨습니까?"

"받았어요."

"참조하시면 될 것 같습니다."

"난 이 정도 선에서 물러날 거요."

"그만하면 기대 이상으로 해주신 것이지요, 의뢰하신 분도 만족할 것입니다."

이광이 전화기를 내려놓았을 때 안학태가 이광 앞에 A4용지 2장을 내려놓았다. 저택 약도와 경비 상태가 그려진 지도인데 그것이 2장이다. 하나는 린드버그가 브라운을 통해 얻은 지도이고 또 한 장은 하술라가 준 것이다.

"위치는 같습니다. 아말리 성당 옆의 저택입니다."

두 장을 나란히 내려놓은 안학태의 얼굴에 쓴웃음이 떠올랐다. 머리를 돌린 안학태가 옆에 선 에릭센에게 말했다.

"에릭센, 설명해보지."

에릭센이 한 걸음 다가와 왼쪽 지도를 손가락으로 짚었다.

"린드버그 사장이 보내준 지도와 하술라 부국장이 보낸 저택의 구조와 경비 상태는 거의 같습니다."

머리를 든 에릭센이 이광을 향해 쓴웃음을 지어 보이더니 손으로 저택 왼쪽 모퉁이를 가리켰다. 성당과 맞닿은 구역이다.

"여길 보십시오, 회장님."

에릭센이 먼저 린드버그의 지도를 손끝으로 짚고 하술라의 지도를 짚었다. 왼쪽 모퉁이다. 그 순간 이광이 숨을 들이켰다. 하술라의 지도에는 그 모퉁이 나무 사이에 보안카메라가 설치되어 있지만 린드버그가 보낸 지도에는 없는 것이다. 그때 에릭센이 말했다.

"린드버그 사장의 지도만 보면 이 왼쪽 구역이 가장 침투하기 좋은 곳입니다. 더구나 모퉁이를 돌아서도 나무에 가려져 있어서 보안카메라는 보이지 않습니다."

이광이 머리만 끄덕였고 에릭센이 말을 이었다.

"기습자 관점에서 보면 이곳에다 주력팀을 두고 나머지는 보조팀으로 들어갈 겁니다."

"함정이군."

"예, 린드버그가 접촉한 브라운이 함정을 만든 것 같습니다."

"후버의 지시를 받았을까?"

"그랬을 가능성이 많습니다."

"린드버그한테 연락을 해."

"예, 회장님."

에릭센이 몸을 돌렸을 때 안학태가 손목시계를 보면서 말했다.

"자할이 올 시간이 되었습니다."

"저걸 줘."

이광이 하술라가 준 지도를 눈으로 가리켰다. 자할은 후세인의 특공대 대령이다. 쓴웃음을 지은 이광이 말을 이었다.

"파리에서 이라크 특공대가 몰살당할 뻔했군."

다음 날 오전, 빌라가 환해졌다. 중국에서 안인실이 온 것이다. 물론 이광의 연락을 받고 왔다. 안인실은 40대 중반쯤의 사내와 동행이었는데 넓은 어깨에 다부진 인상이다. 그러나 말쑥한 양복 차림이 잘 어울렸고 이광을 보더니 허리를 기역 자로 꺾어서 절을 했다.

"회장님을 뵙습니다. 곽기윤이라고 합니다."

허리를 편 사내가 똑바로 이광을 보았다. 머리를 끄덕인 이광이 눈으로 앞쪽 소파를 가리켰다.

"앉아요, 곽 형."

곽기윤이 단정한 자세로 앉는다. 안인실은 옆쪽 비스듬한 위치에 앉았고 오른쪽에는 안학태와 에릭센이 자리 잡았다. 곽기윤은 삼합회 태형(太兄)으로 총사령관이나 같다. 삼합회의 총두목이 이광에게 불려 온 것이다. 이광이 입을 열었다.

"삼합회 회원이 미국과 일본에 진출해 있습니까?"

"없습니다."

어깨를 편 곽기윤이 똑바로 이광을 보았다.

"조직원이 나가 있기는 하지만 조직 활동은 하지 못하고 있습니다, 회장님."

"리스타가 일본, 미국에 진출해 있어요. 알고 있지요?"

"알고 있습니다, 회장님."

"일본과 미국의 리스타 소속으로 삼합회를 진출시킵시다."

"예, 회장님."

"내가 일본 법인장, 미국 법인장한테 연락을 해놓을 테니까 앞으로는 곽 형께서 그들하고 협의하세요."

"예, 회장님."

"다시 한 번 확인하지만 삼합회는 리스타 소속으로 운용이 되는 겁니다. 알겠지요?"

그러자 곽기윤이 빙그레 웃었다. 고른 이가 드러났고 웃는 인상이 환했다.

"해외시장을 개척하려고 몸부림을 쳤지만 국력(國力)이 아직 미미해서 성과를 내지 못하고 있었습니다."

이광이 머리를 끄덕였다. 경제력이 바로 국력인 것이다. 경제력을 바탕으로 밤의 세상도 활기를 띤다. 삼합회의 경우는 자국(自國) 내 전력(戰力)은 막강하지만 모두 굶주린 병사나 같다. 그런 상황에서 외국 진출은 어림도 없는 일이다. 해외에 자국의 경제 기반이 있는 경우에야 그것을 바탕으로 세(勢)를 불려 나갈 수가 있기 때문이다. 자체 세력만으로 기반을 굳히기는 하늘의 별 따기다. 현지 세력에 밀려 도태되는 경우가 부지기수인 것이다. 그때 이광이 말했다.

"곽 형은 당분간 나하고 같이 해외시장을 둘러보십시다."

"감사합니다."

곽기윤의 얼굴이 금방 상기되었다. 안목을 넓힐 기회를 주는 것이다. 곽기윤이 앉은 채로 허리를 숙여 절을 했다.

"위원장님의 지시도 받았습니다만 배신하지 않고 충성을 바치겠습니다."

마치 5호10국 시대의 장군이 황제를 맞아 바치는 인사 같다.

TV를 보던 투리단이 숨을 들이켰다. 옆쪽에 앉아 있던 짐과 조지도 몸을 굳히더니 TV를 응시했다. 뉴스 시간이다. 아나운서가 말을 이었다.

"저택에는 14명이 거주하고 있었던 것으로 확인이 되었습니다. 그런데 갑자기 화재가 일어나는 바람에 4명이 빠져나왔고 나머지 10명 중 3명이 사망, 7명이 중화상을 입고 병원에서 치료 중입니다."

그때 화면에 사내 하나가 나왔다. 60대쯤의 아랍인이다. 옷은 불에 그슬렸고 머리는 헝클어졌다. 흰 수염, 초점이 없는 눈, 반쯤 벌려진 입은 공포에 질린 모습이다. 그때 투리단이 소리쳤다.

"아버지!"

놀란 짐과 조지가 벌떡 일어섰다. 그때 화면에 나온 아랍인이 아랍어로 떠들었지만 짐과 조지는 알아듣지 못했다.

"투리단! 이게 무슨 짓이냐! 우리 가족이 모두 죽게 생겼다! 우리 가문이 이곳에서 몰사하게 되겠단 말이다! 이 몹쓸 놈아! 죄 없는 네 할머니까지 데려와서 이게 무슨 꼴이냐! 이놈아! 여기 오면 CIA가 보호해준다고 했지 않아!"

노인의 아우성치는 것 같은 목소리가 그치더니 아나운서가 말을 이었다.

"피해자는 두 달쯤 전에 이라크에서 관광비자로 입국한 가족이며 대저택을 구입해서 거주하고 있는 것으로 알려져 있습니다."

"보고해!"

아나운서의 말로 사태를 짐작한 짐이 소리쳤다. 투리단 가족의 거처가 발각이 된 것이다.

로마에서 리비아의 트리폴리에 도착한 이광은 공항에 마중 나온 조백진한테서 보고를 받았다. 조백진은 리스타 리비아법인 사장이지만 리스타유통과 밀접한 관계가 있다.

"투리단 가족이 숨어 살던 저택이 테러를 당했습니다. 경찰은 아직 내막을 모르고 있지만 사고 장면이 계속 보도되는 터라 투리단도 보았을 것입니다."

시내로 들어가는 차 안이다. 차 안에는 이광과 안학태, 조백진까지 셋이 타고 있다. 안학태가 이광에게 말했다.

"투리단에게 보이려는 의도 같습니다."

이광이 머리만 끄덕였고 안학태가 말을 이었다.

"투리단이 심경의 변화를 일으키기를 바라는 것일까요?"

"그럴 리는 없어."

"그럼 투리단을 고문하는 것이군요."

결론을 낸 안학태가 입을 다물었다. 이것은 리스타의 작전이 아닌 것이다. 그리고 투리단을 보호하고 있는 CIA도 리스타의 적이 아니다. 그때 조백진이 입을 열었다.

"카다피 원수께서 저녁에 숙소로 오시겠다고 했습니다."

이번 리비아 방문은 카다피의 초청을 받았기 때문이다.

"리, 잘 있었나?"

숙소로 찾아온 카다피가 현관 앞에서 기다리고 서 있는 이광을 안으면서 물었다. 뺨을 부딪는 인사가 이제는 이광도 자연스럽다. 이광의 옆쪽에 도열해 서 있던 비서실장 안학태, 법인사장 조백진까지 악수를 나눈 카다피가 앞장서 안으로 들어서면서 말했다.

"리, 자네는 중동의 해결사야."

영문을 모르는 이광이 눈만 끔벅였을 때 카다피가 이를 드러내고 웃었다.

"요즘 후세인 뒤처리 때문에 바쁜 것 알고 있어. 바그다드에서 후세인의 하소연을 듣고 왔지?"

응접실의 소파에 앉은 카다피가 옆쪽 자리에 앉는 이광에게 다시 물었다.

"어때? 그놈, 투리단은 잡을 수 있을 것 같나? 어젯밤에는 투리단의 가족들이 불에 타 죽었던데?"

"예, 각하."

애매하게 대답한 이광이 심호흡을 했다. 리비아 정보국도 돈만 축내는 조직이 아닌 것이다. 모사드나 CIA, 영국의 M-16보다는 뒤질지 몰라도 카다피가 막대한 자금과 인력을 투입시키고 있다. 그때 카다피가 옆쪽에 앉은 정보국장 무바라크에게 말했다.

"이봐, 무바라크, 이 회장께 말씀드려."

"예, 각하."

바짝 긴장한 무바라크가 상반신을 세우고 이광을 보았다.

"이집트 카이로 구시가지에 CIA의 특가가 있지요, 지금 투리단이 숨어 있는 파리의 특가보다 더 견고하고 안전한 곳입니다."

이제는 이광이 숨을 죽였고 무바라크의 말이 이어졌다.

"그런데 며칠 전부터 그 빈 특가의 경호가 강화되기 시작했습니다. 빈집을 두어 명이 지키다가 지금은 20여 명이 경비하고 있어요."

말을 그친 무바라크가 이광을 보았다.

"경호 준비를 하고 있는 겁니다."

"그게 누구겠나?"

카다피가 불쑥 묻더니 빙그레 웃었다.

"투리단을 파리에만 둘 수가 없지, 카이로가 투리단의 다음 기착지야. 카이로에서 가족들하고 지내기가 더 좋겠지."

"……."

"우리 정보부가 걷은 성과라고 후세인한테 말해주게. 병신 같은 이라크 정보부장 놈한테는 말할 필요가 없고."

"예, 각하."

대답한 이광이 옆에 앉은 안학태에게 지시했다.

"구시가지 CIA별가 위치를 받아서 이라크 측에 전달하도록."

"예. 회장님."

그때 카다피가 이광에게 말했다.

"자, 그럼 우리, 본론을 이야기할까?"

본론이 있었던 것이다. 이광이 긴장했을 때 무바라크가 자리에서 일어서면서 안학태에게 말했다.

"우리는 나가실까요?"

미리 카다피의 지시를 받은 것 같다. 방에 둘이 남았을 때 카다피가 이광에게 말했다.

"리, 지금 대규모 테러가 준비 중이야."

"어디에서 말입니까?"

놀란 이광이 물었다.

"장소는 파악하지 못했어."

"누가 테러를 일으킵니까?"

"'이슬람 전사들'."

"그게 누군데요?"

"이란, 팔레스타인, 파키스탄 급진 이슬람주의자들이 결성한 무장단체야, 작년의 런던 테러도 그놈들이 일으켰어."

카다피가 정색하고 말을 이었다.

"CIA나 M-16은 아직 누가 주모자인지 파악도 못 하고 있지만 말야."

"언제 일으키는데요?"

"한 달 안에."

이광이 잠깐 말을 멈췄다. 문득 카다피가 이 정보를 주는 이유가 궁금했기 때문이다. 말단 영업사원도 거래처와 대화를 할 때는 목적과 대책을 준비하는 법이다. 카다피가 맥없이 이런 엄청난 정보를 주겠는가? 그때 카다피의 얼굴에 웃음이 떠올랐다.

"리, 미국이 리비아산 가스를 각국 정부에 압력을 넣어서 수입 금지를 시키고 있네."

이광이 머리만 끄덕였다. 그래서 리비아는 생산량의 절반 정도만 가스를 팔고 있다. 경제적 압박이다. 반미(反美) 국가에 대한 제재는 여러 가지다. 카다피가 지그시 이광을 보았다.

"이 정보로 가스 생산량의 75퍼센트를 판매하도록 주선해주게."

"알겠습니다."

"후버한테 직접 말해주게, 그자가 생색을 내도록 말이네."

"그러지요."

"75퍼센트다."

"'이슬람 전사'라고만 하면 됩니까?"

"CIA는 그들을 알고 있어."

카다피의 얼굴에 다시 웃음이 떠올랐다.

"카이로의 CIA특가 정보를 주고 다시 '이슬람 전사' 정보하고 가스 판매량을 맞바꾸는구만, CIA한테는 병 주고 약 주는 셈인가?"

먼저 해밀턴, 이광의 연락을 받은 해밀턴이 14시간 만에 트리폴리로 날아왔다. 숙소인 영빈관의 응접실에서 이광의 이야기를 들은 해밀턴이 긴장했다.

"후버 씨가 교환에 응할 것입니다. '이슬람 전사'는 앞뒤 가리지 않는 테러단이거든요."

"그리고 다른 정보도 얻었는데."

이광이 카이로의 CIA특가 이야기를 했다. 그때 옆에 앉아 있던 안학태가 말했다.

"특가 정보는 이미 이라크 측에 전달했습니다."

"리비아의 정보력이 두각을 나타내는 거군요, 투자한 대가를 받는 것 같습니다."

감탄한 해밀턴이 자리에서 일어섰다.

"저는 서둘러야겠습니다. 후버 씨의 놀란 얼굴이 보고 싶어서요."

이렇게 국제사회가 굴러가는 것이다. 적의 적은 친구로 그치지 않는다. 또 그 적이 원수가 되고 다음 날에는 친구다. 그렇게 시간이, 시대가 흘러간다.

"두 놈입니다."

아시드가 말하자 자할이 손목시계부터 보았다. 밤 12시 반, 저택은 짙은 어둠에 덮여져 있다. 자할은 성당 아래쪽 길가 주택 2층의 응접실에 앉아 있었는데 이곳이 작전본부다. 자할이 지시했다.

"공격해."

이미 4개 조 32명의 결사대가 저택 주위를 봉쇄하고 있는 터라 안에 있는 생물(生物)은 다 죽일 준비가 되어 있다. 아시드가 방을 나갔을 때 자할이 옆에 앉은 무드카에게 말했다.

"CIA놈들이 함정을 파놓고 있겠지만 우리 무슬림 전사들의 진면목을 보여주지."

물론 왼쪽 골목으로도 결사대가 진입할 것이다. 그러나 그 전에 골목 담장은 폭파될 것이다. 그때 폭음이 울렸다.

"꾸꽝!"

저택의 지대가 높았기 때문에 폭음은 밤하늘을 진동시켰고 파리 시민 절반은 깨웠을 것이다. 이어서 요란한 총성이 울렸다. 귀에 익은 AK-47 발사음이다.

"카카카카카카카!"

30여 정의 소총 발사음은 더 요란했다. 자할이 이를 드러내며 웃었다.

"이게 다 CIA놈들 때문에 파리 시민들이 고생을 하는 거다."

그렇다. 이 주택의 가족들도 오늘 저녁에 날벼락을 맞았다. 자할의 부하들이 갑자기 들이닥쳐 가족들을 묶어서 지하실에 가둬놓았기 때문이다. 이 주택이 작전본부로 사용하기에 적당했던 것이다.

"카카카카카카카카카!"

"탕탕탕탕탕."

이제 반격하는 총소리도 울리기 시작했다. 자할이 잇사이로 말했다.

"개새끼들 다 죽여야 된다."

특공대는 전쟁으로 단련된 전사(戰士)들인 것이다. 특공대가 다 희생되어도 투리단만 죽이면 된다.

"꽝! 꽝! 꽝!"

이제는 수류탄 폭음이 울렸다.

"젠장."

자할이 탁자 위에 놓인 무전기를 보면서 투덜거렸다.

"내일 아침 프랑스 신문이 볼 만하겠다."

그러나 한 시간쯤 후에 후버는 파리 지부장한테서 보고를 받는다. 파리 시간 오전 1시 반, 뉴욕 시간으로는 오후 7시 반이다.

"특가 경비조 9명이 사망했습니다. 8명은 중경상입니다."

후버는 표정 없는 얼굴로 듣기만 했고 지부장의 말이 이어졌다.

“습격자는 10여 명이 사망한 것 같습니다만 시신을 모두 치웠기 때문에…….”

“알았어.”

8시에 저녁 약속이 있었기 때문에 후버가 서두르며 대답했다.

“작전국장한테서 다시 듣지.”

전화기를 내려놓은 후버가 방을 나왔을 때 기다리고 있던 부인 마사가 물었다.

“어때요?”

마사는 제 옷차림을 묻는 것이다.

“눈이 번쩍 뜨이는군.”

건성으로 대답한 후버가 마사의 허리를 감아 안고 현관을 나왔다. 파리 특가에는 함정을 파놓고 이라크 특공대를 몰사시킬 작정이었던 것이다. 해외에서 활동하는 아랍 작전반에게 본때를 보여주겠다는 후버의 의도였다. 그런데 특가에 잠복했던 20여 명 중 9명이 사망, 8명이 중경상이라니, 3명만 온전하게 살아남았단 말인가? 이라크 놈들이 10여 명이 사상자를 내었다고 하지만 뻔한 거짓말이다. 이쪽이 무참하게 당한 것이다. 그러나 마사와 함께 차를 오르는 후버의 얼굴은 밝았다.

“무슨 일이야?”

후버의 얼굴은 잔뜩 찌푸려져 있다. 오전 9시 반, 어젯밤 의회 정보분야 의원들하고 부부동반 저녁 식사 모임 때 후버는 과음을 했다. 뉴욕 링컨호텔 27층의 로비 라운지 안, 왼쪽 모퉁이 자리는 후버의 전용석이어서 항상 예약 팻말이 붙여져 있다. 해밀턴이 웃기만 하는 것에 심사가 뒤틀린 후버가 다가온 지배인에게 잔소리를 했다.

“커피 좀 잘 끓여와, 에티오피아산이라고 해도 다 같은 맛이 나는 게 아냐, 약한 불로 시작했다가 강한 불로 마무리하라고 했지?”

“예, 부장님.”

나이가 60 가까운 지배인이 잔뜩 긴장한 채 경청했다.

“짐한테 다시 한 번 주의를 줘, 만일 지난번처럼 거품이 떠 있거나 밋밋할 때는 CIA특공대를 시켜 집을 폭파한다고 전해, 이건 진짜야.”

“예, 부장님.”

지배인이 서둘러 몸을 돌렸기 때문에 후버가 ‘아차’ 하는 표정을 짓는 것을 보지 못했다. 그때 해밀턴이 빙그레 웃었다.

“왜 웃는 거냐?”

후버가 해밀턴에게 시비를 걸었다.

“뭐가 우스워?”

“아닙니다.”

“뭐가 아냐?”

해밀턴이 웃음 띤 얼굴로 후버를 보았다.

“뭐, 안 좋은 일이 있으십니까?”

“네가 나가서 좋아 죽겠다.”

“보스는 화를 내실 때가 가장 친근감이 듭니다. 아마 그때가 인간적인 모습이 드러나기 때문인 것 같습니다.”

“그럼 내가 비인간적인 놈이냐?”

후버가 다시 벌컥 화를 내었다.

“더러운 놈 같으니, 그래, 연봉 1천만 불 이상을 받으니까 다 우습게 보이는 거냐?”

"아니, 갑자기 왜 연봉 이야길 꺼내십니까? 또 누가 공금이라도 횡령을 한 것 같군요?"

"미친놈."

"보스, '이슬람 전사'를 아시지요?"

순간 후버가 숨을 멈추더니 의자에 등을 기댔다. 그때 지배인이 주방장 짐과 함께 다가왔다. 짐은 커피잔이 놓인 쟁반을 들고 있다. 짐이 조심스럽게 둘 앞에 커피잔을 내려놓고 주춤거렸을 때 후버가 됐다는 듯이 머리를 끄덕이고는 해밀턴을 보았다. 둘이 멀어졌을 때 해밀턴이 입을 열었다.

"그놈들이 곧 대규모 테러를 일으킬 것 같습니다."

"어디 정보야?"

"제가 받은 겁니다."

"어디서?"

"정확합니다."

정색한 해밀턴이 후버를 보았다.

"그런데 회사에서는 전혀 감도 잡지 못하고 있더군요."

"누가 그래?"

"보스, 그러지 마십시오."

"감도 못 잡고 있다고 어느 놈이 그래?"

"그럼 알고 계셨군요? 그렇다면 이야기할 필요가 없겠습니다."

그러자 후버가 입을 다물고 해밀턴을 보았다. 눈도 껌벅이지 않고 5초쯤 보더니 어깨가 늘어졌다.

"말해봐."

"조건이 있습니다."

"그럼 말하지 마."

"인원, 공격목표, 시간, 장비까지 다 갖고 있습니다. 그걸 듣지 않으시겠다구요?"

"……."

"리비아의 원유 제재를 풀어주시지요, 생산량의 75퍼센트까지 판매하도록 해주시지요."

"미친놈."

"보스의 최대 업적 중 하나가 될 겁니다."

"카다피의 제의냐?"

"예, 보스."

"카다피가 이광이를 통해서 말했군."

"그렇습니다."

"리비아 정보국 놈들이 세긴 하지."

"제의를 받아들이시지요."

"이광이 주가가 또 오르겠군."

커피잔을 든 후버가 물끄러미 커피를 내려다보다가 시선을 들었다.

"좋아, 내가 책임지고 75퍼센트로 해주지. 자, 말해라."

구시가지 입구로 들어서자 차도로 사람들이 많이 지나가는 바람에 차가 멈췄다가 출발하는 경우가 많아졌다. 그러나 옆자리의 사이드는 태평했다. 사이드는 아랍계 CIA요원이다.

"3백 미터만 가면 돼요, 투리단."

사이드가 앞쪽을 턱으로 가리키면서 말을 잇는다.

"여긴 내가 태어나기 전부터 이런 모습이오, 이것이 바로 구시가지의 매력이지."

창문을 연 사이드가 머리를 밖으로 내밀고는 소리쳤다.

"아저씨, 좀 비킵시다!"

차 앞을 느리게 걷는 배불뚝이 사내들에게 하는 말이다. 오후 4시 반, 옆쪽은 모스크가 세워져 있었는데 기도시간이 다가왔는지 사람들이 떼를 지어 입과 손발을 씻고 있다. 손발을 씻고 사원에 들어가는 것이다. 투리단이 사이드에게 불평했다.

"문 좀 닫읍시다. 더워 죽겠어."

"오늘은 별로 덥지 않은 날인데."

그때 차 앞을 아이들 셋이 가로질러 뛰어갔기 때문에 기겁을 한 운전사가 차를 세웠다. 뒤쪽에서도 브레이크를 밟는 바람에 마찰음이 울렸다. 투리단은 지금 공항에서 구시가지 특가로 들어가는 중이다. 차량 2대에 분승한 경호 요원은 모두 8명, 파리 근교의 공군기지에서 카이로행 비행기에 탑승하기 직전에 투리단은 파리 특가의 폭파사건을 뉴스로 보았다. 특가는 알아보지 못할 정도로 파괴되어서 화염에 싸여 있었다.

'특공대'의 공격을 받은 것이다. 투리단은 후세인이 직접 운용하는 특공대의 위력을 안다. 그때 사이드가 다시 소리쳤다. 아직은 유리창문을 열어 놓은 채다.

"야, 좀 비켜!"

앞을 지나는 젊은 사내에게 소리친 것이다. 조바심이 난 투리단이 앞쪽을 둘러보았을 때다. 열려진 유리창으로 사이드의 얼굴을 스치고 돌멩이 하나가 들어오더니 투리단 발밑으로 툭 떨어졌다. 시선을 내린 투리단이 돌멩이를 본 순간 숨을 들이켰다. 수류탄이다.

"꽈꽝!"

그 순간 수류탄이 폭발했다. 차가 1미터쯤 치솟고 나서 화산처럼 폭발했다.

"투리단이 폭사했습니다."

다가선 안학태가 날씨 이야기를 하는 것처럼 말했다. 오후 5시 반, 사건이 일어난 지 30분밖에 되지 않았다. 트리폴리의 영빈관 안이다. 안학태가 말을 이었다.

"차에 타고 있던 CIA 요원 셋까지 넷이 폭사했습니다."

"후세인은 체면을 세웠고 후버는 망신이구만."

이광이 혼잣소리처럼 말하자 안학태가 목소리를 낮추고 말했다.

"카다피는 어부지리를 얻었습니다."

"자, 그럼 여기를 떠날까?"

어젯밤 해밀턴의 보고를 들은 이광이 카다피에게 후버의 말을 전달해준 것이다. 카다피는 만족했다. 이광에 대한 믿음이 더 굳어진 것도 보너스다.

"그럼 출발 준비를 하겠습니다."

안학태도 가벼운 표정이 되어서 몸을 돌렸다. 투리단의 폭사는 이미 둘의 머릿속에서 깨끗하게 지워진 상태다. 그날 밤, 두바이로 날아가는 전용기 안에는 이광과 안학태, 조백진과 에릭센, 그리고 곽기윤이 둘러앉아 술을 마시고 있다.

삼합회 곽기윤은 중국에서부터 수행하고 있었는데 이광이 후세인과 카다피를 연달아서 만나는 것을 보고 나서 잔뜩 주눅이 들어 있다. 물론 이광에 대해서 알고 있었지만 실제로 보면 달라지는 것이다. 한 모금 위스키를 삼킨 이광이 곽기윤에게 말했다.

"곽 형, 두바이에서 리스타 미국법인 사장을 만나시오. 곽 형한테 사업 이야기를 할 겁니다."

"예, 회장님."

곽기윤이 기다렸던 것처럼 대답했다.

"기회를 주시면 충성을 다하겠습니다."

"나는 대가를 주는 사람이오. 맹목적인 충성은 바라지 않습니다."

이광이 웃음 띤 얼굴로 말을 이었다.

"차츰 겪어보고 내가 인생을 바칠 만하겠다는 생각이 들면 함께 가는 것이고 그렇지 않다고 생각하면 떠나는 겁니다."

"예, 회장님."

"떠나게 만든 사람의 과오도 있을 테니까 말요."

모두 조용했고 이광의 말에 귀를 기울이고 있다. 둘러앉은 면면이 리스타그룹의 최고 경영자급인 것이다. 안학태는 비서실장 사장이며 조백진도 리스타 리비아법인 사장이다. 에릭센은 경호실장인 것이다. 이것이 이광의 인간관리 철학이다. 술잔을 든 이광이 말을 이었다.

"미국법인 사장 린드버그는 앞으로 마피아와 전쟁을 하게 될 거요, 마피아는 미국의 밤의 군대나 마찬가지, 미국의 자존심이 걸린 조직이오."

한 모금 술을 삼킨 이광이 지그시 곽기윤을 보았다. 곽기윤은 숨을 죽였다. 권위는 임의로 만들어지는 것이 아니다. 경륜과 자신감, 그리고 힘을 바탕으로 자연스럽게 형성되는 것이다. 그것이 진정한 권위다. 곽기윤은 자신보다 연하인 이광한테서 풍기는 권위에 압도되었다.

며칠간 수행하면서 실제로 보고 느낀 감동이 작용했을 것이다. 어깨를 편 곽기윤이 눈을 크게 뜨고 이광을 보았다. 눈동자는 흔들리지 않았고 입은 굳게 닫혔다가 열렸다.

"예, 회장님, 실망시켜드리지 않겠습니다."

두바이, 이제는 쿠웨이트와 함께 중동의 중심 시장이 되어 있다. 두바이공항에 두바이법인 사장 배선희가 마중을 나왔다. 배선희도 그야말로 입지전적인 인물이다. 신입사원으로 이광의 팀원이 된 후에 본부장 비서를 거쳐 리스타상사 쿠웨이트 영업장 등에서 능력을 인정받은 후에 대망의 CEO가 된 것이다.

향년 33세, 미혼, 이광이 남녀 차별을 두지 않고 능력 위주로 평가를 한 결과다. 그러나 한번 인연을 맺으면 결정적인 배신을 하지 않는 한 장점을 키워주는 이광의 성격 때문이기도 할 것이다. 그래서 숙소로 들어가는 차 안에서 이광이 옆에 앉은 배선희에게 말했다.

"너, 회장의 여자라는 소문에 시달린 적 없냐?"

안학태가 뒤 차에 탔기 때문에 차에는 아랍인 운전사와 셋뿐이다. 그러자 배선희가 활짝 웃었다. 이가 드러나면서 꽃이 활짝 피는 것 같다.

"시달리기보다 이용했죠."

"이용해?"

"적당히요."

"어떻게?"

"젊은 여자라는 선입견을 상쇄시킬 만큼만요."

"그럴 리가, 더 했겠지."

"상대에 따라서 그랬을 수도 있었겠죠."

"많았던 것 같군."

"네, 회장님."

"두바이 법인 영업실적이 가장 좋아, 네가 자랑스럽다."

"보람과 긍지를 느끼고 있습니다."

"다음 순서는 뭐냐?"

"네?"

"두바이 법인장으로 법인 중 최고 실적을 낸 네 다음 목표를 말해봐."

"아직 기반을 굳히는 상태입니다. 두바이 지역 실적을 현재보다 세 배 이상 신장시키는 것이 목적이죠."

"더 크게."

"네?"

"이젠 더 크게 계획을 세워봐."

"전 제 분수를 알아요, 회장님을 모시고 있겠어요."

"잘 들어."

그러자 배선희가 굳어졌다.

"네, 회장님."

"그 다음 순서는 애국심이다."

순간 숨을 멈춘 배선희가 이광을 빤히 보았다. 그때 이광이 배선희를 응시하면서 말을 이었다.

"국가에 봉사하는 방법을 생각해봐, 네 머리로는 무궁무진한 방법이 만들어질 테니까."

아직 눈만 깜박이는 배선희를 향해 이광이 웃어 보였다.

"그리고 자연스럽게 남자 만나도 된다. 남자하고 공금만 횡령 안 하면 돼."

문득 윤지혜의 이야기가 나와버렸다. 그때 배선희가 눈동자의 초점을 잡더니 머리부터 저었다.

"그쯤은 참을 수 있어요, 본능을 억제하지 못 한다는 건 짐승이나 같죠."

"무슨 짐승?"

이광이 쓴웃음을 지었지만 자신도 요즘 그렇다. 억제하고 있다.

"미국 차이나타운에서 삼합회라고 하는 놈들은 모두 가짜입니다."

곽기윤이 쓴웃음만 짓는 린드버그를 보았다. 밤 10시 반, 둘은 두바이의 킹덤호텔 라운지에 앉아 있다. 커피잔을 든 곽기윤이 말을 이었다.

"족보도 없는 놈들이죠, 미국에서 태어난 미국판 중국조직이 삼합회(三合會)라는 이름을 붙였을 뿐입니다."

"그건 알고 있어요."

린드버그가 똑바로 곽기윤을 보았다.

"그 미국판 삼합회를 곽 회장이 흡수하거나 연합할 계획입니까?"

"아닙니다."

곽기윤이 머리를 저었다.

"종류가 다른 물을 섞으면 더러운 쪽으로 변합니다. 이것은 국방위원장님의 지시이기도 합니다."

"그렇군요."

"그래서 우리가 리스타 소속으로 행동하려는 것입니다. 리스타는 중국 정부나 마찬가지라고 위원장님이 말씀하셨습니다."

"알겠습니다."

마침내 린드버그가 얼굴을 펴고 웃었다.

"곽 회장은 영어도 잘하시는군요."

"홍콩에 자주 들렀기 때문에 영어를 배웠지요."

따라 웃은 곽기윤이 말을 이었다.

"삼합회는 원체 견제가 심해서 홍콩을 벗어나지 못했거든요."

다음 날 아침, 숙소로 찾아온 사내는 모사드 부국장 하술라다. 하술라는 아랍인처럼 숍을 걸쳤고 터번을 쓴 데다 수염이 무성했다. 몰라볼 정도로 변장을 했다. 응접실로 들어선 하술라가 이광과 인사를 나누고는 소파에 앉았다. 이광은 하술라의 요청으로 안학태만 배석시켰다. 이광이 먼저 입을 열었다.

"지난번 정보, 고맙습니다."

하술라의 정보가 없었다면 함정을 파놓고 기다리던 CIA 측에게 후세인의 특공대가 몰사를 했을지도 모른다. 투리단은 카이로에서 폭사했지만 어쨌든 하술라는 후세인을 도와 CIA 요원들을 살상한 셈이었다. 그때 하술라가 쓴웃음을 짓고 말했다.

"천만에요, 리스타연합 회원으로 당연한 일을 한 겁니다."

이광이 머리를 끄덕였다. 이것으로 하술라는 후세인에게 부담을 준 것이다. 정확히 말하면 갚아야 할 빚을 하나 준 것이나 같다. 이것이 국제사회의 '비공식 거래'다. 겉은 서로 전쟁 중인 국가지만 내면에서 이런 교류가 일어나는 것이 국제사회다. 이런 교류가 막혀있다면 양국은 서로 엄청난 피해를 입게 된다. 그때 하술라가 입을 열었다.

"제가 CIA 파리 특가 정보를 드렸지만 투리단은 빠져나갔더군요, 하지만 카이로에서 잡았다니 다행입니다."

"그래도 하술라 씨 정보가 없었다면 이라크 특공대가 궤멸당할 뻔했어요."

"아, 그렇습니까?"

하술라가 잠깐 시선만 준 것은 이유를 알고 싶은 눈치였지만 이광은 화제를 돌렸다. 카다피의 정보를 받았다고 할 필요는 없다. 이광이 모든 정보를 모으고 있지만 배분은 이광의 임의에 의해서다. 그때 하술라가 입을 열었다.

"이란이 핵을 만들고 있습니다."

이광의 표정을 본 하술라가 어색하게 웃었다.

"그렇습니다. 이번에는 우리가 후세인한테 부탁을 하려는 겁니다."

"……."

"지난번 정보도 그런 맥락이었지요, 후버가 반(反)이스라엘 성향이 있다는 둥 했지만 이 부탁을 하려고 정보를 준 겁니다."

이광과 안학태가 서로의 얼굴을 보았을 때 하술라가 말을 이었다.

"이란이 핵을 보유하게 되면 전쟁 중인 이라크가 치명상을 입게 될 겁니다. 아직 개발단계지만 말입니다."

"그래서 이라크군이 그 핵 제작공장을 폭파시켜 달라는 것인가요?"

안학태가 대신 묻자 하술라가 정정했다.

"핵 연구소지요, 아직 공장은 아닙니다."

"어디에 있는데요?"

"테헤란."

안학태가 입을 다물었고 하술라의 말이 이어졌다.

"시내 중심가에 위장하고 있어서 폭격하기도 힘듭니다. 그래서 결사대가 폭파를 해야 되는데 이라크 특공대는 가능합니다."

"……."

"이번에 카이로 구시가지에서도 멋지게 투리단을 폭사시켰더군요."

"……."

"제 생각이지만 핵 연구소 위치를 알게 되면 후세인은 폭파대를 보내리라고 생각합니다만……."

"알겠습니다."

마침내 이광이 하술라의 말을 잘랐다. 머리를 끄덕인 이광이 하술라를 보았다.

"이스라엘 측 정보를 전하지요."

"감사합니다."

하술라가 들고 온 서류봉투를 탁자 위에 놓더니 웃었다.

"여기 자료가 다 있습니다."

두바이에는 신시가지에 2개의 백화점, 2개의 호텔, 6개의 아울렛과 오피스 빌딩 3개를 운영하고 있다. 신시가지 개발에 처음부터 참여한 터라 지금도 3개의 건물이 공사 중이다. 모두 리스타법인 소유인 것이다. 이광이 영업장을 둘러보고 숙소로 돌아왔을 때는 오후 5시 반이다. 숙소는 교외의 저택으로 정원에 야자수가 우거졌고 3층 응접실에서 보면 사막이 보인다. 이광을 수행했던 법인 사장 배선희가 소파에 앉아 있다가 물었다.

"저, 오늘도 돌아가요?"

배선희의 시선과 마주친 이광이 풀썩 웃었다. 환한 웃음이다. 어젯밤에도 이광은 배선희를 돌려보낸 것이다.

"약속이 있어."

"언제 끝나는데요?"

배선희가 시선을 떼지 않은 채 물었는데 누가 들으면 상담 약속을 잡는 것으로 알 것이다.

에릭센의 안내를 받고 들어선 사내는 장신에 코가 유난히 큰 백인이다. 회색빛 머리는 흰머리가 섞였고 눈가에 깊은 주름이 서너 개씩 패어 있었는데 갈색 눈동자가 마치 늑대의 눈 같았다.

미카엘 말렌코프, KGB의 부위원장이다. 말렌코프는 사내 하나를 대동했는데 조코비치라고 자신을 소개했다. 보좌관이다. 오후 9시 반, 늦은 시간이다. 이광은 두 시간쯤 전에 두바이에 도착한 해밀턴과 둘이서 그들을 맞았는데 늦은 시간에 만난 이유는 그것 때문이다. 방 안은 조용했다. 응접실 밖은 짙은 어둠에 덮여져 있다. 모래바람이 부는 날이어서 별들도 보이지 않는다. 인사를 마친 넷이 자리에 앉았을 때 말렌코프가 말했다.

"만나 뵙게 되어서 영광입니다, 회장님."

"과분한 말씀입니다."

이광의 얼굴에 쓴웃음이 번져졌다. 말렌코프가 처음 연락을 해왔을 때는 한 달쯤 전이었다. 용건을 말하지 않고 인사드리겠다고만 했다. 그러다 10일쯤 전에 다시 연락이 왔던 것이다. 이광이 두바이에 온 이유 중의 하나가 이곳을 약속장소로 잡았기 때문이다. 말렌코프가 늑대의 눈으로 지그시 이광을 보았다.

"회장님, 짐작하고 계시겠지만 저희들한테도 기회를 주시지요?"

이광은 시선만 주었고 말렌코프의 얼굴에 웃음이 떠올랐다.

"리스타연합 때문에 뵙자고 한 겁니다."

그때 해밀턴이 가볍게 헛기침을 했다.

"구체적으로 말씀하시지요?"

"그러지요."

머리를 끄덕인 말렌코프가 말을 이었다.

"소련의 회원이 있어야 한다고 생각합니다. 그렇지 않습니까?"

말렌코프가 이광과 해밀턴을 번갈아 보았다.

"우리가 알기로 미국과 중동의 반미(反美)국가, 그리고 이스라엘에 중국, 일본의 지도자급까지 회원으로 가입된 것 같은데요. 소련이 있어야 형평성이 유지될 것입니다."

"……."

"그래서 우리들은 기다렸지만 리스타 측에서는 연락이 없더군요."

다시 말렌코프가 이광과 해밀턴을 번갈아 보았다.

"리스타연합은 새로운 국제연합, 효율적이며 간결하고 강력한 세계 질서 유지기구가 될 것입니다. 그런데 소련 쪽에 그런 제의가 없는 건 미국의 영향 때문인가요?"

이제 말렌코프의 시선이 해밀턴에게로 쏟아졌다.

"후버 씨의 압력입니까? 아니면 리스타연합의 사장을 맡은 CIA 출신 해밀턴 씨의 영향입니까?"

그때 이광과 해밀턴이 서로의 얼굴을 보았다. 둘 다 얼굴에 웃음이 떠올라 있다.

밤 12시 반, 이광의 가슴에 안긴 배선희가 물었다.

"어떻게 되었어요?"

말렌코프와의 회동을 묻는 것이다. 배선희에게 말렌코프를 만난다는 이야기를 대충해주었기 때문이다.

"가입했어."

이광이 배선희의 엉덩이를 당겨 안으면서 말을 이었다.

"시기가 오면 소련 측에 연락을 할 계획이었는데 그쪽에서 먼저 접근한 거야."

"조바심이 난 건가요?"

"미국이 가로막고 있는 게 아닌가 했다는군."

"리스타연합의 위력이 점점 커지는군요."

"리스타그룹의 기반이 될 거야."

이광이 배선희의 부드러운 등과 엉덩이를 손바닥으로 쓸었다.

"리스타그룹이 형성 되고 나서 리스타연합이 만들어졌지만 말야."

"저한테 국가에 봉사하는 방법을 생각해보라는 말씀하고 같은 맥락이군요."

"옳지."

이광이 배선희의 목에 입술을 붙이면서 감동했다.

"바로 알아들었구나."

다음 날 오후, 두바이를 떠나 일본으로 날아가는 전용기 안에서 해밀턴이 이광에게 보고했다.

"이제 소련까지 가입했으니까 형평은 맞춘 셈입니다. 그런데 말렌코프는 미국과 소련의 회원이 동수가 되어야 한다고 주장하는데 어떻게 하면 좋겠습니까?"

"리스타연합은 세계평화를 추구하는 민간단체야."

이광이 말을 이었다.

"이름처럼 리스타 소속이고."

"그렇습니다."

해밀턴의 얼굴에 웃음이 떠올랐다.

"불평하면 퇴출시키겠다고 하겠습니다."

"가입하자마자 요구 조건을 내건 벌칙으로 회원 셋 중 하나를 줄이도록."

해밀턴이 숨을 들이켰다가 곧 머리를 끄덕였다.

"알겠습니다. 바로 통보하겠습니다."

"말렌코프를 퇴출시켜."

"말렌코프를 말입니까?"

놀란 해밀턴이 이광을 보았다. 말렌코프가 소련 측 주역인 것이다. 이번에 가입 신청을 한 셋은 말렌코프와 외무장관 톨스토이, 그리고 소련연방군 정보국장 로스토프 대장까지 셋이다. 이광이 머리를 끄덕였다.

"KGB 부위원장 위세가 외무장관, 군정보국장보다 높은 것 같지만 미국 측과 형평성이 안 맞아, 소련이 주장하는 형평성 말야."

"아, 그렇습니다."

해밀턴이 얼굴을 펴고 웃었다.

"미국은 후버 부장이 회원인데 소련은 KGB 부위원장이군요, KGB 원장인 이바노프가 나와야 됩니다."

"말렌코프는 퇴출시키고 이번 기회에 질서를 잡도록."

"바로 통보하겠습니다."

말렌코프는 큰소리를 쳤다가 목이 비틀려진 셈이었다. 닭 잡을 때 큰 소리로 우는 놈한테 시선이 가는 법이다.

7장
배신자의 종말

LA, 리스타유통의 사장 오금봉은 주로 멕시코 아카풀코에 머물지만 한 달에 한 번 정도는 LA에 간다. 그것은 멕시코산 마약 관리 때문이다. 오금봉이 LA에서 미국법인 사장 린드버그를 만났을 때는 오후 3시경이다.

"린드버그, 삼합회 대장을 데려왔다구?"

오금봉이 묻자 린드버그가 빙긋 웃었다.

"예, 보스, 지금 제 사무실에 있습니다."

오금봉은 리스타그룹의 사장단 중 첫 번째 서열이다. 리스타그룹은 이제 상사, 유통, 금융, 연합 4대 그룹으로 나누어졌는데 오금봉이 유통의 보스인 것이다. 미국법인 사장 린드버그도 유통 부분은 오금봉의 지휘를 받는다. 오금봉이 정색하고 물었다.

"삼합회 병력은 얼마나 돼?"

"본토에서 대기 병력은 1만 명쯤 된다고 합니다. 하지만 언어 문제도 있고 해서 1차로 1천 명 정도는 한 달 안에 가능하다는데요."

"내가 리비아 조사장한테서 전투병력을 보충받았지만 군인하고 마피아는 노는 물이 다른 것 같다."

오금봉이 한숨을 쉬고 나서 말을 이었다.

"한국에서 윤 사장이 모아 보내주는 병력도 모자라고, 그래서 삼합회 병력을 공급받아야겠다."

"멕시코가 급합니까?"

"아카풀코와 그 주변은 평정했는데 멕시코시티와 중부지방에 흩어진 소조직들을 소탕하려면 병력이 턱도 없이 모자란다."

"어휴, 미국도 지금부터 시작인데요, 보스."

"엄살 부리지 말고 삼합회 대장 놈을 데려와, 내가 만나야겠어."

"그럼 같이 합의를 하시죠."

"너, 나하고 동급으로 노는 거냐?"

"아니올시다."

질색을 한 린드버그가 손까지 저으며 웃었다. 코리아타운의 한식당 안쪽 밀실에는 둘뿐이다.

"그럴 리가 있습니까? 전 한국식 위계질서에 익숙해진 몸입니다."

"급해, 린드버그."

"보스."

그때 린드버그가 정색하고 오금봉을 보았다.

"회장께선 그런 말씀을 하시지 않았지만 삼합회는 결국 중국 조직입니다. 지금은 삼합회가 우리의 도움이 절실해서 휘하에 들어온 것이지 몸통이 커지면 문제가 될 수 있습니다."

"알아, 린드버그."

오금봉이 심호흡을 하더니 목소리를 낮췄다.

"우리가 미쳤다고 남 좋은 일만 시키겠냐? 삼합회를 전면에 내세우고 그 대가를 주는 거다. 공을 세우지 않으면 국물도 없어, 그래서 서로 나눠 갖는 거야."

명쾌한 해답이었기 때문에 린드버그가 체증이 뚫린 얼굴이 되었다.

"과연 경륜이 말해주는군요, 곧 곽기윤을 데려오지요."

"네가 과연 한국식 아부가 늘었구나."

오금봉이 다시 한마디 했다.

고베, 일부러 도쿄에 가지 않고 고베공항에 내려 안가(安家)에 투숙했다. 일본 법인장 김필성이 준비해놓은 것이다. 고베는 일본의 천년(千年) 고도다. 깨끗하고 정연한 도시 중심부의 단층 기와집이 이광의 숙소다. 그러나 고가(古家)는 건물이 3동이나 되는 데다 방이 30여 개다. 옛날 영주의 저택을 모방해서 만든 집이라고 했다.

그동안 곽기윤, 해밀턴 등이 왔다가 떠나고 이광 옆에는 안학태와 경호실장 에릭센, 그리고 수행비서격인 안인실이 남아 있다. 그래도 수행인원은 경호원까지 포함해서 30여 명이다. 이제는 이광이 혼자 몸으로 돌아다니는 시대가 아니다.

"어때? 리스타그룹에 대해서 좀 알 것 같나?"

탁자에 물잔을 내려놓은 안인실에게 이광이 물었다. 허리를 편 안인실의 얼굴이 붉어졌다.

"아직 잘 모르겠습니다, 회장님."

"두바이에서 법인 사장을 보았지?"

"네, 회장님."

"감상이 어때?"

응접실에는 둘뿐이다. 안가에 도착한 지 얼마 안 되어서 비서실 직원들은 바쁘게 움직였고 에릭센은 경호원들과 함께 몰려다니는 중이다. 그때 안인실이 대답했다.

"부러웠습니다."

"배 사장도 내 비서 출신이야."

안인실은 이광의 다섯 걸음쯤 앞에 서 있었다. 전신(全身)이 가장 잘 보이는 거리다. 크림색 원피스 차림의 안인실은 숨이 막힐 만큼 아름답다. 양귀비에 미친 당의 현종이 이해가 갈 만큼 아름답다면 비유가 될 것인가? 안인실의 시선을 받은 이광이 빙그레 웃었다.

"그리고 사장이 되고 나서 잤다."

아예 '잤다.'고 말해버렸다. 그때 안인실의 얼굴이 빨개졌다. 안인실도 두바이에서 이광이 배선희하고 '잔 것'을 알았을 것이다. 이광이 말을 이었다.

"시간이 지날수록 변하는 게 인간이야, 항상 똑같은 사람은 없어."

"……."

"똑같은 건 기계야, 감정이 없는 기계."

"……."

"감정이 무뎌지거나 식거나, 또는 뉘우치거나 경험에 따라서 바꾸는 것이 인간이다. 내 이성관이 그렇다."

소파에 등을 붙인 이광이 지그시 안인실을 보았다.

"난 너를 나에게 보낸 사람들을 지금도 존경한다. 그러나 너를 도구로 삼은 것은 납득 못 하겠다. 그것도 공공연하게."

안인실이 시선을 들었을 때 이광은 다시 웃었다.

"그리고 너도 마찬가지, 거부감도 보이지 않고 나한테 온 것이 불쾌했다. 나를 짐승 취급한 것 같아서 말이다."

"회장님."

"끝까지 들어."

이광의 표정이 엄격해졌다.

"너는 지금까지 남자를 딛고 신분 상승을 해왔어, 그렇다고 그것이 나쁘다는 것은 아니야. 하지만."

눈을 좁혀 뜬 이광이 한마디씩 말을 이어갔다.

"나를 딛고 갈 수는 없을 거야, 그것을 느꼈느냐고 물은 건데."

물잔을 든 이광이 물끄러미 물을 보다가 잔을 그냥 내려놓았다.

"그때는 네가 이 세상에서 없어지게 될 거다."

"나, 김성규야."

김성규의 목소리가 들린 순간 이광이 긴장했다. 이곳은 고베의 저택 안, 오전 11시, 김성규는 서울 리스타그룹 본사에 연락한 후에 전화를 부탁한다는 메모를 남겼다. 그래서 이광이 연락을 한 것이다.

"그래, 오랜만이야."

이광의 목소리에 웃음이 떠올랐다. 김성규가 누구인가? 이광이 유성상사 신입사원으로 입사했을 때 직속 상사였던 위인이다. 반반한 여사원은 다 건드렸고 이용해 먹는 카사노바, 그래놓고도 죄책감은 느끼지 않는 철면피, 그러나 영업실적이 뛰어난 데다 전무인 이모부의 위세를 빌려 회사를 쥐락펴락했던 능력자.

이광은 김성규한테서 많은 것을 배웠다. 반면교사 형태로도 배웠지만 실제로 김성규의 영업력은 발군이었다. 중국의 대규모공장 건설도 김성규의 대량 미국 오더가 없었다면 불가능했을 것이다. 그때 김성규가 말했다.

"이광이 이제는 세계적인 기업가가 되어 있더구만, 자랑스럽다."

"넌 어때?"

이광이 불쑥 물었다. 그러나 전화하기 전에 안학태를 시켜서 김성규의 근황을 조사했다. 김성규의 인생이나 기업 역정도 파란만장했다. 기업은 세 번이나 이름을 바꿔 지금은 '국제그룹'이 되었다. 63개 자회사를 거느린 재계 순위 22위의 대기업이다. 이광은 한국의 매출로만 계산하면 54개 자회사에 순위가 27위였으니 조금 뒤진다. 그리고 그동안 김성규는 2번 이혼을 해서 지금은 혼자다.

"나야 옛날 그대로지, 그동안 너, 고생 많았더구나. 정권에서 두 번이나 당하고."

김성규도 옛날처럼 말을 놓았다.

"내가 도와주지 못해서 미안하다."

"천만에."

이광의 얼굴에 쓴웃음이 번져졌다. 김성규는 항상 정권에 밀착했다. 그래서 정권이 바뀔 때마다 성장을 거듭했다. 이광이 따라가지 못할 '재주'다. 이광이 두 번이나 고초를 겪을 때 김성규는 연락도 안 했지만 이광도 기대하지 않았다. 김성규의 성품을 알기 때문이다. 그때 김성규가 말했다.

"중국에서 엄청난 물량을 생산하고 있더구만, 중국 정부의 VIP가 되고 말야."

"이제 내 오더도 일부야."

김성규의 오더도 처음에는 공장 생산량의 90퍼센트를 차지했다가 지금은 공장규모가 커지면서 5퍼센트도 되지 않는다. 이광의 오더는 30퍼센트 정도, 나머지는 중국이 개발한 오더다.

"그런데 할 이야기가 있어."

김성규가 본론을 꺼내었다. 스피커폰이어서 옆에 서서 듣고 있던 안학태도 긴장했다. 김성규가 말을 이었다.

"이번에 총선이 있잖어? 국회의원 선거 말야."

"아, 그래?"

전화기를 귀에 붙인 이광이 옆에 선 안학태를 보았다. 안학태의 얼굴에 희미하게 쓴웃음이 떠올랐다. 김성규가 말을 이었다.

"나 이번에 자유당의 추천을 받아서 서울 지역구 하나를 받을 것 같어."

"어, 잘됐네."

자유당은 현(現)집권당으로 다음 총선에서도 압승이 예상되고 있다. 야권 세력이 분산되어 있기 때문이다.

"당선되면 초선이지만 경제분과 위원장을 맡게 될 거야. 그럼 현재 문제가 되고 있는 무역 금융이라든가 수출규제 문제에 대해서 1년 안에 해결을 할 거야."

"그래야지, 기대가 된다."

"그런데 너, 내가 고위층에 말했더니 아주 반기던데, 너도 지역구 하나 맡지 않을래?"

"내가?"

그러면서 이광이 안학태를 보았다. 안학태가 이번에는 외면하고 있다. 소리죽여 숨을 뱉은 이광에게 김성규가 말을 이었다.

"네가 지금까지 그런 일을 당한 것은 정치권에 줄이 없었기 때문이야, 안 그래?"

"글쎄."

"그러니까 이번 기회에 아예 정치권에 들어와, 정치가 곧 권력이야. 정치를 하면서 기업을 경영해도 돼. 바지사장, 회장을 앉히고 말야."

"그래?"

"고위층에서는 널 직접 만나자는 거야, 아마 너한테 제의를 할 것 같어. 이건 기회야, 안 그래?"

"고위층이 누군데?"

"최고위층."

그때 안학태가 머리를 돌려 이광을 보았다. 굳어진 얼굴이다. 최고위층은 곧 대통령인 것이다.

"네가 내 이야기를 했다구?"

이광의 목소리가 굳어졌다. 그러자 김성규가 웃음 띤 목소리로 대답했다.

"국가를 위해서는 너 같은 인재가 필요하다고 추천한 것이지."

"……."

"그랬더니 고위층이 최고위층한테 보고를 했고 그쪽에서 적극적으로 나오는 거야, 부담 느끼지 마."

"사양한다."

"이봐, 이 회장, 최고위층을 한번 만나 보는 게 낫지 않을까?"

"그건 네가 혼자서 한 일이니까 난 안 들은 것으로 하지."

"이 회장, 하지만……."

"호의는 고마워, 넌 잘할 거야."

이광의 목소리에 웃음기가 섞여졌다.

"난 정치에 관심이 없어, 사업만으로도 벅찬 사람이야."

"이건 내가 들은 이야긴데 네가 지역구에 당선되면 곧 경제장관이나

청와대 경제수석으로 승진시킨다는 거다. 그럼 나하고 손발이…….”

“내가 바쁘다.”

“아, 글쎄, 이 회장.”

“고마워, 여러 가지로, 전화 끊는다.”

그때 안학태가 송수화기가 내려지기도 전에 손으로 전화를 눌러 껐다.

“잘하셨습니다.”

안학태가 굳어진 얼굴로 말했다.

“이런 말씀드리기 죄송합니다. 김 회장은 회장님을 이용하려는 것입니다.”

“그런가?”

쓴웃음을 지은 이광이 의자에 등을 붙이면서 말했다.

“내가 사양을 했다고 해도 말이 잘못 전달될 수도 있어, 그에 대한 대비를 해야 돼. 아예 근본적인 처리를 해야겠어.”

이광이 눈을 가늘게 떴다. 뭔가 결정할 때의 표정이다.

후미코가 왔다. 오후 5시 반, 응접실로 들어선 후미코는 고베가 고향인 것이다. 활동무대가 도쿄였지만 지금도 한 달의 절반은 고베 본가에서 지낸다. 두 손을 모아 쥔 후미코가 머리를 숙여 인사를 했다.

“덕분에 <지즈코의 일생>이 인기를 얻고 있습니다.”

겸손한 표현이다. 후미코가 주연으로 나온 <지즈코의 일생>은 NHK 방송사상 공전의 히트를 치는 중이다. NHK 제작국장 미우라는 너무 웃고 다녀서 입이 틀어졌고 후미코는 이제 초특급 탤런트가 되었다.

“후미코가 연기를 잘한 덕분이지.”

이광이 앞쪽에 앉은 후미코를 지그시 보았다. 화장기가 없는 단아한 얼굴이다. 손톱은 살색 매니큐어를 옅게 발라서 윤기만 난다. 후미코는 연두색 투피스 차림이었는데 액세서리도 하지 않았다. 응접실에는 둘뿐이다. 시선을 내린 후미코가 말했다.

"<지즈코의 일생>이 끝나면 다큐멘터리 프로에 고정출연하기로 계약이 되었습니다, 회장님."

"잘되었어."

"프로덕션은 다음 달 인가가 날 것입니다."

"알고 있어."

이광의 얼굴에 웃음이 떠올랐다.

"후미코, 내가 네 스폰서라는 소문이 조금씩 퍼지고 있다는 걸 알고 있어?"

"네, 회장님."

바로 대답은 했지만 후미코의 얼굴이 붉게 상기되었다. 그러나 시선은 떼지 않는다. 이광이 웃음 띤 얼굴로 물었다.

"곧 인터뷰를 할 텐데 만일 진행자가 그걸 물으면 어떻게 할 거야?"

"시인하겠습니다."

이번에도 후미코가 주저하지 않고 대답했다.

"사실이니까요."

"만일 그렇게 한다면 어떤 결과가 나올 것 같나?"

"아직 반한(反韓) 감정이 많아서 <지즈코의 일생> 진행에 문제가 될 가능성도 있다고 합니다."

"누가 그래?"

"어제 미우라 제작국장이 말해 주었습니다. 그래서 당분간 시인하지 않는 것이 낫겠다고 했습니다."

"후미코 생각은?"

"전 말할 작정입니다."

"왜?"

"숨겨서 인기를 유지한다는 것이 가소롭게 느껴졌기 때문입니다."

후미코의 두 눈이 반짝였다. 가냘프고 여린 분위기의 후미코다. 그래서 강한 표현이 더 신선하게 느껴졌다. 그때 이광이 말했다.

"후미코, 그런 생각은 안 해보았나? 내가 왜 후미코를 밀어주는가 하는 생각 말이야."

"예, 했습니다."

"생각한 것을 말해봐."

"저보다 더 섹시하고 아름다운 여자가 많은데도 저를 밀어주신 것은 회장님이 저 같은 스타일을 좋아하기 때문이라고 생각하지 않습니다."

"말이 길구나."

"죄송합니다."

후미코의 얼굴이 다시 빨개졌다.

"그것은 가장 먼저 생각했었습니다."

"그래서 그다음은?"

"회장님이 저를 이용해서 일본 방송계에 기반을 굳히려는 것이 아닌가 생각했습니다만."

"그것도 아니라고 깨달았겠지."

"예, 회장님."

"그다음은?"

"회장님은 일본에 영향력을 넓히려고 하십니다."

후미코가 조심스런 시선으로 이광을 보았다. 그 순간 이광이 숨을 들이켰다. 불쑥 후미코를 안고 싶은 성욕이 일어났기 때문이다. 호흡을 고른 이광을 응시하면서 후미코가 말을 이었다.

"일본법인을 만드셨고 대행을 시켰지만 여러 개 업체를 설립하고 계시지요."

"……."

"그런 상황에서 일본 여자인 제 뒤를 밀어주시거든요?"

후미코가 이제는 시선을 내리면서 말했다.

"그것이 회장님 사업에 도움이 될지 불안합니다."

"후미코, 오늘 밤 여기서 자고 가."

이광이 말하자 후미코가 앉은 채로 머리를 숙였다.

"기다리고 있었습니다, 회장님."

머리를 든 후미코의 두 눈이 반짝였고 그것을 본 이광은 목이 메었다. 감동했기 때문이다.

"이광이 고베에서 뭘 하는 거야?"

다까노가 묻자 야마구치 조장 오타카가 대답했다.

"지금 후미코를 만나고 있습니다. 한 시간쯤 전에 후미코가 저택 뒷문으로 들어갔어요."

"개자식."

외면한 다까노가 잇사이로 말했다.

"개 같은 년, 소문이 사실이었군."

"소문이 다 퍼져도 <지즈코의 일생>은 계속 찍을 겁니다. 원체 인기가 좋거든요."

"이봐, 지금 남의 이야기 하는 거야?"

다까노가 성을 냈다. 이곳은 도쿄 긴자의 카페 사꾸라, 야마구치조가 직영하는 초특급 카페다. 이곳에 삼류 탤런트, 배우, 가수들이 정치인 회사 사장들의 파트너가 되어주는 곳이다. 물론 철저한 회원제 카페다. 그러나 둘은 밀실에서 단둘이 마주앉아 있다.

"이광이 노리는 건 일본인의 한국인에 대한 거부감을 줄이는 거야, 그래서 지즈코를, 아니, 후미코를 이용하는 것이라구."

오타카가 눈만 끔벅였고 다까노의 목소리에 열기가 띠어졌다.

"이광, 그놈은 철저하게 계산을 하고 후미코를 내세운 거야, <지즈코의 일생>도 이광이 손을 써서 후미코를 뽑았고."

"회장님."

오타카가 눈썹을 모으고 다까노를 보았다.

"이러다가는 사업이 망하겠습니다. 저놈들이 더 크기 전에 무슨 수를 써야지 일감이 줄어들고 있어요."

입맛을 다신 오타카가 말을 이었다.

"일은 쉽게 풀어야 합니다. 오다 노부다가가 다케다 신겐을 친 것처럼 말입니다."

노부다가는 신겐을 저격해서 막강한 신겐 군단을 궤멸시켰다. 그때 다까노가 말했다.

"내가 리스타연합 회원이야, 이광은 내가 칼을 품은 줄 알면서도 받아들였어."

다까노의 얼굴에 희미한 웃음이 떠올랐다.

"그놈은 일본을 만만하게 보았는데 역사가 증명해주다시피 한국놈들은 우리 상대가 안 돼."

"다까노는 일본 정치권과 야쿠자들을 잇는 대리인 역할이지요."

이찌베가 정색한 표정으로 김필성에게 말했다. 밤 9시 반, 도쿄 신주쿠 센터빌딩 근처의 카페 안, 맥주잔을 쥔 이찌베가 말을 잇는다.

"다까노가 리스타연합 회원이 된 것은 내부에서 무너뜨리기 위해서지요, 그자는 자민당의 하시모토 간사장과 밀접한 관계인 거 아시지요? 다 보고하고 있습니다."

"압니다."

김필성이 한 모금 맥주를 삼키고는 말을 이었다.

"어쨌든 다까노가 리스타연합 가입 조건으로 정치권을 이용해서 시노다 사건 등을 덮었으니까요, 우리도 이용한 셈이지요."

"그땐 위기에 몰렸거든요, 신일본회가 폭로되면서 첫째로 미국 눈치를 살펴야 했습니다."

이찌베가 정확하게 진단했다. 주위를 둘러본 이찌베가 말을 이었다.

"신일본회를 그대로 두면 일본이 '진주만 기습' 이전의 일본으로 돌아간다고 미국의 보수 인사들이 믿고 있었으니까요."

그 보수 인사의 핵심이 CIA 후버이고 레이건 대통령이다. 청렴만 내세우고 무능했던 카터에게 실망한 미국인들은 그를 4년 만에 버리고 '강력한' 미국을 내세우는 레이건을 지도자로 선출했다. 그 분위기가 일본의 신일본회를 가만둘 리가 없는 것이다. 김필성이 머리만 끄덕였고 이찌베가 계속했다.

"다까노는 지금도 야마구치조를 내세워 야쿠자 관리를 합니다. 야마구치가 오타카 체제로 바뀌면서 각 지역별 독립체산제로 분리된 것 같지만 오히려 더 효율적으로 이용해 먹을 수가 있습니다. 각 지역 조직이 돌격대 역할이니까요."

"……."

"다까노, 오타카, 각 조직 간의 직선 라인이 형성되어 있습니다."

"우리가 사업자 등록을 하려고 해도 애를 먹는 것이 모두 그놈들의 압력 때문이오."

김필성이 쓴웃음을 지은 얼굴로 말을 이었다.

"이 핑계, 저 핑계, 이 트집, 저 트집으로 이틀이면 될 일이 20일이 걸리는 상황이오, 도대체 어느 선을 움직여야 할지 모르겠소."

마침내 김필성이 본론을 꺼내었다. 맥주잔을 내려놓은 김필성이 이찌베를 보았다.

"샌디 길포드가 살해된 후에 신일본회 숙청, 그리고 야마구치조 사건 등 서로 주고받았지만 상황이 어려워요, 우리와 호의적인 야쿠자 조직들도 압력을 받고 있다는 것을 알고 계실 거요."

"그거야……."

"그 머리를 잘라야 할까요? 그런데 그 머리를 잘라도 얼마든지 다른 머리로 대체 되는 것 같아서 말요."

"그래서 회장이 오신 겁니까?"

불쑥 이찌베가 물었기 때문에 김필성이 눈을 껌벅이며 표정을 고쳤다.

"회장님 일정은 나도 모릅니다. 아직 뵙지도 않았으니까."

"그렇군요."

이찌베가 맥주잔을 들더니 벌컥이며 마셨다. 이찌베는 이광의 얼굴을 본 적이 없다. 언론을 통해 보았을 뿐이다.

"이찌베 다로는 현재 도쿄 경시청 강력1과장입니다. 강력사건의 실무책임자인 셈이지요."

그룹 비서실의 조사부장 최국진이 보고했다. 최국진은 안학태의 부하지만 이광의 특명을 받는 '특명조사관'이다. 조직이 방대하기 때문에 어쩔 수 없다. 안학태를 계속 부를 수도 없기 때문이다. 밤 10시, 고베의 저택 응접실 안이다. 최국진이 말을 이었다.

"경시청 강력부장으로 승진한 시모세의 심복인데 김필성 법인장이 매수했습니다."

"매수했다고?"

이광의 얼굴에 웃음이 떠올랐다.

"돈으로?"

"예, 회장님."

안기부 출신의 최국진이 여전한 포커페이스로 말을 이었다.

"미화로 50만 불을 건넸고 받더니 영수증과 육성 녹음까지 해주었습니다."

"화끈하구만."

"정보를 넘기는데도 깨끗합니다. 뒤에 복선을 깔지 않습니다."

이광이 머리만 끄덕였다. 보고서를 봐도 그렇다. 증거 자료가 확실한 정보다.

"순수한 일본인입니다. 일본을 배신한 이유도 간단합니다. '돈 때문에'라고 합니다."

"……."

"두 번 배신은 못 한다고 했습니다."

"다까노와는 다른 성격 같군."

이광이 혼잣소리처럼 말했다.

"다까노는 항상 두 개의 심장을 가진 인간처럼 느껴져, 그것이 일본인의 모델 같았는데."

"다까노는 조상이 사무라이라고 합니다."

"사무라이는 칼을 2개 차더군."

다시 혼잣소리를 한 이광이 눈의 초점을 잡고 말했다.

"이찌베를 만나야겠어, 그래서 일본 사업의 활로를 찾아볼 생각이야."

밤, 후미코를 품에 안은 이광이 귀에 대고 말했다.

"후미코, 너, 겉모습과는 다르구나."

후미코가 이광의 가슴에 볼을 붙인 채 대답하지 않는다. 땀에 젖은 후미코의 몸은 물에서 빠져나온 인어 같다. 방 안은 더운 열기로 가득 차 있다. 불을 꺼놓았지만 사물의 윤곽은 선명하게 드러났다. 후미코의 숨결이 가슴을 타고 미끄러진다.

이광은 후미코의 알몸을 더 바짝 끌어안았다. 후미코도 두 팔로 이광의 허리를 감아 안는다. 만족한 정사를 끝낸 후에는 더 달콤한 행복감이 쏟아지는 법이다. 이광이 후미코의 엉덩이를 움켜쥐고 말했다

"후미코, 아마 몇몇은 짐작하고 있을 거다. 내가 너를 내 파트너로 삼은 이유를 말야."

후미코가 긴장한 듯 몸이 굳어졌고 이광이 말을 이었다.

"교류야, 한일간의 접목이라고 해도 좋아. 가장 일본적인 여자와 한국인 남자와의 교제다. 간단한 이유지."

"……."

"그것을 알면 일본인들은 펄펄 뛰겠지, 자존심이 상한다면서 널 매도할지도 모른다."

"괜찮아요."

후미코가 자르듯 말하더니 머리를 들었다. 어둠 속에서 두 눈이 번들거린다.

"그까짓 놈들 상관하지 않겠어요."

"후미코."

"<지즈코의 일생>, 도중하차해도 상관없어요, 그까짓 드라마."

"그때는 내가 몇 배로 보상해주지."

다시 후미코를 당겨 안은 이광이 말을 이었다.

"그렇게 시간이 지나면 일본인들의 감정이 식어질 거다. 다 식는 거야, 사람이 죽는 것처럼 난 그걸 바라고 있는 거야, 익숙해지기를."

서울 리스타 본사 비서실에서 연락이 왔을 때는 다음 날 오전 10시경이다. 비서실장 안학태가 전화를 받고는 이광에게 보고했다.

"자유당 사무총장 황정태 씨라고 합니다."

안학태가 이광을 똑바로 응시한 채 말을 이었다.

"꼭 뵙고 드릴 말씀이 있다고 합니다."

"그, 김성규, 그 자식이."

이광이 마침내 잇사이로 말했다.

"어떻게 농간을 부린 거야?"

"회장님을 끌고 들어가면 제 공이 될 것이고 안 되면 회장님을 곤경에 빠뜨릴 것이 분명합니다. 모함을 할 테니까요."

안학태가 거침없이 말을 잇는다.

"회장님이 처음에는 하실 의사가 있는 것처럼 말했다가 나중에 마음을 바꿨느니 어쩌니 하면 증명할 수도 없고 입장만 난처해지는 것입니다."

"……."

"그런 인간은 처음부터 만나시지 못하게 해드려야 했는데 제 잘못입니다."

"말도 안 되는 소리 말아."

"황정태 씨를 안 만나면 불이익이 올 것 같은데요. 회장님."

"……."

"집권당 사무총장인 데다가 군 출신입니다. 성격이 급하고 욕심이 많다고 들었습니다."

"……."

"대통령의 군 후배이고 심복이라고도 합니다."

"도대체 심복이 몇이야?"

그중에 강일규도 포함될 것이다. 그때 안학태가 말했다.

"그들은 우리가 민투위 측에 운동자금을 지원한 것도 알고 있을 것입니다. 이번 제의를 거절하면 적으로 간주할 가능성이 큽니다."

"도대체 이 악순환이 언제까지 계속될 것인가?"

이광이 탄식하듯 말하자 안학태가 심호흡을 하고 나서 머리를 들었다.

"회장님께서는 적을 당장 누를 수 없으면 끌어안으라고 하셨습니다. 이렇게 농간에 휘말리느니 차라리……."

"그들은 적이 아니야."

이광이 말하자 안학태가 숨을 멈췄다. 이광을 응시하는 표정이 '그럼 아군이란 말인가?'하는 것 같다. 이광이 이번에는 머리를 저었다.

"물론 아군도 아니고."

"……."

"다른 차원의 인간들이지, 선도 악도 분간이 안 되는 별종들."

"……."

"권력을 쥐면 선이고 패하면 악이 되는 세상 사람들이야. 나는 패하면 가죽을 남기고 승리하면 주변 사람들을 풍족하게 만들 거야."

"……."

"행복하고 불행해지는 것도 개인이 노력할 문제지, 내 몫은 아니고."

이광이 얼굴을 펴고 웃었다.

"어젯밤에는 후미코에게 한일 문화교류 이야기를 해주었는데 오늘은 당신한테 내 꿈을 말해주었구만."

"회장님의 꿈은 갈수록 원숙해지십니다."

"그런 아부는 듣기 좋구만."

웃음 띤 얼굴로 말했던 이광의 눈동자가 흐려졌다.

"다른 세상 놈들이라 끌어안을 수도, 같이 싸울 수도 없으니 어떻게 할 것인가?"

혼잣소리처럼 말했던 이광의 눈동자에 초점이 잡혀졌다.

"해밀턴을 불러."

이찌베 다로는 굳어져 있었지만 어깨를 잔뜩 폈고 머리까지 조금 젖힌 자세다. 입 안에 고인 침을 자주 삼켰다가 한 번은 재채기까지 했다. 혼자 있어서 다행이었다. 누가 있었다면 당황했을 것이다.

이윽고 김필성을 선두로 비서실장 안학태, 그 뒤를 이광이 따라 들어서자 이찌베는 저도 모르게 벌떡 일어섰다. 이곳은 고베 교외의 센트럴 프라자 8층 맨션 안, 응접실에서 혼자 기다렸던 이찌베가 이광을 만나는 것이다.

“이찌베 씨, 회장님이시오.”

김필성이 소개하자 이찌베가 도꾸가와 이에야스를 만난 사무라이처럼 허리를 꺾어 절을 했다.

“영광입니다, 회장님.”

“진즉 보고 싶었소, 이찌베 씨.”

이광이 손을 내밀어 이찌베와 악수를 했다. 그 순간 문득, 10여 년 전 신촌 카스파의 통역 겸 보디가드였을 때다. 그때 이광은 야쿠자 간부를 보호하느라고 기습한 야쿠자의 목을 물어뜯었을 때가 떠올랐다. 입 안에 가득 물었던 야쿠자 목의 살덩이 촉감도 기억났다. 머리를 흔들어 입에 가득 물고 있던 목살을 뜯어내었다. 그때 얼마나 순수했던가? 목숨을 걸고 카스파와 제휴한 야쿠자 간부를 보호했던 것이다. 그때 이찌베의 목소리에 이광은 생각에서 깨어났다.

“회장님께서 저를 만나시겠다는 말씀을 듣고 곰곰이 생각했습니다.”

이광의 얼굴에 웃음이 떠올랐다. 그러나 시선만 준 채 다음 말을 기다렸다.

“제 가치가 회장님을 뵐 만큼 크지도 않기 때문입니다. 그래서 결국 회장님께서 경찰 실무자인 제 의견을 듣고 싶으신 것 같다는 결론을 냈습니다.”

이광은 가만있었지만 이찌베가 말을 이었다.

“일본인한테는 포용, 신의, 도리(道理)를 기대할 필요가 없습니다. 기회가 오면 치고, 없으면 물러나 기다리는 것이 낫습니다.”

“호오.”

마침내 이광이 입을 열었다. 눈을 크게 떴고 얼굴이 환해졌다.

"처음 듣는 말씀이지만 이해가 갑니다. 고견을 더 들려주시오."

"감사합니다."

머리를 숙여 보인 이찌베가 똑바로 이광을 응시했다.

"일본인은 어렸을 때부터 타인에 대한 배려를 교육받는다고 알려졌지만 알려지지 않은 사실도 있습니다. 그것은 일본인의 바탕에는 지독한 이기심이 숨겨져 있다는 것입니다. 이득과 직결된 문제는 양보하지 않습니다."

"……."

"적은 어떻게든 죽이는 것이 선입니다. 철저하게 위장하고 있다가 진주만을 기습한 것이 바로 일본인의 진면목입니다."

"……."

"그러고 나서 지금은 미국과 둘도 없는 동맹국 관계를 유지하고 있지요, 그것은 미국의 자본을 이용하고 중국과 한국까지 포함한 대륙 세력을 미국 군사력에 의존하며 견제하려는 의도지요."

"내가 어떻게 하면 좋겠소?"

이광이 묻자 이찌베가 어깨를 폈다.

"다까노를 제거하시지요."

숨을 들이켠 이광을 향해 이찌베가 말을 이었다.

"그자를 과대평가하셨습니다, 회장님."

이광이 안학태를, 그리고 김필성을 차례로 보았다. 눈빛이 강해져 있었다.

"이거, 말이 틀리는데요."

김성규가 이맛살을 찌푸리고 황정태를 보았다. 여의도의 일식당 '오

사카'는 김성규의 단골 식당이기도 하다. 밀실에서 황정태와 마주앉은 김성규가 말을 이었다.

"지난번에는 저한테 황 총장님을 소개시켜 달라고 했단 말입니다. 정치권에 시달리느니 직접 정치를 하겠다면서 여러 번 부탁까지 했는데요."

황정태는 시선만 주었는데 얼굴에 불쾌한 기색이 역력했다. 오후 3시반, 식당이 한가한 시간이다. 둘은 앞에 음료수 잔만 내려놓고 있다.

"아니, 김 회장, 이거 사람갖고 노는 것 아뇨? 그 친구가 말요."

마침내 황정태가 갈라진 목소리로 물었다. 넓은 얼굴, 검고 거친 피부, 눈은 황소 눈으로 컸고 굵은 콧날, 두툼한 입술, 야전군 출신으로 전방 사단장, 군사령관을 거쳤다가 3선 의원이 되었으니 막강한 관록이다. 이광을 괴롭힌 전(前) 기무사령관 강일규의 한참 선배이기도 하다. 어깨를 부풀린 황정태가 김성규를 노려보았다.

"난 그 말만 믿고 각하께도 보고를 했단 말요, 각하께선 그자를 만나보겠다고까지 하셨는데."

"죄송합니다. 그놈이 갑자기 마음을 바꿀 줄은 저도 너무 뜻밖이어서……."

"우리 정권을 우습게 보는 모양이군."

혼잣소리처럼 황정태가 말을 이었다.

"내가 강일규하고 동급으로 아는 모양인데, 사람 잘못 보았군."

"죄송합니다."

"어쨌든 날 한번 만나자고 해주시오. 그게 예의 아니요?"

"그렇지요, 하지만……."

입맛을 다신 김성규가 손으로 뒷머리를 만졌다.

"그놈이 외국에만 있어서요, 좀처럼 한국에는 돌아오지 않는구만요."

"죄를 지은 모양이지?"

쓴웃음을 지은 황정태가 김성규를 보았다. 눈이 흐려져 있어서 먼 곳을 보는 것 같다.

"내가 그자가 민투위에 계속해서 지원금을 댄다는 증거를 쥐고 있어요, 그건 기업인으로 반역적인 행동이거든."

숨을 들이켠 김성규를 향해서 황정태가 일그러진 얼굴로 웃었다.

"내가 강일규나 그전에 이광이를 잡았던 인간들하고 다른 점이 그것이지, 그 애송이들을 잡아놓고 증거를 찾으려고 갖은 지랄을 했지만 난 다 갖춰놓고 시작하는 인간이지."

"……."

"이번에 이광이 우리 당에 가담한다고 해서 다 버리고 새롭게 시작할 작정이었어요. 각하께서도 그럴 작정이셨던 것 같고."

"……."

"지난번에 강일규가 각하 얼굴에 똥칠을 한 셈이지, 그놈이 재산 다 몰수당하고 지금도 교도소에 있는 이유가 뭔지 아시오?"

"……."

"각하 망신을 시킨 죄야, 그것뿐이라고, 철저하게 일했으면 지금쯤 장관쯤 되어서 총선에 나갈 준비를 하고 있겠지."

"어쨌든 제 잘못이 큽니다."

한숨을 쉰 김성규가 분하다는 듯이 어금니까지 물었다.

"그놈이 왜 갑자기 마음을 바꿨는지 이해를 못 하겠습니다. 어쨌든 다시 연락을 해보지요."

황정태의 시선을 받은 김성규가 말을 이었다.

"전화를 받을지 알 수가 없지만 말씀입니다."

"세 번째 전쟁이 되겠구만."

돌아오는 차 안에서 김성규가 조기문에게 말했다.

"군사정권과 이광과의 전쟁이 말야."

"이번에는 이 회장이 잡힐 것 같은데요."

조기문이 정색하고 김성규를 보았다. 말쑥한 용모의 조기문은 김성규의 비서실장이다. 나이는 45세, 김성규보다 7살 연상으로 전(前)에 대기업인 신호상사 전무이사였다가 7년 전에 스카웃이 된 인물이다. 명석하고 미래를 내다볼 줄 아는 안목에 공정한 성품이어서 김성규의 자문역이기도 하다. 그리고 더 중요한 것이 김성규의 친척이라는 사실이다.

조기문은 김성규의 고모 아들이다. 즉 김성규 부친의 누님 아들인 것이다. 김성규가 유성상사에서 이모부인 남영호 전무의 '백'으로 위세를 부렸던 것처럼 지금은 고모 아들을 비서실장으로 기용했다. 즉 친척이 되어야 믿는 것이다. 조기문이 말을 이었다.

"이제 한두진 대통령도 이번 대선, 총선에 사활을 걸었습니다. 거추장스러운 존재는 가차 없이 제거하고 지나갈 것 같습니다."

"그렇겠지."

"이 회장이 갑자기 마음을 바꿨다고 한 건 변심 정도가 아니라 배신, 또는 반역으로 비화시킬만 합니다."

"흐흐흐."

짧게 웃은 김성규가 등받이에 몸을 붙였다.

"자식, 내가 정치를 해보라고 권했을 때 그냥 따라 왔어야지."

"거절할 줄 아셨지 않습니까?"

조기문이 되묻자 김성규가 다시 웃었다.

"당연하지, 그놈은 정치를 경멸한다고 했어. 나하고 술 마실 때 여러 번."

"……."

"그런 놈이 할 리가 없지."

그런 줄 알면서도 이광에게 정치를 권했다는 말이었다. 이광은 김성규와 통화를 함으로써 '사건'의 증거를 만들어준 셈이다. 즉 김성규는 그 한 번의 '통화'로 이광이 정치를 하겠다고 승낙했다가 거부했다는 '소설'을 제작한 것이다. 김성규다운 수단이다. 조기문이 말을 이었다.

"황 총장이 만나자고 한 것, 그것도 거부한 것으로 하셔야겠지요?"

"당연하지."

창밖의 거리를 내다보면서 김성규가 가벼운 목소리로 말을 이었다.

"이틀쯤 시간을 두고 나서 거부했다고 황 총장한테 말해주는 거야."

그러고는 정색한 김성규가 조기문을 보았다.

"조 실장, 전략팀을 구성하도록, 리스타가 흔들릴 때 인수, 합병, 또는 비밀리에 매각 처리되는 경우도 있을 테니까 말야. 그렇지, 지난번 대현상사가 부도 처리될 때 우리가 인수했던 그 팀을 보강시키면 되겠다."

김성규의 두 눈이 번들거렸고 목소리에 열기가 띠어졌다.

"아마 황정태 측근들이 작업하게 될 테니까 그쪽하고 접촉을 해야 돼, 그놈들한테 로비를 해야 될 테니까, 무슨 말인지 알지?"

"압니다."

조기문의 얼굴에 웃음이 떠올랐다.

"과연 회장님은 빠르십니다."

칭찬이다.

"사연은 없고."

술잔을 든 이찌베가 김필성을 보았다. 얼굴에 웃음이 떠올라 있다.

"난 경시청 강력과장까지 올라왔지만 이게 한계요, 이른바 전과가 있어서 본청 부장은 못될 거요, 내 아버지가 일본 총리라고 해도 말요."

"그렇군."

머리를 끄덕인 김필성이 쥐고 있던 술잔을 단숨에 비웠다. 위스키다. 도쿄 긴자의 '모퉁이 카페' 안, 골목 모퉁이마다 서너 평, 어떤 가게는 1평쯤의 면적에 차려놓은 선술집이다. 둘은 손님이 하나도 없는 두 평쯤 규모의 카페에서 마주앉아 있다. 김필성이 입을 열었다.

"일본이 상품을 전 세계로 파는 것처럼 우리도 일본에 상품을 팔려는 건데 방해를 하는 거요, 그렇게 보면 됩니다."

"일본인은 그것이 애국이라고 믿는 거지, 외국산 상품을 사면 그것이 반역이라고 매도하는 국가니까."

"야쿠자한테 등골을 빨리더라도 외국계 조직한테는 사람을 내놓지 않겠다는 것인가?"

"그것이 국민성이라니까 그러네."

이찌베가 술기운으로 붉어진 얼굴을 펴면서 웃었다.

"가미가제 특공대, 할복자살, 이것이 얼마나 미화 되는지 아시오? 그것이 일본 사무라이 정신이라고 교과서에 써 있다니까."

그때 김필성이 위스키를 삼키고 나서 이찌베를 보았다.

"이찌베 씨, 리스타연합 회원을 모집해줄 수 있습니까? 리스타상사

회원을 모집하는 것으로 생각하면 됩니다."

이찌베의 시선을 받은 김필성이 말을 이었다.

"물론 리스타그룹 계열사에 모두 취업을 시켜 드리지. 유통, 건설, 금융, 상사 등 적성에 맞고 경력이 있다면 다 취업시켜 드립니다. 리스타 연합 회원에 가입해야 된다는 조건이지요."

"조센징, 그러니까 재일동포가 많이 가입하겠군요."

"선별해야 됩니다. 무조건 가입시킬 수는 없지요."

"하긴 기밀을 유지해야 될 테니까."

혼잣소리처럼 말한 이찌베가 천천히 머리를 끄덕였다.

"내가 리스타연합 가입 심사위원을 맡지요, 간첩이 위장 가입할 수도 있으니까."

"그럽시다. 맡겨 드리지요, 그래서 말인데."

김필성이 웃음 띤 얼굴로 이찌베를 보았다.

"도쿄청 강력1과장이면 요직이지만 너무 바쁘지 않습니까?"

"정신없지요, 그래서 강력과 근무 6년 만에 이혼을 당하고 혼자 삽니다."

사실이다. 3년 전에 이찌베는 이혼하고 전처는 아이와 함께 산다. 머리를 끄덕인 김필성이 이찌베를 보았다.

"그래서 이찌베 씨를 도쿄 본청에서 신주쿠지청 정보부장으로 옮겨 드리려고 하는데 어떻습니까?"

"신주쿠? 정보부장?"

한마디씩 되물었던 이찌베가 풀썩 웃었다.

"그렇게만 해주신다면 내가 여유를 가질 수 있겠는데."

"내가 로비를 좀 했지요."

"누구한테 하셨는지 물어도 됩니까?"

"자민당 우에노 의원."

"아."

감탄사를 뱉은 이찌베가 머리를 끄덕였다. 우에노는 도쿄 신주쿠가 지역구인 7선의원으로 62세, 어머니가 재일동포였으니 반쪽 조센징이다. 자민당 요시무라 파벌에 속해 있으며 요시무라 파벌 몫으로 국회 정보위원장을 맡고 있다. 로비가 통할 만하다.

"부탁합니다. 거기 가면 리스타연합 일에 집중할 수가 있을 겁니다. 정보부에 있으니 도움도 되고."

이찌베가 정색한 얼굴로 머리를 숙였다. 본청의 과장 등급에서 지청으로 수평 이동을 하면 부장급이 되는 것이다.

"이 자식이 사람 우습게 보았구만."

윤방철이 서류를 펼쳐 들고 말했다. 오후 8시 반, 윤방철은 신촌 국제유통 소속의 룸살롱 '아사도'의 방에서 김성규의 신상명세서를 정독하는 중이다. 한참 동안 구시렁대면서 서류를 읽고 난 윤방철이 앞에선 최택상을 보았다.

"이 새끼, 지금 어딨어?"

"예, 이태원의 요정 황궁에 있습니다."

"황궁?"

"예, 거기서 국회의원 안춘식, 양공만하고 방에 들어간 지 한 시간쯤 되었습니다."

벽시계가 오후 9시 5분 전을 가리키고 있다. 한동안 흐린 눈으로 최택상을 바라보던 윤방철이 입을 열었다.

"도진이 불러."

그 시간에 해밀턴은 소공동의 밀튼호텔 로비 라운지에서 앞에 앉은 유춘석에게 말했다. 물론 영어다.

"약점 없는 사람은 없습니다. 내 생각이지만 이 세상에서 약점을 캐려고 하면 다 걸립니다."

해밀턴이 탁자 위에 두툼한 서류봉투를 내려놓고는 입술 끝을 올리면서 웃었다.

"여기 황정태 의원의 비밀이 있습니다. 그것을 어떻게 터뜨리든지 모두 치명적인 사건이 될 겁니다."

머리를 끄덕인 유춘석이 서류봉투를 당겨 집더니 내용물을 꺼내 보았다. 두툼한 서류다. 유춘석도 이번 총선에서 황정태의 지역구에서 출마한 민주당 후보다. 유춘석은 지난 대선전에 구속되어 황정태에게 지역구를 빼앗긴 셈이 되었다. 이번에 황정태와 대결하게 되었지만 7대3의 비율로 열세다. 그때 해밀턴 옆에 앉은 오금봉이 입을 열었다.

"요즘은 돈 선거라고 하는데 어떻습니까? 선거자금은 여유가 있으십니까?"

오금봉의 시선을 받은 유춘석이 빙그레 웃었다. 유춘석은 54세, 민주화운동 원조투사이며 그동안 두 번이나 구속되어 7년간 형을 살았다. 선거자금이 있을 리가 없다. 부인과도 10여 년 전 이혼해서 식당을 하는 전(前) 부인이 두 자식을 키우고 있다. 유춘석이 이제는 한국어를 썼다.

"오 사장님, 내가 무슨 돈이 있겠소?"

오금봉도 웃음만 띠었고 유춘석이 말을 이었다.

"오 사장이 만나자고 해서 솔직히 선거 자금이나 도움을 받지 않을까? 하고 나온 겁니다."

솔직한 말이다. 오금봉이 머리를 끄덕였다.

"국가를 위해서, 아니, 조국의 민주주의를 위해서라도 우리가 지원해 드리지요. 보상은 필요 없습니다. 제발 우리를 그냥 놔두시라는 것이 조건입니다."

"잘 부탁합니다."

김성규가 옆에 놓인 검정색, 가죽가방 2개를 들더니 차례로 안춘식과 양공만 앞에 놓았다. 이태원 요정 황궁의 방 안, 아가씨들은 잠깐 나가라고 해놓고 셋만 앉아 있던 참이다.

"원, 이런."

하면서 안춘식이 바로 가방을 받더니 옆에 내려놓았다. 양공만은 쓴웃음만 짓고 가방을 받는다. 둘 다 자유당의 간부다. 안춘식은 3선 의원으로 원래 부총무에 국회행정위원장이고 양공만은 3선에 법사위원장이다. 김성규가 말을 이었다.

"가방에 각각 소액수표로 1억씩 넣었습니다."

"아이구."

놀란 안춘식이 탄성을 뱉었을 때 양공만도 마침내 한마디 했다.

"이거, 신세를 끼쳤습니다."

1억이면 넉넉한 선거자금이다.

"아닙니다. 신세라니요? 다 나라가 잘되라고 하는 일입니다."

"어쨌든 김 회장, 이번 국회에 들어오시면 우리가 적극 밀어드리지요."

양공만이 먼저 보상 이야기를 꺼냈다.

"황 총장한테서 이야기 들었습니다. 재경위원장은 염려하실 것 없습니다."

"아이구, 감사합니다."

"황 총장이 곧 당 대표가 될 겁니다."

안춘식이 거들었을 때 양공만이 말했다.

"자, 아가씨들 다시 부릅시다. 팁값은 내가 낼 테니까."

"흠, 그 가방 돈을 쓰려고?"

안춘식이 정색하고 묻자 웃음이 터졌다.

"가자."

김성규가 말하자 운전사는 잠자코 차를 발진시켰다. 밤 11시 반, 차는 룸살롱 황궁의 주차장을 나와 곧장 차도로 들어섰다. 의자에 등을 붙인 김성규가 눈을 감으면서 확인하듯 물었다.

"연락했지?"

"예, 회장님."

운전사 고찬호도 친척이다. 비서실장 조기문의 친척이었으니 친척인 것이다. 눈을 감은 김성규의 머릿속에 백지현의 알몸이 떠올랐다. 얼굴 윤곽은 흐린데 알몸은 선명하게 떠오른 것이다. 매끄러운 피부 감촉도 생생했고 거칠게 움직였을 때 터지는 신음도 귀에서 울리는 것 같다. 김성규는 저절로 입 안에 고인 침을 삼켰다. 백지현은 두 달쯤 전에 발굴(?)한 새 여자다. 국제그룹 계열사인 국제호텔의 홍보실 대리였던 백지현을 본 순간 김성규는 온몸에 충전을 받은 것 같은 느낌을 받았다. 그리고 정확히 발견한 지 일주일 후에 백지현은 대림동의 45평형 아파트로 옮겨와 이틀에 한 번꼴로 김성규를 맞는다. 물론 백지현이 원하는 대로 국제호텔에 그대로 근무를 한다.

김성규는 백지현의 배꼽 위에 점이 있는 것을 떠올렸다. 눈을 감은 채 얼굴에 웃음을 띤 김성규는 만족했다. 이제 부(富)에다 권력까지 쥐게 될 것이었다. 모든 것은 한 길로 통한다. 부(富) 따로, 권력 따로는 없다. 그러고 보면 이광이는 멍청한 놈이다. 김성규는 가슴이 편안해졌고 곧 잠이 들었다.

다음 날 아침, TV를 보면서 아침 식사를 하는 버릇이 들어서 오늘도 황정태는 TV 앞에 앉아 숟가락질을 한다.

"어이, 볼륨 좀 낮춰."

소리가 컸기 때문에 앞을 지나는 마누라에게 지시했던 황정태가 문득 이맛살을 모았다. 귀에 익은 이름을 들었기 때문이다. 그래서 TV 앞을 가로막은 마누라에게 소리쳤다.

"비켜!"

그러나 볼륨을 낮추려고 마누라는 엉덩이를 이쪽으로 내민 채 몸을 굽혔다.

"엉덩이 치우라니깐!"

그때 화가 난 마누라가 TV를 탁 꺼버리고 주방 쪽으로 다가갔다.

"저런 썅."

버럭 화가 난 황정태가 벌떡 일어나 TV로 달려갔다. 황정태 마누라도 장군 사모님으로 부하를 개 잡듯이 부린 전력이 있는 몸이다. 겨우 TV를 켰을 때 소리부터 울려 나왔다.

"김성규 회장은 아파트 9층 베란다에서 실족사한 것으로 보입니다. 베란다 복도에서 미끄러지면서 난간 밑으로 떨어진 것입니다."

"어떻게 된 거야?"

이광이 묻자 안학태가 머리를 기울였다.

"저는 아직 보고받은 것이 없습니다."

오전 9시 반, 고베의 저택 안, 이광이 굳어진 얼굴로 안학태를 보았다. 이광도 방금 안학태로부터 김성규의 실족사 보고를 받은 것이다. 그때 안학태가 말을 이었다.

"곧 해밀턴이 연락을 할 것입니다."

해밀턴이 한국에 있는 것이다. 이번 '황정태 관련 사업'이라고 이름 붙인 오더를 이광으로부터 위임받고 서울로 떠났기 때문이다. 그때 전화벨이 울리는 바람에 둘은 긴장했다. 먼저 안학태가 전화를 받더니 몇 번 대답을 하고 나서 전화기의 송화구를 손바닥으로 덮으면서 말했다.

"해밀턴입니다."

이광이 손을 내밀자 안학태가 전화기를 건네주었다. 응접실 안에는 둘뿐이다. 전화기를 귀에 붙인 이광이 스피커 버튼을 누르고는 응답했다.

"예, 나요."

"회장님, 해밀턴입니다."

고베와 서울은 같은 시간대다. 해밀턴의 목소리가 응접실을 울렸다. 그때 이광이 물었다.

"어떻게 된 거요?"

"김 회장이 실족사를 한 것 같습니다. 저도 조금 전 뉴스를 보고 알았습니다."

"저런."

"서울은 한 달 앞으로 다가온 총선 열기로 뒤숭숭합니다."

해밀턴의 목소리에 열기가 띠어졌다.

"저는 회장님께서 지시하신 대로 미국지역 수출 업무를 적극적으로 돕겠다는 미국 대사관 측의 약속을 받았습니다."

"……."

"미국 세관에서 트집을 잡지 못하도록 미국 대사관에서 특별 공문을 발송하겠다고 대사가 말했습니다."

"수고했어요."

"여기 일을 대충 마쳤으니까 곧 돌아가서 보고하겠습니다."

"알았어요."

"그리고 참, 김 회장은 회장님과 친분이 두터운 것으로 알고 있는데 회사에서 누가 조문을 가야 되지 않겠습니까?"

"글쎄, 생각해보지."

숨을 들이켠 이광이 옆에 서 있는 안학태를 힐끗 보았다. 안학태는 무표정한 얼굴이었지만 시선은 받지 않는다. 해밀턴은 수출업무를 돕도록 하라는 지시를 받은 적이 없는 것이다. 미국 대사관 이야기는 지어내서 한 말이다. 도청을 염두에 두기도 했겠지만 이광은 전혀 모르는 일로 만들기 위해서다. 전화기를 내려놓은 이광이 의자에 등을 붙였다.

김성규가 실족사하리라고는 이광도 전혀 예상하지 못했다. 김성규는 황정태 관련 사업의 일부분이었을 뿐이다. 해밀턴이 총지휘한 사업이 그렇게 진행되고 있다.

<2권에 계속>